如何成为一名优秀的
言情女主

雁北堂出品
轩辕小胖◎著

广东旅游出版社
GUANGDONG TRAVEL & TOURISM PRESS
悦读书·悦旅行·悦享人生
中国·广州

图书在版编目（CIP）数据

如何成为一名优秀的言情女主 / 轩辕小胖著 . 一广
州 ： 广东旅游出版社，2018.6
ISBN 978-7-5570-1168-0

Ⅰ．①如… Ⅱ．①轩… Ⅲ．①长篇小说 – 中国 – 当代
Ⅳ．① I247.5

中国版本图书馆 CIP 数据核字（2017）第 290680 号

出 版 人：刘志松
责任编辑：官　顺
责任校对：李瑞苑
责任技编：刘振华
装帧设计： 新艺·书文化 QQ:1427221916 蔡小波

如何成为一名优秀的言情女主
RU HE CHENG WEI YI MING YOU XIU DE YAN QING NÜ ZHU

广东旅游出版社出版发行
（广州市越秀区建设街道环市东路 338 号银政大厦南楼 12 楼 邮编：510060）
邮购电话：020-87348243
广东旅游出版社图书网
www.tourpress.cn
北京博艺印刷包装有限公司
（北京市通州区马驹桥镇房辛店村 288 号）
880mm×1230mm　　　32 开
10.75 印张　　　　231 千字
2018 年 6 月第 1 版第 1 次印刷
定价：35.00 元

目 录 contents

Part 1

言情世家上线

家族不为人知的秘密

那天，阳光很好，我奶奶在院子里坐着择菜的时候，忽然和我说："小二，我有个秘密要告诉你。"

我顿时精神抖擞，这一天终于要来了！

我一直觉得我的家族隐藏着一个重大的秘密。

没错，秘密。

每到周末，夜深人静的时候，我妈、我姑、我奶奶、我太奶奶都会聚在一起开会。

我觉得她们一定有什么事情瞒着我。

其实我是一个很能接受秘密的人，我知道隔壁卖羊肉串的大叔的真实身份是腥臭超人，他会在羊肉串里放一种不明物质，所以很多在羊肉串摊上吃烤肉喝啤酒的人都会控制不住自己的膀胱，在这个城市的旮旯拐角撒下腥臭之气。

这种不明物质在其他国度有可能会被放在炸鸡和啤酒里。

我还知道隔壁那姓张的五岁熊孩子，有个"碉堡"的特技，让人一看见他，就控制不住地想揍他。

诸如此类，因为见多了，所以我能淡定地接受自己的任何身份。

不就是像什么闪电侠啦、超人啦、蜘蛛侠啦之类的拥有特异功能嘛……

蜘蛛侠被蜘蛛咬过，我也被狗咬过猫挠过鸭子追过鹅啄过西红柿砸过板砖抡过。

所以有些特异功能，再平常不过了。

我淡定地说："奶奶，您说。"

奶奶说："我们家族，并不是普通的家族，你们，也不是普通的人。"

我顿时激动了："不是普通人？我有特异功能吗？"

奶奶摇头。

也对，这是个现实社会，我们得问点实际的，不能想那么虚幻的事情。我将心灵沉静下来，问："我可以住进中南海吗？"

奶奶再摇头。

我在心中盘算了一下，又问："好吧，那我就退一步，我爸是比尔·盖茨吗？"

奶奶再摇头。

我继续问："那我再退一步，王校长是我哥吗？"

奶奶正要摇头，我威胁她道："警告你啊，这是我最后的底线，你最好考虑清楚，再决定是摇头还是点头！"

奶奶叹了一口气，语重心长地教育我说："你怎么就想这些虚幻的呢，孩子啊，做人要朴实，知道吗？"

听了奶奶的批评，我有些羞愧："奶奶，我错了，我以后绝对不会这么超脱现实了，你说吧，我们家族的秘密到底是什么？"

奶奶说："其实，我们家，是言情小说的女主世家。"

我和我身上的三十六亿根汗毛全都惊呆了，过了很久，我才从震惊中缓过神来："这是个啥意思？"

"猴子，我就知道你不懂。"

"不要叫我猴子！"

"听我慢慢给你解释吧，"奶奶说，"我们家的女人，是注定要成为言情小说女主的，这就是我们的命运。"

"啥？"我没搞懂，"你说是啥言情小说？"

"就是那个言情小说……"奶奶搬开择菜的盆，下面垫着厚厚的言情小说——《花花总裁爱上我》《情迷黑帮老大》《王妃带球跑》，奶奶把韭菜盆放到一旁，然后说完了整个句子，"的女主。"

我看着那些言情小说的名字，咳出一口血，没想到我这么多年的修为都拼不过几本"小言"。

"成为言情小说的女主，是我们一家人的命运。"奶奶有些惆怅地说，"谁让我们都这么优秀呢？无论如何都摆脱不了吸引优秀男人的命运，有钱的、有权的、有势的，那些富可敌国的俊朗聪明的男子前赴后继地涌来，唉，真让人苦恼啊……"

奶奶转过头，对着门外大吼："刘老头，你欠我的五毛钱菜钱呢！已经三天了，快还给我！"

说完，奶奶又转过头，忧伤地看向我："真苦恼啊，我们一族都是不寻常的人，都要承受这种命运。"

我和我身上的三十六亿根汗毛再次惊呆了："奶奶，我是男的。"

"我知道，猴子。"

"我没法成为女主。"

"我知道，拥有女主命运的是你姐姐啊，猴子。"

"不要叫我猴子！"奶奶的话气得我把身上的汗毛都拔了一把下来，"那说到底，这件事关我屁事？"

"因为你也不一般。"

"难道我是言情小说男主的命运？"

"当然不是。"奶奶温柔地摸了摸我的头，"因为你可以近距离见证你姐姐是怎样变成言情小说女主的啊，别人可没有这么好的观影机会！怎么样？高不高兴，骄不骄傲？"

"……"我的脸色变得阴沉。

奶奶善解人意地说："往好处想，也许你的命运也不一般。"

"怎么说？"

"也许你是孙悟空呢？"

"……"

这真是个完美的女主爱死她了

奶奶和我说："去，把你姐叫来。"

说起我姐，那可是街坊邻居无人不知无人不晓的女霸王，专做除暴安良之事，抓小偷追劫匪和"黑社会"火并，只有你想不到没有她做不到的。

那些凶残的往事都已随风，我就说说最为新鲜热辣成为街头巷尾谈资的最近的一件事吧，那天我姐接到线报，说地铁1号线某车厢有色狼，趁着人多犯案。

这案件的难处是地铁太挤，一只手臂的长度能挤三四个人，没人看见色狼长啥样。

于是我姐出动了，她决定"钓鱼执法"，她穿着暴露的衣服，潜伏在案发车厢里一个月。

这期间色狼依然屡屡犯案，我姐出乎意料地避过了所有的攻击。

后来我姐发现不行啊，哪怕车厢里只有两个女人，那色狼也只会选另外一个，不选她。

这样下去，"钓鱼执法"永远无法成功！

于是我姐想出了一个好办法，把剩下那个女人赶走，这下车厢里就只剩她一个了。

这个案件是很有难度的，因为就在这种情况下，那个原来一天作案七八起的色狼，竟然硬生生地撑了八天！

不过随着时间的推移，色狼终于还是没有压抑住自己可悲的劣根性，第九天，饥渴的色狼还是动手了。

那色狼出手快准狠，一把就按住了我姐脖子以下肚脐以上凸起的部位。

我姐已经松懈了七八天，精神正处于游离状态，一下子还没缓过神来，没搞清楚这是"钓鱼执法"成功了还是别人不小心抓错了。

这时，那色狼好死不死地啐了一声："竟然是男的。"

然后惨案发生了。

我没有办法准确形容当时的惨状，据目击者说那情景简直惨烈得不能直视，血光四溅血肉横飞，那色狼就像是一只不小心滚进了搅拌机的肥猪一样，除了哀号再发不出别的声音了。

我再说一句话，大家就能明白那情景有多瘆人了。那是在上班高峰期，我姐和色狼周围，硬是被大家让出了半径 1 米左右的圆圈。

当时我姐那是一边骂一边打啊，鉴于现在是文明社会，所以骂人的词儿我们都用"哔"这样的消声代替吧。

我姐那时候就一边打，一边骂道："你这'哔''哔''哔''哔''哔''哔'的家伙，'哔''哔''哔''哔''哔''哔''哔''哔''哔''哔'长这'哔''哔''哔'的模样，还'哔''哔''哔''哔''哔''哔'地敢嫌弃老娘！老娘'哔''哔''哔''哔''哔''哔''哔''哔'！看老娘不揍死你！'哔''哔'，你'哔''哔'地给我去死吧！'哔''哔''哔''哔'！"

这一通打骂之后，周围人都已经不忍直视，但是色狼恶有恶报大家又都很开心，于是全车厢的男人都一手捂眼，一手对着我姐伸出大拇指，喝彩声此起彼伏："姑娘！你可真是一条铁铮铮的汉子！"

那件事的后遗症就是，那次的目击者们，没有人会再去做色狼了。

如果能把那次实况录下来，让全世界的男性都看一遍，色狼这个族群应该就会灭亡了。

那应该会是人类之福。

这样的女人，是很难和言情小说联想到一起的。

我问："奶奶，你觉得我姐她有什么可以当言情女主的特质吗？"

奶奶高深莫测地笑了。

她这个笑容持续了一分钟。

我说："你想不出来吧？"

奶奶说："再让我想想。"

时间又过去了半小时。

奶奶终于说："我想到了！"

"是什么？"

"是平凡的长相！"奶奶很高兴自己终于从姐姐身上想到了一个优点，"玛丽苏小言的极致，就是平凡的长相啊！长得再平凡也有帅哥富豪追！你姐姐别的优点没有，脾气不好没女人味身材不好邋里邋遢，这都没关系，因为她长相平凡啊！"

我看见，站在奶奶身后的姐姐，握紧了手中的水果刀。

早就说过这个故事非常神经病

事实证明，姜还是老的辣，当我姐就要抓狂的时候，奶奶一边低头择菜一边说道："难道你就不想找一个温柔体贴善解人意英俊多金痴情专一八块腹肌上得厅堂下得厨房进得卧房的酷酷总裁当老公吗？"

我姐的水果刀停在空中："怎么找？"

"呵呵。"奶奶神秘一笑，"做梦！"

我姐手起刀落，一旁的桌子四分五裂。

"这样吧，我给你们讲讲我的故事吧。"奶奶停止择菜，语重心长地说，"我知道，你们这些小辈，都很想知道我们老人家的故事，是吧。"

我和我姐齐齐摇头。

"那我就和你们说吧。"奶奶说，"正如我刚才和你们说的，我也是女主命，所以在我年轻的时候，在我身上发生了一件大多数女主都会遇到的事情。"

"什么事？"

奶奶说："我穿越了，穿越到了女主们最喜欢去的清朝。"

我问："奶奶，咱第一节时说好的朴实呢？"

"我这比你说的比尔·盖茨当老爸要朴实多了吧。"

"我不这样觉得。"

奶奶继续说："当然，女主不好当，虽然皇上阿哥将军宰相都爱上了我，但是爱的人多，就代表情敌也多啊。当时我还年轻，一个弱女子，在人生地不熟的地方，只能柔弱地挣扎了……唉……"奶奶叹着气，在地上轻轻地跺了一脚，水泥地上马上出现了一个鞋印。"当时，我经过一场又一场恶战，先是宅斗后是宫斗，使用了十马车的麝香，收买了宫里所有的太医，打掉了情敌们的上百个孩子，那战况惨烈到最后连冷宫都没有床位，需要扩建了。终于，我终于成功了。"

"……听起来你一点都不弱啊奶奶。"

"当我肃清全部情敌，可以从皇上阿哥将军宰相中选择的时候，我却陷入了纠结之中。"说到这里，奶奶停了下来，用纠结的眼神看着我们。

她沉默了三分钟之后，我们明白了，她正等着我们发问。

我姐只好问道："为什么啊？"

"因为他们前半个脑袋没有头发啊。"奶奶扭捏着说，"多难看啊！人家喜欢头发又黑又多的。"

"……"

我和我姐对视一眼，准备起身离开。

这时，奶奶的声音忽然陷入了悲痛："可是后来，在我纠结的时候，惨剧发生了，那时候，宫内忽然流传起一种传染病，传男不传女，而且治不好，很多人都因为这绝症，死掉了。"

我和我姐站住了："什么绝症？"

"前脑门着凉。"奶奶伤感地说，"治不好，死了好多人，也就是那次以后，我才发现我的担忧不是没有缘由的，头发还是很重要的。"

"你说的真的是清朝吗？前脑门着凉是什么鬼东西啊？"我姐指着我，忍无可忍地吼道，"那像老二这样的秃头怎么办？"

"猴子不要紧，他虽然没有头发，但是身上毛多啊，中和一下就好了。"

"……奶奶，老大，你们两个说话的时候要不要考虑一下我的心情？"

奶奶感人至深的爱情故事

见我和我姐不相信，奶奶有些不高兴："我这么大年纪了，能骗你们吗？"

我和我姐保持沉默。

奶奶怒了："你们到底还要不要听我这个老婆子说话了？"

我叹了口气，说："听。"

我姐道："奶奶，我想听你和爷爷的故事，你直接说你是怎么认识我爷爷的吧。"

问得好！我给姐姐投去了一个敬佩的目光。

我觉得我姐这句话转得非常妙，面对现实生活中真实存在的爷爷，奶奶总不能胡编乱造了吧。

奶奶说："后来宫里因为前脑门着凉死了太多人，我的内心十分悲痛，就逃出了宫。我本来以为我会遇见个匈奴、突厥、契丹之类的少数民族首领，他们因贪恋我的美色，将我掳走。"

姐姐有些无奈地说道："清朝……"

奶奶摇头："但是，事情经过完全出乎我的意料。"

虽然这个开头有些不妙，但似乎依然可以圆回来，我姐充满希望地问道："于是你就穿越回来了？"

事实证明我们想得太简单了。

奶奶摇了摇头，说："不，我遇见了魔教教主。"

我和我姐再次沉默了。

奶奶说："你们知道魔教教主吗？他们武功都很厉害。"

这画风转变得太快让人有些不忍直视。我姐问："说好的宫廷文呢？怎么又变江湖文了？"

"因为现实永远都比小说更狗血。"

"……"奶奶你是怎么用一本正经的表情说出这样的话的？

"魔教都是武林中的非主流，穿着打扮都与众不同，让人眼前一亮。"奶奶说，"我遇见的那个魔教就是，教众穿的衣服花里胡哨的，那个魔教教主，他不止没剃光前额，甚至还有刘海，还是披肩发。脸上戴着一个特别丑的面具，身上还穿着个紫色的大袍子，上面拿银线绣着花，风一吹，那袍子就呼啦啦地飞，把站在他身后的教众的脸都抽肿了。"

我姐说："这审美，听起来就不像直男。"

我说："所以正道人士是因为魔教的审美与众不同看不顺眼才追杀他们的吗？"

奶奶把择韭菜的筐用力一颠，我和我姐都闭嘴了。

"你们说错了，他还真是异性恋。"奶奶继续说道，"我问那个魔教教主'你身上绣着的是农家乐吗？'魔教教主说'这是凤凰。'说完以后，魔教教主就对我倾心了，他没想到我竟然有胆子和他对话，然后他就向我求婚，我就答应了。"

"……奶奶你也太草率了吧！"

"当时我在宫中已经看遍了世间的荣华富贵，就想找个前额不秃有权有势又能保护我的邪魅美男子，这些条件，教主全符合。"

我问："他不是戴着面具吗？你怎么知道他是美男子？"

我姐说："你笨啊，言情小说里，戴着面具的不是美女就是美男啊！"

我眯着眼看着我姐，没想到你这么粗犷的汉子竟然也看言情小说。

我奶奶继续说："我就是被言情小说害了啊，新婚之夜，教主挑开我的面纱，我摘下他的面具，那时候我才发现他的脸长得和他的面具一模一样！"

"……"我姐问道，"那他为什么要戴面具啊？戴面具有什么意义？"

"我也问了他这个问题。"我奶奶说，"他说可以给人遐想，便于娶老婆。"

确实……最后他也成功了，还娶到了一个"言情小说的女主"。

我姐很愤愤不平："那奶奶你一定是踢了他，找了别人吧？"

奶奶有些扭捏："不啊，我后来发现其实他也挺好，就好好和他过日子了，后来一个偶然的机会，我们就一起穿回来了。"

那就是我们的爷爷吗？

我看向在院子里扫地的爷爷，爷爷一直竖着耳朵听我们说话，有些不好意思地说："没办法，长相所逼，而且穿那样不戴面具也不配套啊，而且不戴面具没办法娶到老婆啊。"

戴面具穿紫袍，爷爷你也有那样的中二期啊。

不……似乎有什么地方不对。

奶奶说的竟然是真的?！

向默默奋斗在世界史上的女主角们致敬

我姐拍了一下我的头："爷爷那么大岁数，被奶奶忽悠，信了也就算了，你信什么。"

她可真是一个镇定的女人。

奶奶冷笑道："哼哼，我就知道你这丫头是不见棺材不落泪，不会这么轻易就相信我，看来，今天不给你点厉害看看，你就不知道自己到底是谁！"

奶奶，你身为拥有女主角命运的奇女子，说这种反派专用的句子合适吗？

我姐说："好了，奶奶，有什么证据就快拿出来吧。"

我点头："是啊，快点吧，要不然按你这择菜的速度，我们什么时候才能吃上饭啊。"

奶奶也是个豪爽的人，篮子一放，道："跟我走，佛楼米！"

接着，她就带着我们来到了屋里，然后从书架上拿出一摞破破烂烂的本子，对我们道："看看吧，这就是我们的家谱。"

我和我姐正在翻看，奶奶又从柜子里、床底下、老鼠洞里掏出一本又一本泛黄的本子，扔到我们面前："这些名单上的人，全都是拥有女主角命运的我们祖先的后代。"

我和我姐都很震惊："竟然有这么多。"

奶奶嗤笑道："这世上又不是只有一本言情小说。"

"这上面的人的姓都不一样啊。"我说，"奶奶，我们家姓熊。"

"没办法，中国人大多是随父姓。"奶奶说，"所以我们一族就只能做一个安静的女主角了。"

"……我们一族还真是辛苦啊。"

"是的，你看看吧，这都是我们的先人，一辈一辈流传下来的。"

我翻着手上的本子，很快看到了里面的内容：

《盛世女皇》

人物：武则天

类型：女尊，NP，宫斗。

……

还真是言情小说啊！不只有题目，还有分类阅读标签！连NP这么现代化的词语都有，还是一辈一辈流传下来的，这么厉害我们家的先人真的知道吗？

我姐也无语地打开本子，把有字的一面对向我们，那一页是这个内容：

《聪慧绝代》

人物：居里夫人

类型：女强，励志，情路坎坷。

……

"奶奶，你说这是我们家的族谱吧？"

"是啊。"

"……"

我姐说："那为什么会有外国人啊？其实你们只是把所有有名的女人的名字聚集在一起吧！"

"孩子，你还是太年轻，思想太简单。"奶奶摸了摸姐姐的秀发，"要知道中国文明源远流长，外国人有点中国血统也不是不可能的事情。你看……"

奶奶指向我们面前的那一摞摞本子："这里面包含了言情小说的大多数类别，宫斗宅斗穿越科幻武侠侦探网游都市外星人……这就是我们一族为了这个世界做出的贡献。"

我问："外星人是什么鬼？"

我姐问："到底是什么贡献？"

奶奶机智地避开了我和姐姐的问题："遗憾的就是有些太魔幻了，像是仙侠架空之类的，不过也没关系，那种不科学的剧情也不会发生，不用管它。"

"您都是穿越过的人了，还要和我们说科学？"我有点忍无可忍了。

我姐已经不想在这里待了："好了，故事听完了，我们可以走了吗？"

"不……"奶奶抓住了她，"现在才是重点。"

"什么重点？"

"虽然现在我们家族已经分散在世界各地，创造出不同风格不同类型的言情小说，但是我们家的几个女性已经决定了，要与众不同，做出有自己风格特色的女主角！"奶奶认真地看着我们，加重了语气，"打造出属于自己派别的言情小说！创造出自己的天地！猴子，你觉得怎么样？"

我握拳道："不明觉厉！"

"什么啊，"我姐说，"听起来似乎很热血，但是仔细想想就能发现这件事一点意义都没有，什么叫言情女主角自己的天地啊，简直意义不明。"

我石化了。

奶奶自顾自地说道："我们决定给自己贴一个标签，然后让家里所有的女孩子都往这个标签发展。"

这次，我和我姐心中都有了不祥的预感："什么标签？"

奶奶露出了一个神秘的笑容。

让你们看看这个家族的真正实力

"经过几千年的发展，我们的家族已经急速扩大，渗入到世界的各个角落，甚至萌生出不少派系。"奶奶指向那些家谱，"像是什么女强系啊，公主系啊，矫情系啊之类的，但是她们都不懂，言情小说的至高境界，只有一个词就够用了！只要用这一个词，我们家就能称霸言情小说女主界！"

这次我很谨慎，没有被忽悠住，我问："称霸言情小说女主界有什么好处？"

奶奶说："听起来很厉害，我们会很开心啊！"

"也就是说其实也没什么实际的好处了？"

奶奶语重心长地对我说："猴子啊，你这人怎么这么势利，你就没有一点梦想吗？你就不想成为言情小说的女主吗？"

不，如果我想成为言情小说的女主才会更糟吧？

我姐不耐烦地问道："所以到底是什么标签？"

奶奶收起了笑容，严肃地看向我们，一字一句地说："玛丽苏！"

我和我姐陷入了沉默。过了一会儿，我姐小声问道："这算是个好词吗？"

奶奶左手往后一背，右手捋着头发绕着我们走，慢悠悠地说道："那当然，你可别小瞧这个词儿，任何言情小说都逃不过它，名著、红文和扑街文只有一个区别……"奶奶转过身，"就是'苏'得好不好看！有没有深意！"

我和我姐都露出了一张囧字脸。

"所以，作为言情女主世家，我们只要垄断了这个标签，我们就能变成全世界言情女主家族的老大！"

"感觉是毫无意义的事情。"我刚说完，就看见奶奶目光射来，马上改口，"不过只要你们开心就好了。"

我姐问："你要怎么垄断，注册商标吗？"

奶奶看着我姐："只要我们家的女孩'苏'出水平、'苏'出境界、'苏'名远扬，大家就会自然而然地承认我们了。"

我姐说："听起来一点都不让人高兴……"

"放心吧，我们一家人会成为你坚强的后盾。"奶奶说，"之前我遇到一个男的，叫马力术，这名字听起来就像玛丽苏，我很生气！这标签可是我们专用的，他也能抢？于是我就让你爷爷暗地里对他使了绊子教训他！我要让全世界知道，玛丽苏这个名字，已经被咱家承包了！"

我惊呆了："听起来像也不行吗？我们家最近'闹鬼'是与这件事有关吗？"

奶奶摸了摸我姐的头发："有家人支持你，你就放心地'苏'吧。"

"神经病啊！"我姐摔桌，"听完了解释更加没有干劲了好吗？"

我觉得我姐这样被奶奶逼迫十分可怜，于是就对奶奶说："奶奶，咱家也不是只有我姐一个女人吧，我姑她们也不见得有玛丽苏吧？"

我记得我大姑熊阿花找了一个村主任，二姑熊阿云的老公是办公室主任，三姑熊阿婉的老公是小饭馆老板，四姑熊阿霞的老公是一个小厂子的厂长。

且不说这些姑父虽然有点小钱，但都算不上什么大富大贵，和言情小说男主天差地别，就说我姑姑们的名字，听起来也不像是言情女主啊。

当然这一切都得归结于我奶奶，她找谁不好，偏偏被面具蒙蔽，找了一个姓熊的男人。

这姓已经很难浪漫了，我们家人起名的水平又不是一般的低，直接造成了几代人的悲剧。

我姐也说："完全不像是言情女主的路子。"

"你们真以为你的姑姑们就只像表面上看起来的那么简单吗？"奶奶甩给我们一个本子，"看吧，这就是我们家的当代家谱。"

我姐翻开家谱看了看，然后噗的一声，喷出一口血。

《花花村长爱上我》

人物：熊阿花

类型：政治、官场、权势。

《我是天边一朵云——腹黑主任不要跑》

人物：熊阿云

类型：办公室斗争、白领生活、腹黑高干。

《娇婉动人俏媚娘——爱我就锁住我的胃》

人物：熊阿婉

类型：美食、好男人、宠爱。

《霞色溺人——厂长狂炫酷霸拽》

人物：熊阿霞

类型：霸气男主、豪门生活、产业管理。

......

这都可以？不止有小标题，还完美地把自己的名字全都镶嵌了进去！简直是"苏"的最高境界！让人无法直视！

我瞬间跪倒。

我们家，还真是深藏不露！

一个好名字可以让你变得更强

我姐说："姑姑们能把名字镶进去，我镶不了吧？"

之前我已经说过，我们家人起名非常奇葩，这个奇葩的起名水准在我和我姐身上体现得最为彻底。

据说我姐出生的时候，全家人见到是个女孩，欣喜若狂，围在一起想名字，想了三天三夜，终于想出一个威风霸气简单易记具有延续性和伸展性的名字——熊大！

这名字中饱含着长辈们对我姐的期望——希望她成长为一名大家闺秀。

既然已经说了这个名字有延续性和伸展性，大家也可以猜到了，我的名字就叫熊二。

可想而知，如果我还有弟弟妹妹，名字就会熊三、熊四……无限延伸下去。

之所以现在才说出我们的名字，就是因为这个名字太羞耻了。

感谢计划生育，让这个羞耻的名字停留在了系列二。

我姐，也就是熊大，从小就遭受小孩子们无情的嘲笑，像是什么"熊大你爱不爱吃蜂蜜啊？""大熊你的机器猫呢？"之类的。

早些时候，熊大也被气哭过，后来她发现哭没有用，讲道理也没有用，只有用武力才能制服那些熊孩子。

于是之后每一次嘲笑，都伴随着反抗，在一次又一次的嘲笑和反击中，我姐终于彻底摆脱了软妹子的属性，所到之处，所向披靡，像少年漫画的主角一样，强壮地成长起来了！

幸好现代社会人们体力都一般，那些敌人们战斗力极弱，很快就拜服在我姐脚下，奉她为老大重归和平。否则再这样下去，我毫不怀疑我姐会变成一个能用肌肉撑破衣服的赛亚人。

我姐的余威强大，连带我也沾光，从小到大没人敢欺负我，我上小学时曾经遭遇过别校的高年级勒索，那些高年级搜我身上的钱时，看见我奶奶在校服里面绣上的"熊二"两字，惊呼"你就是熊大姐的弟弟！"之后，害怕我记仇告诉我姐，向他打击报复，高年级带着我去吃了冰激凌、肯德基，还买了一堆电动玩具送我。

这导致我后来一直很期待再有人来勒索我，不过消息传过去，再也没有人敢动我，最后顺利长大，这也让我很遗憾。

当然，有个这样的姐姐生活也并不是一直那么美妙，我从小到大收到过一百三十八封女生的情书，其中有一百三十七封是让我转交给我姐的。

还有一封是在大学时收到，那女孩情深意切地写了数千字对我的思念爱慕之情，就在我心潮澎湃春心荡漾的时候，看到了最后一句话。

最后那句话是这样写的："你知道安利吗？我的电话是1××××××××××，可以详谈。"

女人都是骗子！我哭着撕烂了那封情书。

好吧，这都是后话，反正也没有人想听我的感情史，还是转回来吧。

话说虽然和长辈们想的不一样，我姐还是健康苗壮地成长起来了。

长辈们唯一的遗憾就是我姐到现在还没有谈过恋爱。

当然，我觉得她至今没有谈过恋爱也是受到这个名字的影响。

你想，当我姐和男人第一次见面的时候，或是别人介绍，或者是我姐自我介绍："这是熊大／我是熊大／你可以叫我熊大。"

正常人的反应都是先看一下我姐脖子以下腰部以上的部位，有些比较耿直的还会直接说出来："胸？不大啊！"

你看，我姐这人从小就是个练家子，听到嘲讽意味的话身体就会自发行动，出手比较快，基本之后就是血腥画面了。

如此这般，她就很难发展出正常的男女恋爱关系。

幸好我们出生的早，如果是现在出生，随着近些年某动画片的热播，我们的生长过程必然会遭受更多的嘲笑与攻击，我姐也许会在那种极端恶劣的环境下变成一个大规模杀伤武器也不一定。

奶奶对我姐说："你名字这么特别，当然可以镶了，我已经想好了，你在家谱上的书名就叫《大款帅哥送上门》或者《大家闺秀俏情郎》或者《大肚王妃追夫记》。"

真是个机智的奶奶！

不过书名中似乎混进去什么奇怪的东西。

"所以呢。"我姐问，"那你打算怎么让我实现那些乱七八糟的书名？"

"不要小瞧你奶奶，"奶奶骄傲地说，"我可是前前任女主角，怎么会没有办法？你等着，我马上就带你去找高富帅！"

Part 2

拖拉机少女和花裤衩校草

你以为壕是那么好接近的吗

　　清晨，我和熊大站在我奶奶身后，我们的面前是一栋大厦，这大厦是铜板钱的形状，外面漆了一层土豪金，闪闪发亮令人不能直视，阳光一照几乎刺瞎了我们的眼。

　　我对熊大说："这简直是土豪的品位。"

　　"你似乎猜对了。"熊大伸手一指，大厦上标着几个大字——土豪大厦。

　　奶奶对我们说："别小看这里，这里可有不少有钱人。"

　　"真的有有钱人吗？"熊大对这栋大厦的品位嗤之以鼻。

　　就在我们怀疑的时候，大厦里忽然涌出了一大波人潮，那简直是人山人海，比超市特卖春运火车站人还多，我和我姐全愣住了。事实上，我们也没办法不愣，因为这么大阵仗我们长这么大还是头一次遇见。

　　还是见多识广的奶奶比较镇定，先一步回过神来，对着我们大叫："× 思聪来了！大家小心！"

　　我和熊大都愣住了："谁？"

"王×聪啊！快！大家拉起手，不要被人潮冲散了！"奶奶一边说，一边伸手拉我们，一手拉上我，一手拉上我姐。

说时迟那时快啊，我们的手刚拉上，人潮就已经涌了过来，我们的耳朵瞬间被各种声音淹没。

"老公，我们什么时候结婚啊？"

"大侄子，你看看，这是你的亲生儿子啊！"

"老公，你看看我啊，我在这里啊！"

"哥哥，你还认识我吗？我是你失散已久的弟弟啊！"

"老公，美国有好几个州通过同性结婚的条例了，我已经买好机票了，我们一起去吧！"

……

伴随着各种嘈杂声音而来的，是一股巨大的冲力，我和熊大、奶奶，在这股冲力下，紧紧握着的手几乎要被人潮冲开。

虽然握着手，但是我们都看不到彼此。

"奶奶！"熊大大声喊道，"你在哪儿？"

"握紧手！熊大！"我喊，"千万不能松手！"

"对！"奶奶高声回复，"不能松手！松手了就会被冲到其他地方去了！被这么多人冲散！可能几年都回不了家啊！！！"

在奶奶的鼓励下，我和我姐握紧了手，默默地抵抗着人流。

过了一会儿，人流的密度忽然进一步增加，周围的人数极速增多。

我忽然有了一种不祥的预感，一般在 BOSS 周围，小怪总是异常得多。

"我们快逃！"奶奶额头冒汗，喊道，"王思×要出现了！"

果然不出我所料，可是……

"奶奶你那个打马赛克的 × 有什么意义？名字已经全部暴露了好吗？"

"现在是吐槽的时候吗？"熊大说，"我们快逃啊！"

但是熊大的话更没有意义，因为在人群包围中，我们已经寸步难行了。

终于，人群的中心来了，一个男人走过了我们，他一边走，还在一边嘟囔："吵什么吵，我还要快点回家在 200 块的电脑桌上愉快地打游戏呢……"

他的话马上引起了惊涛骇浪的反响。

"老公，我陪你打游戏！"

"土豪，我会玩小霸王其乐无穷！"

"我陪你打消消乐啊哥哥！"

……

巨大的人潮的作用力下，我的手腕一阵剧疼。

"奶奶！我快要挺不住了！"

"挺住！"奶奶大喊，"就快结束了！加油！猴子！我们一定会成功的！"

在顽强的意志和拼死的抵抗下，我们终于熬过了这一关。

围在 × 思聪／王 × 聪／王思 × 身边的人群终于走远了。

"好惊险……"

这时候天已经黑了，我和熊大、奶奶满眼热泪地看着彼此，周围是一片荒芜。

这么说吧，你见过电影里蝗虫过境的画面吗？我们周围，现在就是这样。

"奶奶，我们活下来了。"

"是啊，真不容易。"

"是我们的坚持和勇敢的心救了我们，我们应该为自己感到骄傲！"

我和熊大、奶奶紧紧地抱在了一起，虽然还是觉得有什么地方不对，但经过了这次出生入死共患难的经历，我们三个之间的亲情似乎更加浓厚了。

"咦？"忽然，熊大发现了什么。

原来在我们不远处，一个老头摔倒在了地上。

好心的熊大马上跑过去扶起了那老头："这些人怎么搞的，竟然撞倒老人。"

老头站起来以后，扶着拐棍往前走，对着 × 思聪 / 王 × 聪 / 王思 × 人潮的方向伸出颤巍巍的手，用发抖的嘴唇说道："爹……等等我！"

我姐面无表情地把他推倒了。

我对奶奶说："你不会是想让老大去傍 × 思聪 / 王 × 聪 / 王思 × 吧？"

奶奶说："怎么可能呢，他们家可是世界上人口最多的家族，刚才那种情况你也不想再来一次了吧，我们家熊大找个普通的大款就好了。"

我点点头，幸好奶奶还有点理智。

第一段真的不是凑字数而是前情提要

次日清晨，我和熊大站在我奶奶身后，我们的面前是一栋大厦，这大厦是铜板钱的形状，外面漆了一层土豪金，闪闪发亮令人不能直视，阳光一照几乎刺瞎了我们的眼。

奶奶问："现在，你们相信这里有土豪了吗？"

信，我当然信！

奶奶拍上熊大的肩膀："我们已经打好关系，今天起，你就是这里的员工了。"

我姐还是一脸疑惑地说："只看见一个 × 思聪 / 王 × 聪 / 王思 × 不能代表这楼里有很多有钱人吧？"

"这你就不懂了，"奶奶说，"有钱人都和蟑螂一样，是扎堆出现的，你看到了一只，就说明附近隐藏着无数只。"

……这个比喻真是让人无力，奶奶你这么说有钱人，有钱人会高兴吗？

熊大若有所思地看着这栋楼："也就是说这家公司就是蟑螂窝了？"

"喂，老大，你这么说真的好吗？你可是马上就会成为这家公司的员工了啊！"

"当然，相信你奶奶的眼光吧。"奶奶说，"只要你努力，就能达到目标。"

熊大有些怀疑："有那么简单吗？"

"也许你没有办法找到一个温柔体贴善解人意英俊多金痴情专一八块腹肌上得厅堂下得厨房进得卧房的酷酷总裁当老公。"奶奶摁在了姐姐肩膀上的手掌用了力，"但是，至少你可以找到一个又老又丑脾气暴躁花心好色身上长满老年斑皮肤松弛又秃头的有钱男人。"

我惊道："差的也太多了吧？这种男人和最糟的有什么区别？"

"当然。"奶奶对答如流，"最糟的是又老又丑脾气暴躁花心好色身上长满老年斑皮肤松弛又秃头却没有钱的男人。"

我和熊大都眯着眼睛看着奶奶，你真是我们的亲生奶奶吗？

"放心吧。"奶奶慈祥地笑着，"熊大你可是要成为言情小说女主角的女人，不会运气这么差的。"说完，她又低声说道，"除非是虐文。"

虽然声音很低，但是我们都听到了啊奶奶！

不过就熊大这种战斗力来说，怎么看都不像是虐文的女主角就是了。

"奶奶啊……"熊大慢慢说道，"你这个计划，不会是早就实行了吧？现在回想起来，上高中的时候，你们就很可疑了。"

熊大这么一说，我就回想起来了，熊大初中毕业以后，收到了一张来自于"皇家富豪学院"的高中录取通知书。

当时熊大拿着录取通知书，满脸疑惑："奇怪，我怎么记得我没报过这个高中。"

"是啊，好奇怪啊，"奶奶也附和着说，"我还是第一次听说皇家富豪学院这个建校一百多年历史悠久校风开放占地三百多万亩拥有豪华邮轮私人飞机私人小岛高尔夫球场赛马场赛车场米其林餐厅的超高级学校呢。"

单纯的熊大奇怪地问："为什么奶奶你一副很懂的样子啊？"

奶奶推了推老花镜："这样吧，我们到时候一起去看一看吧。"

在报到前一天，奶奶和熊大聊了一晚上，奶奶和我们说那是在和熊大说高中注意事项。后来我和熊大聊天的时候才反应过来，那其实是单方面的洗脑。

因为奶奶的话中只有一个主题——找高富帅高富帅高富帅高富帅高富帅高富帅高富帅高富帅高富帅……

这导致第二天我问熊大："老大，你要上的学校叫什么名字来着？"

熊大毫不迟疑地说："高富帅学校。"

……

当然，这些都不是重点，最让我记忆犹新的，就是报到当天。

皇家富豪学院这名字听起来就是如此的威武霸气，顾名思义，猜都猜得出来里面有多少富豪和有钱人，为了输人不输阵，我们家送熊大上学的时候，组建了一支异常拉风的队伍。

四姑父开着厂里的豪华小轿车开路，后面跟着三姑父店里运菜的皮卡，皮卡上放着组合音响，男中音伴以运动员进场的悠扬音乐，用抒情的语气朗诵道："追逐和煦的微风，沐浴温暖的阳光，擂响震天的锣鼓，在这个阳光灿烂的日子里，我们家的熊大来皇家富豪学院报到啦。看！那美丽动人娇婉可爱的熊大，闪烁着花儿般的笑容，这笑容衬托出熊大坚持不懈的信心，她一定会在皇家富豪学院顽强拼搏，夺取好成绩！"

皮卡后面，是大姑父从村里带来的拖拉机，熊大、奶奶和我就坐在拖拉机上，随着拖拉机"突突"的声音前行。

在最后，二姑父骑着自行车，自行车后面系着一根红色横幅——热烈庆祝熊大考上皇家富豪学院。

本来计划那横幅是迎风飘扬的，但是因为自行车速度拖不起来，所以我爷爷只好抓住横幅的另一端，随着自行车奔跑，让横幅舒展开来，使所有人都能看清上面的字。

我们就这样浩浩荡荡地进了校园，基本上所有看到我们这支队伍的人都会陷入呆滞。

熊大一直在我身边保持着石化状态，我永远忘不了熊大那时的表情，那是一种生无可恋、将生死置之于度外的表情。

据说，就是因为这个开场太拉风了，后来熊大的同学们都亲昵地称呼她为——拖拉机少女。

说到言情小说怎么可以不谈校园

说到我家备受瞩目的"拖拉机少女"熊大入学时的情景，那情景可以说是十分拉风，但是如果你以为那就是皇家富豪学院当天最大的场面，那你就错了。

世界形势瞬息万变，在熊大还没来得及从拖拉机上下来时，围观的群众就已经将目标转移了。

就听得一阵阵足以震破耳膜的尖叫，校园里所有豆蔻年华的少女捧着脸涌向门口。

"这是怎么回事？"我和熊大一起转头往后看去，只见那群少女已经将几个男孩团团簇拥住。

"这还用得着说吗？"奶奶说，"这不是校园言情小说的标配吗？你看那些被围住的男的，绝对都是家庭条件优越的帅哥，而且应该还有一些像是 F5、贵公子学生会、不一样的酷少团、乡村非主流之类的外号。"

"F5 是什么东西，刷新键吗？"

"不，更值得吐槽的应该是最后那个吧……"

"奶奶，你懂得这么多，"熊大问，"到底是看了多少言情小说？"

"小说来源于生活。"奶奶靠近熊大，"这是个好机会，快去和他们搭话，创造出一个令他们难忘的初见，让他们把你放在心上，永远忘不了你的倩影！"说完，奶奶一掌就把熊大推下了拖拉机。

当时被少女们包围的帅哥们已经走近了，那是两个人，英俊帅气玉树临风，一个冷着脸，一个笑眯眯地看起来异常儒雅。

奶奶看清他们的长相就兴奋了："看看，看看，这俩人长相性格也是言情小说标配啊！熊大，快上！"

不得不说，人类都喜欢长得好看的异性，那时候看到两个帅哥，熊大的少女心还是荡漾了一下，难得地露出了点娇羞的模样，甚至完全没有反抗奶奶的指令。

就像所有言情小说少女漫画所描绘的那样，帅哥们的注意力并没有被面前青春粉嫩的少女们所吸引。

但，现实毕竟和言情小说少女漫画有所区别，这些帅哥们也并没有表现出淡定的一面，他们一边走，一边张大嘴，睁大眼睛，用一副快要掉了下巴的表情看着我们家的队伍。

从最后面爷爷昂首挺胸拉着舒展开来的横幅，到二姑父的自行车，到拖拉机，到诗朗诵的组合音响……

这一切简直就是一个传奇，甚至完全不用熊大做什么，她的形象就已经深入人心难以磨灭了。

当两个帅哥走到熊大面前时，停下了脚步，用一种意义不明的眼神看着熊大，而熊大这时的脸已经变得通红。

很难说，这是因为被帅哥注视还是因为羞耻，还是因为被帅哥看到了所以更加羞耻。

"快说话啊！说话！"我奶奶催促道，"说句温婉动人、娇羞可爱能让他们一见钟情留在心里一辈子的话！"

在奶奶的催促下，熊大行动了，她下意识地做出了自己最擅长的举动。

熊大一脚踩在了拖拉机上，一手"啪"的一声拍向拖拉机的把手："看什么看，没见过拖拉机啊，再看戳瞎你的眼！要打架吗，昂？"

两个帅哥愣住了。

什么温婉动人娇羞可爱都在这时碎成了渣，随着轻风远去了。

意识到自己说了什么之后，熊大的脸更红了，我丝毫不怀疑，她现在可以用脸煎鸡蛋。

那个笑眯眯的帅哥果真有气度，问道："你叫什么名字？"

熊大输人不输阵，硬撑着气场道："我叫熊大。"

笑脸帅哥一脸诚恳地说："真是个好名字。"

我想，这帅哥审美异常啊。

但这招对我姐那是极管用的，听完这句话我姐身边瞬间冒出了无数粉红泡泡，从小到大，这么真诚夸她名字的人，这还是第一个。

旁边那冷脸帅哥一下子就"噗"出来了："哇哈哈哈，什么好名字，这么小，还叫胸大。"

我姐听了这话，脸色一沉，就开始蓄力，如果不是奶奶摁上了她的肩膀打断了蓄力进度条，估计那冷脸就再也见不到第二天的太阳了。

笑脸帅哥说："我叫于飞。"

我奶奶在身后感慨："听听，这个名字，多有言情小说男主范儿。"

笑脸帅哥伸出手，继续介绍旁边的冷脸帅哥："这是我的朋友——张发财！"

画风不对啊！我和我姐震惊地看着张发财，为什么长得那么酷炫拽，却有一个这么令人无法理解的名字！

熊大马上就嗤笑出声了："哈哈哈……"笑到一半看向于飞，又转口道，"嘻嘻嘻，就凭你，也好意思嘲笑我的名字？"

我鸡皮疙瘩都起来了，那个熊大竟然用"嘻嘻嘻"这么娇羞的笑法，果然是在男神面前变形金刚也会变成芭比娃娃吗？

奶奶小声低估道："这名字起的也太难听了。"

奶奶，咱家人完全没有资格去嫌弃其他人的名字吧？

奶奶看看于飞，又看看张发财，然后又说："我觉得熊大未来老公应该是于飞。"

我怎么觉得按照我家的调性，这个张发财才是我未来姐夫……

怎样让高富帅记住你

春心荡漾的少女们围绕在帅哥男神周围，欢呼雀跃、脸红尖叫。

那是众多言情校园小说、少女漫画中经常出现的画面——除了我们一家人以外。

如果你以为那是当天最震撼的场景，那么我就得说，你还是太傻太天真了，当天最劲爆最轰动的事情并不是帅哥被围绕的那一幕。

两个帅哥和熊大进行过沟通以后，正打算在女孩们的簇拥下离开。

就在这时，奶奶对我道："睁大眼睛，猴子，你马上就能看到言情小说的经典场面了。"

我问："那是什么？"

"帅气的男主珍惜地扶住了不小心摔倒的女主，然后两人视线相对，心生爱意。"奶奶说完，用力推了熊大一把。

毫无防备的熊大就这么踉跄着往前走去，看见即将跌倒的熊大，前面所有的女孩都为她让出了一条路，她在踉跄中，又被人群中的某个女孩绊了一脚，直直朝前摔去。

"好！"奶奶激动地喝了一声彩，"连恶毒女配都出现了，这剧本太精彩了，完全在我的计划之内！"

奶奶看得见开头，却没猜到结尾。

熊大不笨，在众人的让步下，她知道这一跤是必摔无疑了，所以她尽力地调整了方向，朝着于飞的方向倒了下去。

千钧一发之际，于飞敏捷地向左跨出了一步，露出身后的张发财。

见希望破产，熊大只好苦苦挣扎，双手在空中挥舞，费力地想抓住所有能抓住的东西，可惜最后还是没有抵抗住力的作用往下栽去。

但她的努力也没有白费，她紧紧地抓住了张发财的运动裤！

在我的回忆里，剩下的情景就像是一串慢动作，熊大手中紧握着张发财的运动裤，慢慢地倒了下去。

原本嘈杂的世界忽然变得一片安静，只剩下张发财的腿毛和花裤衩迎风飘舞。

所有人都石化了，所有石化的人的视线都集中在张发财的花裤衩上。

这是我姐的一小拽，却是皇家富豪学院历史上的一大拽。

渐渐地，人群中响起了议论的声音："裤子掉了，花裤衩露出来了。"

"竟然是花裤衩。"

"好花的裤衩。"

"竟然穿这么花的裤衩……"

"花裤衩也没有关系吧，只要帅就可以了。"

"可是虽然很帅，却是花裤衩呢。"

"花裤衩又有什么关系，重要的是脸。"

"但是看到脸的时候，就会想到他穿的是花裤衩吧。"

……

"咔嚓。"在议论声中，不知道谁拿出了手机，开始拍照，这个声音提醒了其他的人，顿时咔嚓咔嚓的拍照声此起彼伏，闪光灯不时照亮已经石化的张发财的冷峻的脸。

可以预见，继"拖拉机少女"熊大成为皇家富豪学院的不朽传奇之后，入学第一天就被人扒掉裤子的"冷面校草"张发财的故事也会在皇家富豪学院一代一代地流传下去。

不管怎么说，奶奶的期望达成了。

熊大成功地成为了让高富帅张发财有生以来最刻骨铭心难以忘却的第一个女人——他一直想要杀了她。

在皇家富豪学院的三年中，熊大和张发财相恨相杀的过程血腥无比，即使到了大学，张发财依然在不择手段找熊大的麻烦，直到最近几年，才安生下来。

现在，我姐已经大学毕业，要开始工作了。

我看着面前的土豪大厦，心想，按照小说的规律，她应该很快就能遇到张发财了吧。

"哎，哎，"奶奶拉了拉我，"你看，那边走过来的两个人，不是于飞和张发财吗？"

顺着奶奶指着的方向，我果然看见了于飞和张发财的身影。"这就出场了，一点时间不浪费，还真是快啊！"

"快什么，也该男主出场了！"奶奶不满地说，"别的言情小说一开始就是男女主滚床单，我们已经落了很多进度了，得快马加鞭把进度赶上来才行。"

……别说那么吓人的话好吗奶奶。

重逢总是充满着这样那样的情节

于飞和张发财站在土豪大厦门口，不得不说，他们现在看起来比原来成熟了不少，穿得就像所有都市言情小说的男主一样，西裤领带白衬衫，衬衫挽到手肘附近，像个银行从业人员或者是卖保险的。

说了几句话后，于飞走进了土豪大厦，张发财则走向了另一个方向。

在行走过程中，张发财无意间往我们这边看了一眼，然后他定住了，抬起的脚悬在半空中，原本就冷峻的脸先转白再转红，最后蒙上了一层冰霜。

毫无疑问，事隔多年，他还是一眼认出了当年拽他裤子的熊大。

这是一种怎样的……恨啊……

这恨意使得张发财转过身，快步向我们走来，最后停在了熊大面前。

仇人相见分外眼红，我紧张地咽了口口水："奶奶，不会出什么事吧？"

"不要怕，熊大有我们在呢。"

"不，我是怕熊大把张发财打残。"

"……"

原本抬头看土豪大厦的熊大感受到了面前走来了人，收回目光，看向了张发财。

熊大和张发财两个人的目光终于对上了。

然后，他们陷入了死一般的沉默。

"张发财心情复杂地走近了面前这个娇柔可爱的女子。他突然发现，这么多年来，这个女子一直存在于他的脑海里，挥之不去。

他一想到面前这个女子，就会心情激荡，痛苦难忍。"奶奶淡定地分析道，"没错，就是面前这个小家伙，让他冷酷的心产生了无数的裂痕，把他的世界搅得一团糟，然后又任性地消失，留下他一个人在记忆里痛苦……

"他本来以为，一辈子都不会见到她，时间会渐渐抚平他内心的伤痕，可是，该死的，这个可恶的小家伙为什么又出现在了他的面前！只一眼他就认出了她，没错，这个令他心心念念的女人，化成灰他也认得出来！"奶奶突然提高了声音，声情并茂地说道，"一看到她，过去的种种全都浮现在眼前，他原本平静下来的心再次激荡了起来，他的脑海瞬间被这个女人的身影充满，该死的！为什么她又要出现在他面前！为什么要破坏他平静的生活，他本来以为，自己可以忘记她的！"

"……"我有些无语地看向奶奶，就张发财对熊大的心情而言，我觉得奶奶分析得还是很到位的……但是为什么总觉得有哪些地方不对？

熊大和张发财依然保持着原来的站姿，但是仔细观察的话，会发现他们的身体已经发僵了，我觉得这是因为奶奶的解说造成的。

他们的静止给了奶奶更大的发挥空间。

"世界都静止了，只剩下他们两个人，他站在她面前，看着她，她还像原来一样美丽动人，时间并没有在她身上留下任何痕迹。而她，也终于发现了他。那双出现在他梦里无数次的眼睛，令他无数次从梦中哭醒。记忆中刻骨铭心的脸终于转向了他，此时他们目光相交，眼里只有彼此，整个世界都被他们遗忘了。他看着她，想……"奶奶叹了口气，用宠溺的声音说，"小东西，这次，我再也不会让你从我身边逃开了！"

我清楚地看到，张发财的小臂上起了一层鸡皮疙瘩。他已经顾不上去看熊大了，转过头，恶狠狠地瞪着我和我奶奶："你是谁啊？"

"她是谁你管得着吗？"熊大马上护起了自家人，"你又是谁啊？"

我奶奶身经百战，并没有被张发财的眼神所吓倒，也没被这突发情况打断解说："忽然，张发财看到了熊大身边站着的猴子，他的心一下沉了下去，这只猴子是谁？为什么会出现在这里？难道这个女人已经背着他，找了别的男人？张发财愤怒地问向那只猴子'你是谁？'"

不，奶奶，他那句你是谁肯定是在问你，不是在问我啊！

"熊大听他这么问，身子瞬间凉了下去，他竟然不知道这只猴子是谁？他难道已经忘记了那一夜的事情？她离开他有太多不得已，一个人含辛茹苦地将这只猴子抚养长大，他竟然能用这种不信任的语气问这只猴子是谁？想到这里，所有的委屈、愤怒一起涌上心头，熊大恨恨地说'他是谁你管得着吗？你又是谁啊？'"

虽然还是一样的话，但感觉完全不一样了啊！那一夜是个什么东西啊？什么叫作熊大含辛茹苦地把我抚养长大啊？奶奶你已经创造出一个新的故事了吧？而且你为什么又要往我身上插刀，你真是我亲奶奶吗？

张发财对熊大吼道："这俩都是什么人啊，你是随身携带精神病院吗？"

哎？关我什么事？为什么连我也被骂进去了？

察觉到张发财接下来的话可能和剧本对不上，奶奶先一步抢话道："张发财心中本来有一丝期待，希望听到熊大说这只猴子是他的，但没想到她竟然这么说，一想到这只猴子是别的男人的，张发财就愤怒了，他将怒火全部宣泄在了熊大身上，对着她大声吼叫了起来……"

"够了！不要再编了！"我、熊大和张发财忍无可忍，一起对着奶奶吼道。

笨蛋的另一半其实也只能是笨蛋

经过奶奶这么一闹，张发财刚才的气势消失了一半，他问熊大："你在这里干什么？"

"上班啊。"

"你是这里的员工？"张发财的眼睛冷冷地眯了起来，"我怎么不知道。"

"为什么要你知道？"熊大奇怪地问，"你还没有回答我的问题呢，你到底是谁啊？"

我们所有人都震惊了，刚才熊大说的时候我们还以为她是在说气话，原来她是真的忘了张发财是谁！

张发财听到这句话已经完全石化了，但他毕竟是个帅哥，就算石化了，整个人看起来也像是古罗马雕像家手下的雕像，五官突出，棱角分明，像铁血战士一样硬朗。

也怨不得张发财石化，当你发现你记恨了多年的仇人早就忘了你，肯定会觉得自己就像个笑话，受到这种毁灭性的打击，感觉绝对不好受。

我有些同情张发财，对熊大说："你就这么忘了？他可是你的仇人，恨你很多年了，你至少也记一下人家的名字吧？"

"恨我？哈哈，"熊大大笑了两声，冷淡地说，"恨我的人多了，他算老几？"

这是值得骄傲的事吗？而且画风不对呀老大，你这淡薄酷炫的反应不像言情小说女主，而像小说男主。

听到老大的话，石化的张发财身上出现了几道裂痕。

这也太折磨人了，对于这位英俊多金自小被众人捧在手心被女人包围一路顺风顺水的冷酷帅哥来说，简直是把尊严磨成粉踩在脚底下最后又在上面泼了牛粪一样的程度。

张发财冷峻如刀锋的脸上出现了痛苦的表情，眼角泛出了淡淡泪光。

真可怜啊！我和奶奶鄙视地看着熊大，你怎么可以这么践踏人家的尊严？

"熊大。"奶奶在旁边低声提醒道，"这是你扒掉裤子的那个！"

"扒掉裤子，哪一个？"

还哪一个，这位清纯少女，你到底扒掉过多少男人的裤子？

"唉……"奶奶急得跺了跺脚，说道，"你怎么想不起来呢，你看看他的裤衩！"

熊大脸上露出了疑惑的表情，她想了想，以惊人的速度冲向张发财，以一个小擒拿手架住了张发财，接着，又以"迅雷不及掩耳盗铃儿响叮当之势"解开了张发财的皮带，拽下了他的裤子。

"花裤衩，是你！"熊大眼睛一亮，"你就是那个皇家富豪学院和我一起入学的张发财！高一你坐在教室五排六列，高二在四排三列，高三分班你去了富豪班，有 39% 的时间坐在六排，40% 的时间坐在五排，其余时间在其他排回荡，你高中二年级也就是 4 月 5 号下午 6：29 在学校高级餐厅吃饭点了一份特级牛排和煎鳕鱼！"

忍无可忍的张发财喊道："你靠脸认不出来吗？你只能靠裤衩认人吗？"

而且连那么小的座位事情都想起来了，甚至连统计数据和哪天在哪吃什么饭都回忆起来了，这花裤衩在你记忆里的威力是有多大啊？

"很久以前我就想问了……"熊大问，"你为什么恨我啊？"

"……"我、奶奶和张发财都不知道该如何回答这个问题。

"不就是拽你裤子了吗？那是个意外啊，你至于找我那么久麻烦？"熊大说，"我早就和你说过，大不了一报还一报，让你掀我裙子，可你又不掀。"

"废话！"张发财怒道，"高中三年，你穿过裙子吗？"

为这种事情吵架……你们是小学生吗？

熊大道："无论如何，你先穿上裤子吧，大庭广众的，多难看啊，像个暴露狂一样。"

我算是明白他张发财对熊大这种深深的仇恨是从何而来的了。

张发财眼睛都要冒火了："要我穿裤子，你得先把手从我裤带上移开吧！"

世界上很多男人会很享受女人给自己解皮带的过程，但是张发财显然不在此之列。

熊大讪讪一笑，松开了张发财的皮带，并且后退两步，举起两手，表示自己再也不会轻举妄动。

不得不说，张发财对熊大还是很有戒心的，盯着她走开站定以后，才慢慢弯腿哈腰，拎起自己的裤子，在这个过程中，张发财的眼睛一直警戒地盯着熊大。

就在这时，旁边传来了一声惊呼："天哪，这是怎么回事？"

我们顺着惊呼的声音望去，看见一个长发飘飘、身材凹凸有致的美女正掩着嘴，吃惊地看着熊大和张发财。

就像熊大心中藏着一个男神于飞一样，张发财心中也藏着一个女神。

没错，就是面前这位美女。

想当初，在皇家富豪学院，张发财被熊大拽掉裤子之后，被众人围观，有人安慰他道："没关系，其实挺时尚的。"

张发财冷着脸推开了那些安慰他的人。

就在这时，前方款款走来了一个美女，她对张发财笑了笑，说："你穿得好时髦啊。"

张发财那颗冰冷的心一下子就沉沦了下去。

后来他和我聊天，说那时候就感觉是女神降临，那美女浑身都散发着圣光。

那个美女容雨薇，就变成了张发财心中的女神，张发财明恋暗恋了不少年。

对于这件事情，我一直百思不得其解，之前安慰张发财的人和这美女说的话从本质上没有什么不同，为什么张发财就偏偏把她当成女神了？

关于这个问题，后来我问过张发财。

张发财沉思了一会儿，和我说了两个字："看脸。"

茅塞顿开。

扯远了，言归正传，冷酷总裁张发财在这个世界上很少有在乎的人，这个容雨薇就是其中之一。

现在，容雨薇正在惊诧地看着张发财，娇柔的声音都变了调："你……你在做什么？"

"不好了，我干了坏事。"熊大再笨，也知道张发财暗恋容雨薇，她有些内疚地自语道，"张发财应该宁愿被全世界看到他大庭广众之下露花裤衩的样子，也不愿意被容雨薇看到吧。"

不，他一定也不愿意被全世界看到。

张发财连忙穿上了裤子，系上皮带，问："雨薇，你怎么会在这里？"

容雨薇质问道："你到底是怎么回事？你为什么一看到熊大就脱裤子！"

这误会大发了，张发财连忙解释道："不是这样的，雨薇你听我解释！"

"我不听我不听。"

"你听我解释。"

"我不听我不听！"

出现了，言情小说必备桥段——死活不听解释。

奶奶低声道："你看，这女的，长得好看又有钱，一看就是恶毒女配。"

不是这样，奶奶你想错了。

在皇家富豪高中的三年生活里，冷峻的张发财想到了很多办法对容雨薇示好，他甚至想到了英雄救美的桥段，找人包围容雨薇，就等自己关键时刻飒爽登场。

可惜那次蓄谋已久的计划被熊大打断，当小混混们包围容雨薇，张发财还没来得及登场时，路过的熊大就以一敌三，揍走小混混，救下了容雨薇。

计划破产的张发财没有气馁，再接再厉。

据统计，在富豪高中三年，容雨薇被骚扰、绑架、勒索共计83次，其中有75次是被熊大救下的，5次是警察干预，2次是容雨薇自己逃走，还有一次，轮到了张发财出场。

可惜被骚扰的次数太多，这微乎其微的一次，没有给容雨薇留下任何印象。

这么想起来，张发财对熊大的恨意真是顺理成章，不能更合理。

而且，到后来，这姑娘不止对冷酷帅哥张发财的示好视若无睹，还对他表示出了深深的敌意。

这令张发财非常困惑，他曾经问过我原因，我没有忍心告诉他真相。

张发财还在辩解："雨薇，你听我解释！"

"我不听！"容雨薇冷眼看着张发财，一字一句地说道，"变！态！"

说完，她转过身，换了一张温柔可人的脸，对熊大道："不要理这个总是和你作对的变态，我们走吧。"

说完，容雨薇小鸟依人地靠在熊大的肩膀上，心满意足地和她一起走进了土豪大厦。

留下身心破损的张发财。

张发财大概还没有明白，事情的真相是，在自己的助攻下，容雨薇喜欢上了一次又一次将她从坏人手里救出的熊大。

"不对啊……"奶奶愣了半天，然后对我说，"这还是言情小说的发展吗？"

我拍了拍奶奶的肩膀，奶奶，你家的孙女，已经成长为一位合格的言情小说男主了。

Part 3

恋爱有波折才有发展

言情小说人设两大要点

容雨薇小鸟依人地依附在熊大身边走了，留下呆滞的我们。

"这不符合剧本哪。说好的言情小说中有长相有身材有钱有脸有才华有心计有手段有后台人缘广见识多奇思妙想不断的恶毒女配呢？人设怎么就变成这样了？"奶奶非常惆怅。

我安慰老人道："偶尔也会有这样的事情。"

奶奶说："不可能，言情小说之所以被称为言情小说，就是因为它有固定的套路，总是有些意外，像是黑帮火并啊……"

就在这时，一帮拿着木棍、提着砍刀的"黑社会"走到了张发财面前，为首的"黑社会"头子竟然长得还不错，痞帅痞帅的。

"张总，你这个月保护费交了没？"

"没错，就是这样！"奶奶眼睛一亮，"终于来了。"

真是说曹操曹操到，这也太配合了，这些"黑社会"是奶奶你请过来的吗？

张发财看了他们一眼，拿出手机，拨了电话。

奶奶精神大振，对我道："你看好了，这个张发财家里绝对不清白，肯定是黑白两道勾结，才能坐到现在的酷酷总裁的位置上，所以他们家每个月都会给'黑社会'交钱。"

"你给张发财家里的设定是不是有些太复杂了，张发财知道自己家这么黑暗吗？"

"张发财家本身就翅膀硬了，想摆脱'黑社会'，自己洗白，可是'黑社会'有他们家的把柄，他们不敢轻易撕破脸，所以现在你看，张发财打电话，就是让人送钱，数目也不少，大概几百万吧。"

"你连送的钱有多少都猜出来了……这设定还是言情小说吗？"

"当然，重要的是后面，后来那个帅哥头目看到了言情小说的女主，也就是咱家熊大，一见倾心，绑架她胁迫她要挟她和自己在一起，中间发生了不少误会，最后张发财冲冠一怒为红颜，拿钱挑拨另一个'黑社会'，趁两边枪战火并的时候救回了熊大。"

我看了看那个头目的身材，奶奶你确定那个头目能打赢熊大，并且绑架她胁迫她要挟她？

"'黑社会'头目肯定不甘心熊大回到张发财身边，他拿张发财公司的机密情报卖给敌对公司，还用之前的把柄要挟张发财，张发财受制于人，敌对公司又有了他们的机密，虽然有熊大爱情的滋润，但经过一番商战，公司面临破产，岌岌可危。"

"黑社会"和公司总裁每天的工作就是谈恋爱抢女人，还为这个商战枪战，这还能不能好了？

"为了毁灭把柄不再受制于人，熊大和张发财乘直升机潜入'黑社会'老巢，躲过红外线，入侵中央电脑，破坏警戒系统，干掉警卫和杂兵，终于把那些把柄毁灭了！但是在毁灭的同时，他们不小心碰到了自毁系统，'黑社会'老巢十分钟后就会爆炸，在千钧一发之际，熊大和张发财纵身一跃，逃出了'黑社会'老巢，在他们身后，'黑社会'老巢彻底爆炸，火光冲天！"

我用毫无起伏的声音说道："哇，好精彩，真是个了不起又高科技的'黑社会'窝点。"

"你看着吧。"奶奶信心满满地说，"现在，张发财给他们送钱，只是个开始，张发财心中一直想着反抗。"

奶奶这点倒是说对了，因为没过一会儿，就听得"乌拉乌拉"一阵响，几辆警车停在我们面前，把那帮"黑社会"全抓走了。

奶奶震惊了，用手指着张发财："你刚才打电话竟然是为了报警？"

"带着管制刀具在街上晃，还威胁我，当然得报警。"张发财淡定地看了奶奶一眼，走了。

这番话真是有理有据令人信服，我同情地看着奶奶。

奶奶大概从我的眼神中看出了什么，道："这只是个意外，其实我也知道事情不可能这么戏剧化……你看，前面那个穿着细高跟的美女，她一定会故意摔跤，摔到张发财的怀里，然后勾引他。"

那美女果然绊了一下，但是她单手撑地，双腿在空中画了一个圆，然后稳稳落地，走了。

这期间张发财看都没看她一眼。

奶奶又道："你看见那个走向张发财的人了没有，他以后也会是张发财的情敌。"

是不是所有和张发财有关系的都会被奶奶加到小说剧情里，并加上一个特殊身份？我见张发财从兜里掏出一张红票，给路边的乞丐，"那那个乞丐呢，也是张发财的情敌？"

奶奶一口否定："不，他就是个乞丐。"

我问："你是靠什么设定人物身份的？"

奶奶的回答很简洁："靠脸。"

您和张发财是一家人吧？这还真是一个看脸的世界。我问："除了脸没有别的了吗？"

"当然不是，"奶奶说，"还有钱。"

我对这个世界绝望了。

奶奶教你怎样吸引总裁的注意

我和奶奶站在土豪大厦门口，没过一会儿，就惊讶地看见熊大和容雨薇两个人有说有笑地走了出来，然后两人挥手告别，容雨薇走向了另外一边，熊大则走近了我们。

"你这是在做什么？"奶奶问。

"我陪雨薇去土豪大厦办了件事情。"

"不，这不是重点吧。"我说，"你不是要去人事部报到，然后上班吗？"

熊大双颊露出了可疑的红色，她对着手指，道："报到这事，也不急嘛……"

我看着熊大，鸡皮疙瘩都快要掉下来了，怎么可能？我家的熊大不可能这么娇羞！

奶奶也对熊大的反常有些奇怪，再怎么逼也不能把自己家孙女搞得精神分裂了啊，于是奶奶柔声问："是不是你不想在这家公司上班？"

熊大低下头，脸上红晕更深："也不是啦。"

奶奶说："你要不愿意也没关系，那我们再另找一家。"

熊大说："其实我还是想在这家工作的。"

我说："那你去报到啊。"

熊大说："还是等一等嘛。"

奶奶说："要不满意就换个地方呗，反正有钱人和蟑螂一样，世界那么大，还怕找不到几个蟑螂窝。"

熊大说："不嘛。"

我说："你到底去不去啊？"

"想去。"

"那你就去啊。"

"我想等一等嘛。"

"不喜欢就换地方。"

"叨叨叨叨！叨叨叨叨！"熊大不耐烦地抬起头，撸起袖子，"你们叨叨叨叨地烦死人了！老娘就是要在这里工作，就是不愿意现在去报到，你们有什么不满？昂？是想打架吗？"

刚才不还是娇羞模式吗，怎么一秒钟就变了？我说："你怎么这么纠结，你暗恋的那个于飞不就在这里吗？"

听到我说出这个名字，熊大的脸嘭的一下变得通红，我甚至能感觉到她耳朵里都冒出了热气。

熊大再次对着手指，用脚在地上画着圈圈："就、就是在这里，又怎么样嘛。"

又出现了，软妹子一般的句尾语气助词。

奶奶终于明白熊大在纠结什么了，小声对我说："她是要见到暗恋的男神，紧张了。"

真是千回百转的女儿心啊。

"不要担心。"我说，"你们高中就没见过几次面，我觉得他也不一定能记得你。"

熊大的脸一下拉了下来，用怨恨的眼光看着我。

"没事没事。"奶奶安慰她道，"我们这次可以让他留下一个深刻的印象，对你一见钟情。"

熊大来了精神："怎么做？"

我好心提醒她："你要考虑清楚，你真想按照奶奶的方法做？"

奶奶和熊大一起用鄙夷的眼光看着我："你懂什么，闭嘴！"

训斥完我之后，奶奶对熊大的教育就开始了："你知道职场言情，玛丽苏女主角具备的最大的特征是什么吗？"

熊大问："是什么？"

"笨蛋！"奶奶说，"是傻、白、圣！"

"傻、白、圣？"熊大一愣，"什么意思？"

"傻呢，就是说智商不能高，要把你的真实智商掩盖起来，表现得越傻越好，最好就像是脑袋缺了一块一样。"

熊大问："那不就是脑残吗，有什么好？"

"傻丫头，这你就不懂了吧，"奶奶说，"总裁每天都要商战，都要钩心斗角，身边都是聪明人，得防着他们，生活得多累啊。要是看到一个傻傻的，不用防着的女孩，他是很容易爱上的。"

"似乎有点道理。"熊大问，"那白呢？"

"白的意思，就是小白，你要表现得什么都不知道，什么常识都没有，见到什么都充满好奇心，对这个世界充满疑问，像个巨婴一样天真无邪。"

我说："那不还是傻吗？"

熊大说："对啊，这有什么好处？"

"你想啊，"奶奶说，"总裁每天都要商战，都要钩心斗角，身边都是聪明人，那些人什么都知道，什么都能解决，总裁满腹经纶都用不上，生活得多痛苦啊。要是看到一个天真无邪，什么都不知道的小白女孩，能给她讲解各种各样的知识，总裁会很容易产生呵护她、宠她的心情的。"

"对哦……"熊大点点头。可我总觉得有哪里怪怪的。

熊大又问："那圣是什么意思？"

"就是圣母！"奶奶讲解道，"现在大家都知道，总裁会被善良的女孩吸引，但是我们身为女主角一族，普通的善良是不够的，你必须比那些善良人还要善良，达到圣母的地步才行，为恶毒女配、凶残后母求情算什么？在敌人想要插你刀的时候，夺过她的刀，插到自己身上，不劳敌人费心，才是真圣母！才能吸引更高富帅的总裁！"

"这不是猪一样的队友吗？"我吼道，"这不依然是傻吗？"

熊大也有些为难："这也有些太困难了吧，别人打我我很难不揍死他的。"

"你要思考啊，孩子，"奶奶说，"总裁每天都要商战，都要钩心斗角，身边都是聪明人，商场之上无父子，那些人什么恶毒招数下作手段都使得出来，总裁浸染在这种大环境里，心都被染黑了，生活得多负能量啊。要是看到一个连敌人都能宽恕的圣母，就像一道光一样照亮了总裁黑暗的生活，总裁会很容易产生爱她、靠近她的心情的。"

总裁的生活到底是有多恶劣啊？总裁这种生物到底是活在一种怎样悲惨的世界里啊！

熊大恍然大悟道："你说的也有点道理，那我就这样试一试吧。"

欸？你真的决定要去试了吗？

有时候失败也是一种磨炼

熊大握紧拳头，蓄势待发："那我走了。"

奶奶道："等一下，你准备的还不够，要抓住总裁的芳心，你必须由内到外，全身心都贯彻'傻、白、圣'这三个主题。"

熊大一愣："什么？"

奶奶说："你的外表表现得精明了，来，眼睛睁大点，对，嘴翘起来，笑，表现出迷茫的感觉，要带着天真懵懂，什么都不懂的笑容。还有你的头发，乱一点，才能显现出那种无邪的感觉。"

我眼睁睁地看着熊大在奶奶的指导下，做出了一副扭曲而弱智的表情。

熊大看不到自己的表情，但是她心中显然存在着疑惑不安："奶奶，你确定这样能成功？"

"当然。"奶奶拍拍她的肩膀，"你奶奶我可是一个征服了魔教教主的成功的言情小说女主，对，就要保持这个表情。"

"这副表情说话不系很方面啊，而且会流口水……"

"这都在我的预料之中，流口水显得很天真，口齿不清也很好，显得多傻啊。"奶奶说，"注意你走路的姿势，一定要显得可爱无邪，脚步要轻盈，这样，那花花总裁看到你，就像看到了天上的仙子一般，一定会眼前一亮。"

然后，我就看着被奶奶调教过的熊大，带着一脸白痴的笑容，轻盈地跳跃着，走进了土豪大厦。

刚刚走进土豪大厦的张发财带着个秘书正往外走，看到了从自己身边擦肩而过、雀跃地跳动着的熊大，整个人都惊呆了，露出了难以置信的神情之后，转了个身，又跟在熊大背后走了进去。

"看吧。"奶奶充满自信地说，"熊大已经成功了一半，她已经成功地吸引了张发财的注意力。"

我捂住头，总感觉可以预料到事情的结果了："奶奶……熊大真是你亲孙女吗……"

一个小时以后，熊大捂着脸蹲在我们面前，身上乌云缭绕，旁边张发财正扶着墙，笑得浑身颤抖。

"我想死……"熊大默念道，"让我死……"

"怎么回事？"奶奶问，"于飞没有注意到你？"

熊大有气无力地说："全部的人注意到我了……"

那也是，那种姿态很难不被人注意到。

奶奶又问："你没见到于飞？"

"不，人事几乎是马上把我带到他面前。"

就算奶奶他们已经打通了关系，要录取这样一个人，人事也是很为难。

"你没有在他面前展现出傻、白、圣的一面？"

"有……"熊大说，"我对他傻笑，指着他桌子上的报表上的'报'字，天真地问那是什么字，还跟他说，就算克扣我工资我也不会生气。"

"他没有被你吸引吗？"

"他一直看着我……"

"他没有给你优待吗？"

"他不顾人事的反对，给我安排了一个异常简单的工作。"

"那不是很好吗？"奶奶说，"他已经爱上你了。"

"不对！"熊大说，"他完全没认出我是谁，而且还跟人事说，收下我是为了扶植公益事业，毕竟智障病人也不容易！"

"哈哈哈哈哈！"一旁的张发财终于爆笑出声。

"而且！"熊大指着张发财，愤怒地道，"这个人一直跟在我身后，围观了整个过程！"

张发财一脸大仇得报的畅快感："哈哈哈哈哈。"

"再笑揍死你！"熊大恐吓完张发财，再次捂住脸，"我要去死……"

奶奶这下该明白了吧，言情小说女主都是胡扯的……我看向了奶奶，惊讶地发现奶奶脸上竟然露出了欣慰的表情。

"熊大，你不要气馁，所谓的言情女主，刚开始和男主肯定会有不少波折的，要不然剧情怎么发展呢，但是，随着你们相爱，这些波折，最后都会变成甜美的回忆。"

熊大完全不为所动，这种充满羞耻的回忆很难变得甜美吧？

"唉。"奶奶叹了口气，继续说道，"罢了罢了，你毕竟是我孙女，我把言情小说女主最重要的一个秘籍教给你吧。这一个秘籍可是凝聚了我们家千古以来的精华，我们从来不告诉外人。只要你掌握了这一点，必然会见佛杀佛遇鬼弑鬼，所有高富帅都得拜倒在你的牛仔裤下！"

听奶奶说得这么高深神秘，熊大终于忍不住抬起头："那是什么？"

奶奶神秘一笑，极其小声地说出四个字："和他作对！"

奶奶，你和熊大，到底是有多大仇！

不作死就不会死

"和他作对？我觉得不可能会让他喜欢我吧？"通过上一轮的失败，熊大已经开始怀疑奶奶了。

"你不懂，高富帅的内心都是寂寞的，他们是天之骄子，人人都捧着他们，说他们的好话，奉承他们，迎合他们。他们已经对这样的人生腻烦了，所以他们需要更大的刺激，那个刺激，就是——反对他们的女主！"

"哈？"张发财的脸抽动了一下。

奶奶按上了熊大的肩膀："没错，总裁的内心其实希望有个人反对他们，压迫他们，揍他们，骂他们，顶撞他们，所有事情都和他们作对！看到这样的女主，他们就会情不自已地爱上！并在内心渴求女主继续反对他们！"

原来生活在悲惨世界里面的总裁已经心理变态，成为被虐狂了……和上一课结合起来看，还真是必然的发展。

"真的是这样吗？"熊大现在已经不敢轻易相信奶奶了。

"当然！"奶奶不知道从哪里掏出一叠言情小说，"不信你自己看！"

我和熊大，还有张发财一起翻开了书，观察书中男主的心理活动。

将军：你一个手无缚鸡之力的女人，竟然敢打我……有意思，我倒想看看，你还有什么样的能耐！——最后他和打他的女人在一起了。

王爷：本王还是第一次遇见敢骂我的人，×××，我记住你了！——最后他和骂他的女人在一起了。

皇上：哈哈哈哈，你竟然敢顶撞朕，有胆量，朕喜欢！——最后他和顶撞他的女人在一起了。

明星：所有女人见到我都会尖叫花痴，只有你无视我，不理我，这才是我要的感觉！我爱你！——最后他和无视他的女人在一起了。

总裁：我翻手为云覆手为雨，你一个穷女人，竟然反抗我，你，我要定了！——最后他和反抗他的女人在一起了。

……

我们完全震惊了，竟然是真的！所有的男主都是抖 M（严重的受虐倾向）！

"男……"熊大满脸难以置信，拿着书的手不停颤抖，"男人真是一种令人捉摸不透的生物！"

"不要被骗了。"我连忙反驳，"男人不是这样的！"

熊大看向我，一脸同情的表情："猴子，你还是好好珍惜你的单身生活吧，等你谈恋爱以后，你可能就会受伤了，没错，我说的就是各种意义上的遍体鳞伤。"

等等，你现在对男人和恋爱到底有着什么样的误解？

"哼！"张发财把手里的言情小说随手一扔，"用言情小说来认识男人，这也是令人醉了。"

熊大忽然看向张发财，露出惊恐的表情："坏了，我原来那么欺负你，你不会已经爱上我了吧？"

张发财脸上青筋一跳："怎么可能？"

熊大双手捂胸，蹬蹬蹬地后退了几步，与张发财拉开距离："当然可能，我打过你骂过你扒过你裤子抢过你女人，你没有理由不爱我的！"

"放屁啊！"张发财忍无可忍地吼道，"会爱上你才有鬼！你这家伙是女人吗？真正的女人应该是温柔体贴善解人意碰一下手就脸红穿着水手服会做爱心便当有时傲娇有时小鸟依人走路会拉着你的衣角脸红能穿着女仆装等你回家的那种！靠言情小说认识男人，你脑子有坑吗？"

等一下，酷帅张总裁，你对女人的理解似乎也有点偏差，你是通过什么认识女人的啊？

熊大看张发财的眼神已经充满了怜悯："不要辩解了，我懂。也是有这种嘴上说着不喜欢内心却爱得要死的男人存在的。"

"懂个毛线啊！"

"我爱的不是你，请你死心吧。"

"一看到你我的心情就死了。"

……

我无语地看着熊大和张发财,总感觉熊大有一种能灵活改变张发财性格的特殊能力。

"好!现在我就去吸引于飞的注意!"

奶奶的忧郁

通过言情小说的洗礼,熊大已经信心满满,自认为绝对能征服温柔总裁于飞的心!

说实话,为了吸引于飞的注意,熊大也是很拼的。

之前说过,于飞给熊大安排了轻松的工作,其实也就是打杂,为了和于飞作对,熊大在工作的范围内,做出了最大的努力。

像是倒水倒在桌子上,文件放进碎纸机,见于飞走过就绊他一脚,于飞路过时啐他一口,于飞想要上厕所的时候,锁住所有男厕的门……

诸如此类,经过两个星期的努力,熊大的工作终于有了成效。

她被辞退了。

"怎么会这样……"熊大拿着装着自己物品的箱子,呆呆地站在土豪大厦的门口,语气委屈,"我做错了什么?!"

准确说来,应该没有一件事是做对的吧……

其实,熊大被土豪公司辞退,最伤心的是奶奶,听到这个消息以后,奶奶简直是以泪洗面:"怎么可能,怎么会是这样,到底哪里出了错……我的希望破灭了？难道我没有高富帅的总裁孙女婿了吗？"

"别这样，奶奶。"我安慰奶奶道，"你还有我嘛……"当言情小说女主傍高富帅本来就是不可靠的妄想，不如指望你孙子努力挣钱，变成一个高富帅孝敬你们。

"靠你？"奶奶看了我一眼，"猴子，难道你也想去傍高富帅？"

"怎么可能，"我吼道，"我可是男的！"

"对嘛。"奶奶说，"要是你的话，那就不是言情小说女主，而是耽美小说男主了。"

……奶奶你懂得还真多，平时涉猎是有多广啊？

"熊大的命不可能这么差，"奶奶说，"她一定可以嫁给高富帅总裁。"

"你为什么那么觉得？"这种莫名的自信是怎么回事？难道奶奶你已经拿熊大的八字算过了？

"想当初……"奶奶陷入了回忆，"你妈在生你姐之前，说了一句'老公，我要给你生个小公主'，这是一句很重要的预言。"

"就靠这一句话？"我嗤之以鼻，"我妈说过的话多了，你怎么知道那句话就是预言呢。"

"刚开始我也不信。"奶奶用怜悯的眼神看着我，"但是后来，你妈在生你之前，和你爸说'老公你好帅，我要给你生猴子！'"

我感觉身上的一亿根汗毛都炸了起来！

"后来，看到你出生的时候，我就明白了，你妈妈是个预言家，你姐姐会成为一个公主。"

"够了，不要说了！"

怪不得你的眼神那么怜悯。

"到底是出了什么错呢？"奶奶疑惑地说道，"熊大那么好一个姑娘，为什么就没人喜欢呢？"

"也不是没人喜欢，"我说，"和我家隔了一条街，和熊大青梅竹马长大的那个男的，就很喜欢熊大。"

奶奶看了一眼蹲在角落、浑身充满低气压负能量的熊大，说："要不然，你就让那个人来和熊大说说话，为她打气吧。"

所以第二天，我就把那个叫作李铁锤的男孩子找来了。

李铁锤一听完我们的建议，就捂住了脸，连连跺脚道："哎呀，要和熊大说话，好害臊的……虽然人家那么喜欢熊大，她却总是拒绝人家，说人家娘，我的小二，你说说，人家到底哪里娘了？"

我说："你能不叫我小二吗？"

"好吧……我的老二，你说人家哪里娘了？"

我看了一眼呆滞的奶奶："……你还是叫我小二吧。"

"好的，老二。"李铁锤说，"难道人家可以向她告白吗？之前我告白了好多好多次，都被拒绝了呢……她为什么要拒绝人家呢？"

拒绝你这件事，除了内在原因就是外在原因了，我觉得在你身上，这两个原因都存在。

李铁锤洋溢着幸福的微笑走进了熊大的房间，我和奶奶马上贴在门上偷听。

熊大问："你到底喜欢我哪里？"

李铁锤说："我爱你的地方可多了，说都说不完！"

"我身上有那么多优点吗？"熊大的声音柔和了一些，"举个例子听听？"

李铁锤高声道："我喜欢你平凡的长相、粗鲁的嗓音、豪迈的打架姿势、硬朗的肌肉和与众不同的胡茬子！"

几秒钟后，李铁锤被打了出来。

送走李铁锤后，奶奶和我站在门口，奶奶更加忧郁了："难道就没有正常人喜欢熊大吗？长得好的、家里有钱的、痴心真情、身材又好的。"

这种人已经不能算正常人了，不过还真是有……我看着停在门口的豪车上下来了两个人，后面一个人手里拎着一看就不便宜的保养品，但显然，这些东西是前面的人买来送给熊大的。

我指着前面那人，对奶奶说："长得好的、家里有钱的、痴心真情、身材又好，这些条件全都符合。"

"奶奶，熊二，熊大在吗？"容雨薇指了指身后张发财手里拎着的保养品，"听说她心情不好，我买了点东西，来看望她。"

"女的有什么用！"奶奶骂道，她显得更加忧郁了。

\# 容大小姐请养我 \#

熊大抱着腿靠在床头，整个人缩成了一个虾米，头顶阴云密布。

看到仇敌这副模样，英俊潇洒冷酷无情拥有坚毅目光浓烈双眉高挺鼻梁模特儿身材的张发财就禁不住地开心了起来。

"熊大……"容雨薇心疼啊，连声安慰，"没事，不就是个男人嘛，有什么了不起的，你和我一起，我养你啊，我能给你用最好的，吃最好的，你想干什么就干什么，喜欢去哪儿就去哪儿。"

我说:"没用的,她已经被爱情伤透了心。"

熊大仰起头,顶着两个黑眼圈看向容雨薇,眼睛里满是失恋的悲伤,她用又轻又缓、有气无力的声音问道:"那我能召集十几个身材很好的男模在我面前走秀,给我削苹果做饭按摩还叫我女王大人吗?"

我和张发财:"……"

容雨薇说:"没问题啊,你喜欢什么我就给你什么。"

熊大握紧了容雨薇的手:"请你养我!"

"有点节操好吗?你这个女人的节操是被狗吃了吗?你不是刚失恋吗?悲伤的情绪持续得长一点又能怎样!"骂完熊大,我看向容雨薇,柔声问:"那你能把她弟一起顺便养了吗?"

"等等,等等。"张发财把手横在熊大和容雨薇之间,"你确定要养这个女人?她不正常啊,你想想,正常人在十七八岁的高中时期是魔法少女,她却是拖拉机少女,现在她的心灵已经变得扭曲,即使失恋也能这么快恢复过来,这么危险的女人你也要养?"

你为什么会觉得魔法少女是正常人的范畴……

"她可是失恋了啊!"张发财再次强调,"她在心上人面前装出了一副小儿麻痹与痴呆并存的模样,然后被无情地辞退了!"

我看见张发财的话变成了几把飞刀,刷刷刷地朝着熊大身上刺去。

要知道,即使是个女汉子,也是会受伤的,尤其是失恋的女汉子,熊大这阵子本身就脆弱,被张发财这么一说,竟然罕见地悲伤了:"你一定要这么说吗?"

张发财也愣住了,他呆呆地看着熊大,后来他和我说,看到熊大悲伤的那一刻，他自己感觉也并不是那么畅快，而且莫名其妙的，有种揪心的不安感。

要知道，人的思想是无限快的，在那短暂的停顿中，张发财对自己这种心情做出了无数种猜测，他想自己也许是善心发作，在同情面前这个女孩；也许是怜悯心起，觉得作为敌人，她现在太过可怜了；也许是他终于看见，熊大也有这么弱小无依的一天，但打败她、让她伤心的人并不是自己从而感到一丝丝失落。

如此种种……各种思绪在张发财脑子里纠结环绕，最后当熊大的拳头出现在他面前时，张发财才发现自己想多了。

那种不安只是人的本能预感而已。

半分钟后，张发财不敌暴力，终于闭嘴。

熊大和张发财打完架后，神清气爽，但是依然有些精神不振，这个时候，熊大的房间外面忽然传来了奶奶惊喜的声音："妹妹，真的是你！"接着，就传来一阵说话的声音。

听到这个声音，我心中就有了一丝不祥的预感，你要明白，我奶奶自称是言情小说女主，自称她的家族是言情小说女主世家。而且目前看来，臆想症是会传染的，我们一个家族都病得不轻。

而刚才我奶奶喊出的是"妹妹"，这就麻烦了……来人病情很有可能比我那些姑姑还要严重。

Part 4

狂炫酷霸拽的女强文女主姨奶奶

\# 欧洲贵妇 \#

看到我姨奶奶那一刻，我就明白了，这女人也不是什么善茬。你见到任何一个七八十岁的老太太在现实生活中穿着蓬蓬裙，心里都会有这种感觉，只不过在我家这种特定的环境中，这种感觉至少会被放大五倍。

我姨奶奶那蓬蓬裙不是现代小女孩穿的白纱短裙，而是古代欧洲贵妇那种及地长度、繁华至极的裙子。

姨奶奶用戴着白手套的手优雅地扶了扶头上的小帽子，面带微笑地看着我们，用译制片的翻译腔说道："哦，亲爱的，我就是你们的姨奶奶，你们可以叫我伊丽莎白·司，当然，你们应该知道，和你们的奶奶一样，我的本姓是司。"

张发财低声问："你们家在开变装大会？"

我十分羞愧。我本来以为熊大也会像我一样羞愧，但当我看向熊大的时候，发现她的眼中射出了惊艳的光芒。

接着，那个女人发出了赞叹的声音："太好看了！这衣服太好看了！"

我和张发财都震惊了。

奶奶说:"你们姨奶奶一直在欧洲生活,我们已经很久没见面了。"

我问:"姨奶奶,你就是穿这衣服走过来的吗?"

姨奶奶傲慢地看了我一眼:"我原谅你的无礼,亲爱的,我的车就停在外面,那是一辆非常漂亮的车,非常漂亮,所有人看见它都会被它所迷倒。"

原来是开车来的,那也难怪,坐在车里羞耻度会下降一点,我走到门口,往外一看……

门口停着一辆马车……穿着黑色小马甲戴着牛仔帽的车夫不知道从哪里拎来一桶水,正在擦马。

周遭行人和不远处道路上卖盒饭的、卖鸡蛋灌饼的、卖烤鱿鱼的小摊贩全都围了过来,对着那马车指指点点,卖韭菜盒子的摊主还好心地抽出了几根韭菜喂马吃。

羞耻度不仅完全没有降低,而且翻倍了啊!

"哦呵呵呵。"姨奶奶拿出一把扇子,遮住嘴笑,"这一路上,我和我的小草莓都是众人关注的焦点。"

废话……都整成这样了,不看你看谁啊。

"这实在是令人有些困扰,但是我一定得说,我并不讨厌这种感觉。就连那些严肃的警察,看到我时都不由自主地跟随起我来了,而且还发出了挽留的声音,他们说'不许动,快停下',哦呵呵呵,天哪,男人表达自己的情感时总是这么羞涩。"

你确定警察不是想抓你?

"好帅!"熊大说,"我也想体验一次这样的感觉,姨奶奶,我也要穿你这样的衣服，然后带我一起坐马车吧。"

"等下！"我拉住熊大，"你是真心觉得这衣服好看，你不觉得这样很丢脸吗？"

"我的脸不是已经丢尽了吗？从拖拉机少女到小儿麻痹的智障，我已经受够了！"熊大转过头，用死水一样的眼神看我，"我已经对什么'女主角世家'绝望了，你们这些大骗子，我要毁掉这个家！等着吧，一会儿坐马车时，我要在马车背面贴上一个写着'我是住在×街×号的熊家人'的条子！"说着，行动派的熊大马上去找纸笔。

我背上升起了一股寒意，失恋的熊大竟然打算用这种手段报复社会！

"哦，我的小蜜糖，你也觉得这件衣服很不错吗？它和那些廉价品可不一样，是正宗的，只有真正的淑女才能穿上它，首先，束腰是必不可少的；其次，你看到我的裙摆了吗？"姨奶奶用手拍了拍蓬蓬的裙子，"它们之所以能有这么美妙的弧度，是因为里面有铁丝支撑着，没错，亲爱的，这就是美丽的代价，成为一个淑女，并不是那么简单的事情，穿这身衣服，至少需要半个小时的时间。"

我看着那伞骨一样的裙子，问："姨奶奶，那你怎么尿尿？"

我的问题使得周围陷入了寂静。

姨奶奶顺口答道："找个地方站着尿，反正也没人能看见。"

这个回答使得周围陷入了更深层次的、死一般的寂静，不知道是不是错觉，我们似乎能感觉到古老欧洲贵族聚集地的味道迎面扑来。

姨奶奶马上说道:"当然,我们也不总是随地大小便,不是还有尿壶吗?当然这种事情我们自己不方便做,亲爱的,你们懂的,作为一个淑女,弯腰很困难,必须得有人帮忙……"

容雨薇一手捂住嘴,一手拍了拍熊大,熊大明白地点了点头,将手里"我是住在 × 街 × 号的熊家人"的条子撕得粉碎。

这是即使是万念俱灰的熊大,也不能无视的耻辱。我想她心里一定在感谢服装不断发展进化的现代社会。

姨奶奶带你了解欧洲

到底是姐妹情深,奶奶见姨奶奶尴尬,岔开了话题为她解围:"招妹啊,你最近过得怎么样?"

招妹?!我们一起望向姨奶奶,不是伊丽莎白·司吗?

姨奶奶脸色变了变:"都说了别叫我的小名了。"

奶奶向我们解释道:"我们家毕竟是女主世家,大家都希望能生出来女孩。"

原来招妹这个名字是这么来的,但是奶奶你说话时候看向我的嫌弃的目光是怎么回事?

"我的甜心们,如果你们想知道我的经历,我也可以告诉你们。"姨奶奶用理所当然的语气说,"我生活的地方你们应该都听过,我生活在罗马勒斯特维亚哥尔摩,那是欧洲最迷人的地方,那儿的天空像最美的宝石一样蓝。"

完蛋,小时候地理没学好,姨奶奶说得这么有名的地方我听都没听过，我看向熊大、张发财和容雨薇，发现他们连连点头，一副很懂的样子。

于是我也点头道："原来是在那里啊，那里确实不错。"

熊大、张发财和容雨薇一起望向我："是哪里？"

原来你们不知道啊，不知道装个毛线！

姨奶奶说："你们不知道吗？哦，我开始担心你们的教育了。罗马勒斯特维亚哥尔摩就在地球东南面，请记住，下次不要再犯这种常识性的错误，这会让我们家颜面尽失。"

……

我觉得我应该和我中学的地理老师谈谈，他用错误的欧洲方向误导了我多少年。

姨奶奶说："我刚到罗马勒斯特维亚哥尔摩的时候，被那美丽的景色所迷，唱出了夜莺一般婉转动听的歌声，路过的英俊伯爵没想到世上能有这么美妙的歌声，命令他的骑士带我回城堡。"

果然和奶奶是一家人，开始了，胡扯的故事开始了！

熊大问："姨奶奶，你唱的什么歌？"

姨奶奶说："《荷塘月色》。"

好吧，按照我家人的习性，听到这种歌名应该一点都不奇怪。

"回到城堡那天，伯爵十分开心，准备了舞会迎接我，那是一场充满异域风情的宴会，没有人能不被那气氛所影响，所以，我随着音乐展示了自己的歌喉和舞姿。正好国王在城堡做客，国王一听见我的歌声，立刻跪拜在我——伊丽莎白·司的裙下，请求我成为他的王后。"

等一下，这是哪个时代的欧洲？

容雨薇也很奇怪，问："您这次唱的是……"

姨奶奶说："《小苹果》。"

好吧，《荷塘月色》都有了，《小苹果》也不奇怪。就是有点难为《小苹果》，那么久以前就已经出现并流行了。

不过，能被这么接地气的歌声所吸引，欧洲的国王陛下的水准真难以预测。

熊大说："这个故事应该不会这么结束吧？"

姨奶奶继续说道："当然，亲爱的，你们还记得我刚才说的骑士吗？哦，那个莽撞的小伙子，竟然把我拐走了。"

"原来以为只是个NPC，"张发财吃了一惊，"没想到竟然是个BOSS！"竟然这么吃惊，听故事听得是有多开心？

不过毕竟是姨奶奶，和奶奶是同一个套路，目前看起来，应该逃脱不了"全部人都爱我"的套路，我问："所以，那个骑士也爱上你了吗？"

"不，你猜错了。"姨奶奶说，"那个尊贵的骑士看到了我的价值，想把我带到奴隶市场卖掉，哦，那真是件可怕的事情！"

是啊，太可怕了，我木着脸想，《小苹果》在传说中的欧洲竟然有这样的杀伤力，这才艺可真不得了。

"原来如此，女主被以各种方式拍卖，男主再花大价钱买下女主，二人萌生爱意。"奶奶点点头，"言情小说中，经常会发生这样的事情。"

看到容雨薇和张发财盯着两个奶奶的脸的样子，我现在终于感受到熊大曾经感受过的羞耻了。

其实说到这里，除了奶奶，已经没有其他人想继续听下去了，但是容雨薇是一个八面玲珑的、暗恋熊大的奇女子，自然不会和熊大的姨奶奶过不去。她很捧场地问道："姨奶奶您应该是那天拍卖场上最耀眼的人吧？"

姨奶奶说："当然，小可爱，那些无礼的人要求我在竞拍现场高歌，我唱了一首《小鸡小鸡》。那些无知的人都为这歌拜倒，他们哭着说这是一首恶魔之歌，有着奇妙的魔性，明明非常厌恶，却摆脱不了，即使捂住耳朵，也能感觉到歌曲的旋律在脑海中回荡，折磨着他们的脆弱的灵魂……可怜的人，愿神保佑他们。"

真是与时俱进的歌单，相对的，评价也很中肯……

容雨薇继续问道："按照您的身价，平常人应该买不起吧？"

面对捧场的容雨薇，姨奶奶露出了一个你很上道的表情："是的，亲爱的，我猜你根本想不到买下我的是谁。"

我已经不想听下去了，对容雨薇使了个"求你别问了"的眼神，容雨薇对我们点点头，又看向姨奶奶道："是谁？"

她根本不理会我啊！这个狡猾的女人已经看出了这个家庭里的地位等级，抛弃我巴结起姨奶奶来了。

姨奶奶继续说道："是堕落的大魔王——路西法，也就是撒旦。"

看吧，早就和你们说别问了，又出现这种神一般的发展了吧。

容雨薇小声对张发财说："这位姨奶奶在编故事啊。"

张发财嘴角抽动："一本正经地胡扯。"

你们竟然才发现？！

"看小说的时候偶尔也会有这种事情了。"奶奶说，"有时候你以为是武侠，结果发现是玄幻；你以为是官场，结果发现是修仙；你以为是架空，结果发现是穿越；你以为是喜剧，结果最后连隔壁村的旺财和阿黄都死了；你以为男主会爱上女主，结果他爱上男二的爹……看得多了，神展开避免不了的嘛。"

就算奶奶你这样打补丁，也不能为姨奶奶的话增加半点可信度啊。

我以为奶奶编的故事已经是最离奇的了，现在才发现一山更有一山高，我真是见识很少，很傻很天真。

"然后呢？"容雨薇又问，"接下来就是西方玄幻的发展了吗？"

"是这样的。"姨奶奶说，"撒旦抢了不少女人在宫殿里，他来见我们的时间有限，因为他必须得把时间花在他的宿敌——勇者身上。亲爱的，你们知道，作为魔王，总是会有勇者来挑战的。按照惯例，魔王不会一下子杀死勇者，他得为勇者设置很多关卡，让勇者在练级的过程中变得强大起来，最后二人再决战。设置这些关卡是很费脑子的，不能太难，太难勇者闯不过关，也不能太简单，太简单经验值涨得慢。而且勇者一般比较穷，必须要在合适的地方放置合适的装备、宝物和同伴等让勇者捡。就像之前说的，这些装备、宝物和同伴的价值与等级也是有严格要求的……而且，身为魔王，在做这些事情的同时，还得为非作歹，花时间作恶，才能维持住他的名号。"

姨奶奶对着我们，无奈地耸了耸肩："总之，我亲爱的魔王大人，为了这些琐碎的事情绞尽了脑汁——天哪，你们都不知道他有多忙，多憔悴，见我们一面有多难。"

我原本总以为魔王是一个无所事事的职业，现在看来我真是误解了。

当一部言情小说中出现两个女主时

"魔王虽然有一个后宫，但是他那么忙，您又是言情小说女主，"容雨薇问姨奶奶，"他应该只爱您一个人了吧？"

你想多了，这故事前面进行得那么波澜曲折，后面怎么可能轻易结束？

果然，姨奶奶高傲地说："当然不是了，亲爱的，如果这么平淡就能得到幸福，那我这本书又有什么意义？我得好好教训那些不长眼的女人，我要夺去她们的斗志，毁掉她们的美貌，让她们永远不敢窥伺我的男人！"

熊大震惊了："姨奶奶，您这是跑到国外宫斗宅斗去了？"

姨奶奶挺胸说："这是国粹，你们不用太尊敬我，甜心们，我这是自愿弘扬中国文化，虽然我人在国外，但我依然有一颗中国心！"

请你不要把什么破烂东西都当宝一样弘扬好吗？

"好！"奶奶很激动，抹着眼泪，啪啪啪地鼓掌。

到底有什么值得骄傲的，至于这么感动这么高兴？

奶奶说："妹妹，既然你是女主，应该一路畅通无阻吧。"

姨奶奶说："刚开始，我是说刚开始，确实是这样，那些配角们根本不能和被女主之神庇护的我相比，直到有一天，我听说魔王大人要带回一个女人，刚听到这个消息的时候，我并不是很在意。你们知道，狮子是不会去在意兔子带来的威胁的，可是当我听到那个女人的名字的时候，我知道，危机来临了。"

只是听到个名字就察觉到了危机？我忍不住问道："她叫什么名字？"

"那个女人……"姨奶奶说，"她叫曼殊雪儿·玛丽亚贞德·绝代风华·落入fan侧の精靈·绿眸·紫发·蓝色忧伤·风天使·圣。"

"……"确实是个让人很有压力的名字啊，人物设定和精灵属性都说齐全了。

"这个名字……"奶奶听到这个名字，眼神一变，"难道……"

"是的，我亲爱的姐姐，你猜对了。"姨奶奶说，"这个女人，曼殊雪儿·玛丽亚贞德·绝代风华·落入fan侧の精靈·绿眸·紫发·蓝色忧伤·风天使·圣，她也具有女主世家的血脉！"

"天哪。"奶奶捂住嘴，"一部小说里竟然出现了两个女主角，这真是……"

奶奶因为惊讶没有说出口的话被张发财接下去了："真是神经病。"

熊大一个背摔将张发财扔了出去，两人又开始啪啪啪地打了起来。

奶奶说："你得赢过她。"

"我确实这么做了。"姨奶奶说，"从她进宫殿的那一刻起，我就开始观察她，找机会欺辱她，打她、骂她、饿她、关她、诬陷她、拿鞭子抽她，夹她手指、没怀孕也逼着她闻麝香（此处太血腥，省略一万七千八百六十二个字）。"

我们听得目瞪口呆，姨奶奶，你确定你不是恶毒女配？

张发财颤抖地看了一眼熊大，他应该明白了，熊大原来对他的那些手段和我姨奶奶相比，简直温柔得像天使一样。

容雨薇问："她死了吗？"

奶奶摇头："放心吧，她有女主光环附体，还没有谈完恋爱，肯定不会死。"

放什么心啊，这种情况下还是死了好吧。

姨奶奶说："后来有一天，曼殊雪儿·玛丽亚贞德·绝代风华·落入fаи側の精靈·绿眸·紫发·蓝色忧伤·风天使·圣鲜血淋淋地趴在我面前，用她那无辜的大眼睛看着我，伤心地问我，'姐姐，你到底为什么要这样对我？'她这个问题问得非常好，竟然让我，伊丽莎白·司，觉得特别的心痛，回答不出来。

"是啊，我为什么要这样对她呢？即使我对付完了她，魔王也会不停地带其他女人回来的，现在有一个女主角，以后还会有第二个，第三个。而魔王大人非常忙碌，我甚至没有见到他几次面。而曼殊雪儿·玛丽亚贞德·绝代风华·落入fаи側の精靈·绿眸·紫发·蓝色忧伤·风天使·圣……"

熊大实在听不下去那个冗长的名字了："姨奶奶，能用昵称吗？"

"好吧，那就用雪儿指代她吧。"姨奶奶继续说，"雪儿说'我知道，当我们见面的时候，命运的齿轮就已经开始转动了，可是姐姐，请你面对你自己的心，请你看清你的真心，你真忍心对待这么柔弱可爱温柔纯洁，精灵一样的我吗？我可是个天使一样的人儿啊！所有人都会被我迷倒，你又怎么不会呢？姐姐，我们一定要这样彼此伤害吗？一个善良的你怎么忍心伤害一个善良的我？'"

熊大小声说："我能理解姨奶奶想虐待她的心了。"

姨奶奶捂住了自己的胸口，喃喃说道："雪儿的话融化了我心中的冰山，我终于看到冰山之后的真相。是啊，我为什么要这么对雪儿，自从她进宫殿，我满脑子都是她啊，为了折磨她，我知道她的一切，她的身高体重三围星座爱好习惯甚至床上有几条流苏一天去了几次厕所脸上有几颗痘身上有几颗痣我都一清二楚，我为什么要这么对她？"姨奶奶看向我们，"甜心们，你们觉得我为什么要这么对她？"

我们齐齐摇头。张发财说："大概是因为没吃药吧。"

熊大侧身，眼中寒光一闪，两个人继续开打。

姨奶奶没理会他们，继续说道："是因为——爱——啊！"

我们集体石化。

姨奶奶分析道："如果不是因为爱，我又怎么会那么关心她那么留意她，无时无刻不想见到她？如果不是因为爱，我又怎么会把曼殊雪儿·玛丽亚贞德·绝代风华·落入 fan 们的精灵·绿眸·紫发·蓝色忧伤·风天使·圣这么长的名字记得清清楚楚，一字不差？"

她分析得好有道理，我们竟然无言以对。

姨奶奶说："摸清楚自己的心以后，我，决定和雪儿在一起了。"

我问："她愿意吗？"

"当然。"姨奶奶说，"雪儿的目标是成为虐文的女主角，她本来以为残暴的魔王会狠狠地对她虐身虐心，最后两个人陷入深深的爱河，但是魔王大人把她带进宫殿以后，就忙去了，再也没有见过她一面。最终，虐她身心，满足她愿望的人，是我——伊丽莎白·司！"

真是王八看绿豆，可喜可贺。

"不过……"熊大问，"这还是言情小说吗？"

"两个优秀的言情女主出现在同一部小说里，还能有什么其他的结果呢？"

"魔王呢？"我说，"作为魔王来说，他更希望这是一本种马小说吧？"

"魔王大人啊……"姨奶奶说，"当我做好决定以后，找到了魔王大人，把事情的经过告诉了他。我知道这件事很难接受，所以魔王大人他，起初也并不理解。"

"当然不理解。"张发财说，"后院起火，是个人都理解不了。"

"于是我对魔王大人说，'尊敬的魔王大人，您可以想象一下您自己的经历，您为什么要对勇者那么好呢？为什么要花费那么大的精力在勇者身上呢？您绞尽脑汁，设计出闯关路线，难道是为了杀死勇者吗？不，当然不是的，您看到他进步会欣慰，您看到他闯过难关而没有死会松一口气，您看到他离您越来越近会紧张激动……魔王大人，您以为这都是什么感情呢？'"

竟然用这种方法给魔王洗脑？

"魔王大人震惊地问'你的意思是……'我于是唱道'如果这都不算爱，还有什么好悲哀……'"

为什么要突然唱歌！

"魔王大人闭上眼睛，细细地回想着他和勇者的点点滴滴，终于，他的眼神变得坚定起来，他说'原来是这样，我终于弄明白自己的心意了！'"

魔王被彻底带偏了啊！

"最后，魔王解散了后宫，决定和勇者一起流浪。为了感谢我，他把宫殿和财宝都留给了我。"姨奶奶谦虚地说，"现在，我和雪儿富可敌国。"

这到底是什么神展开啊！

一对百合一对基，说好的言情小说呢！

姨奶奶故事的读后感

说实话，听完姨奶奶的遭遇以后，我的心情其实很愉悦。

虽然槽点很多，但是无所谓，我家槽点一向很多。主要是，吐完槽以后，细细一想，神清气爽呀。

要知道，我们被奶奶编造的那些离奇的言情小说摧残过以后，难免产生一些变态的抵抗心理，这种心理主要体现在看见情侣就想拆散他们，看见人晒恩爱就诅咒他们分手，无时无刻不希望男二、女二上位扶正。

不过这种阴暗心理完全无法抵挡奶奶的女主大法，因为奶奶的言情小说编造功力是无敌的。

姨奶奶的出现无异于沙漠中的一股清流，她的故事达成了女主男主分道扬镳的成就，将男二、女二从配角的悲惨命运中解救出来，滋润了我们阴暗的内心，并且给了我们找不到妹子还有汉子万事都有解决的办法换个思路海阔天空再困难的路也能走下去的希望。

简直就是黑暗中的明灯，指引着孤男寡女们前进的方向。

直的路走不了，我们可以走弯路啊！条条大路通罗马啊！

不过这方向不能深思，深思会觉得有点怪怪的。

但是奶奶显然对姨奶奶的做法很不满意，她对姨奶奶怒目而视："你知道你做了什么吗？你身为女主世家的人，竟然做出了这种事情，简直天理难容！"

张发财低声道："这都容不了，天理的心胸还真狭窄。"

奶奶拿出一张纸："要是家里人人都像你一样，我们家还如何维持？现在，我就要拿祖宗家法惩罚你！"

我和熊大都疑惑了，我们家有祖宗家法这东西吗？

再看奶奶手上那张纸，显然是用中性笔写的。

张发财说："墨迹还没干呢，刚写的吧？"

奶奶对姨奶奶吼道："跪下！"

姨奶奶身体一震，满脸委屈地看着奶奶，但身体却是直直的。

奶奶说："你不跪，是不认错吗？"

姨奶奶道："亲爱的姐姐，我已经跪下了。"

我们听了这话，都是一惊，然后仔细观察姨奶奶，她那层层叠叠的裙子挡住了腿部，虽然看不到腿部的动作，但是身体一点没矮。

这怎么可能说是已经跪下了呢？

我们之中的最聪明的容雨薇忽然一拍手："我懂了，是裙子在支撑着她的身体，姨奶奶的腿已经在裙子里跪下了，但是铁丝做成的裙子支撑住了姨奶奶的身体，所以就算她双腿做出了跪下的动作，腿也靠不到地上。"

双腿悬空啊，这是在演杂技吗？这裙子是有多神奇啊！

熊大双手捂嘴，惊道："好厉害的裙子！"

"这裙子还有更厉害的用途呢，我的蜜糖，"姨奶奶骄傲地说，"现在娇滴滴的女主已经不流行了，女主们都要有一技之长才行，我夜莺一般的美妙歌喉可以迷惑人心，但这并不够，宝贝们，我还需要武器防身。"

"武器防身？"我问，"姨奶奶，你这裙子是刀枪不入吗？"

姨奶奶用扇子捂住嘴，咯咯咯地笑了起来："你猜错了，我都说是武器了，你们应该能想到，这个裙子它可以杀人于无形。"

我们都惊了："怎么杀？"

姨奶奶摸着自己的腰带："只要我把腰带拆掉，取下裙子的下半部分，这个半裙就能变成转瞬之间取人头颅的杀人武器——血滴子！"

血滴子？！

我们所有人的目光都集中在了姨奶奶的裙子上。

这玩意儿能当血滴子使？

虽然它确实是铁制的而且看起来很结实没错，可那裙子扔出去姨奶奶你下半身怎么办？不，还有一个问题是你能转动这么重的裙子吗？最重要的是……

"能被你这血滴子取掉头颅的人，脸该有多大？"张发财问。

我看张发财是越来越不顺眼了，这家伙设定和我差不多，都是吐槽役，爱抢我台词不说，还人帅家富，有一张万年不变的冰山酷哥脸，是男主的有力后补。

为什么就不走很有前途的酷帅总裁路线，非要跑来走毁人设的吐槽路线。

你还能不能当浪漫言情小说的男主了？

熊大看着姨奶奶的裙子，脸上表情变了又变，忽然抬起头："姨奶奶，我懂了！"

姨奶奶愣了："你懂什么了？"

熊大说："姨奶奶你说这个故事，是想告诉我，只要努力，爱情就一定能开花结果吧！"

你是怎么从姨奶奶说的故事中得出这么阳光向上充满正能量的结论的？你是在做语文阅读理解吗？

熊大顿了一下，又指着姨奶奶的裙子说："至于这个裙子，我也明白了，你是想告诉我，就算爱情没有结果也没关系，得不到他也没关系，大不了毁了他。我不好过，他也别想独活！"

你到底是怎么得出这么恐怖的结论的！

玩家姨奶奶加入队伍

听了姨奶奶的话，熊大完全信任了姨奶奶，看她的眼神比看奶奶更加尊敬了几分。

我大概能够理解熊大的想法，就算奶奶之前说的是真的，她也只不过从古代拐回来一个魔教教主而已。而姨奶奶呢，她不只抱得美人归（虽然性别有点怪怪的），而且从魔王那里抢到了所有的财产！

这不只是高一点了，这完全就不是一个等级的了！

据说现在言情界已经不流行女主柔柔弱弱小白花了，现在流行的是女主狂炫酷霸拽的女强爽文！

姨奶奶虽然不像那些女主一样琴棋书画样样精通，但她不仅会唱歌而且会唱民歌最重要的是还会唱流行歌曲。

俗话说，女主要有一技之长，能有一个特长，也就够了。

姨奶奶奋斗于魔王后宫，斗小三踩魔王最后把男主扔出去和勇者滚做堆，那种俯视天下男人臭男人姐一个都不要钱留下人给我滚的性格绝对是熊大欣赏的！

这是事业型女主啊！

霸气侧漏啊！

你想你在天涯八卦看帖子，看那楼主（女）讲婆媳小三之间不得不说的故事，被恶婆婆欺压被小三挑衅被老公误解各种憋屈你会高兴吗？

你跟帖在下面骂"整丫贱人""这种男人留着过节？"的帖子之后，楼主唯唯诺诺眼含泪水和你回帖"不行小三太厉害了我斗不过她""怎么说她都是我老公的妈妈啊""我知道他是爱我的他只是一时糊涂他以前对我还是很好的我相信他会回心转意只不过他最近又打我了我心好痛我看着孩子觉得心好痛看着他觉得心好痛看着这个世界都觉得心好痛要不是为了孩子我怎么愿意委屈自己可是就算没有了孩子我还是爱他一日夫妻百日恩他怎么可以这样对我我该怎么办怎么办"的时候你会不会憋屈地想几个大嘴巴糊在楼主脸上？

上面那种是苦情八点档，现在已经不流行了，现在流行的是女主糊了小三嘴巴指着恶婆婆骂街踹了男主的命根子然后离婚分家让男主净身出户。

这一串说出来都觉得出了口恶气一样爽快的动作看在别人眼里才能更爽。

这也是更适合熊大本性的动作。

比起失恋以后熊大对花伤感对月流泪让我们每个人都摸着鸡皮疙瘩沉浸在"这世界不好了"的状态中，我宁愿熊大对着于飞使劲儿踹。

反正死的也不是自家人不是。

所以说奶奶的做法已经太老派了，姨奶奶才是与时俱进的潮流型女主，一定能提出更加新潮的意见。

熊大把自己的那一番称不上为恋情的恋情和姨奶奶说了一遍，姨奶奶认真地听着。她们俩说话的时候容雨薇给姨奶奶端茶倒水好不勤快。

一番话说完，熊大问："姨奶奶，你觉得怎么样？"

姨奶奶握着熊大的手，欣慰地看着容雨薇："亲爱的，比起那个男的，我觉得这像天使一样美貌的少女更适合你。"

这意见新潮过头了吧！

奶奶咳嗽了一声，容雨薇嘤咛一声，说了句"讨厌啦姨奶奶"就用手捂住了羞红的脸。

我和张发财两个人的眉毛齐齐一跳。

嘤咛什么啊，真是看不下去了！

我颤悠悠地劝着姨奶奶："姨奶奶，你别这样，再这样下去会让我们对女人失望。"

姨奶奶说："没关系，对女人失望也没有关系，你是我伊丽莎白·司家族的人，有这么尊贵的身份我肯定不会让你失去寻找爱情的希望。我可以帮助你，比如说我认识一个英俊的……"

我捂住耳朵，泪如泉涌，请别比如了，我还记得你对魔王大人做过的事！你再说下去我可真的要对爱情绝望了！

奶奶又咳嗽了一声，张发财同情地看着我。

相比之下，我宁愿自己对女人留有希望。

幸好这里还有个掌握大局的奶奶，她咳嗽声接连不断，几乎要把肺咳穿的时候，姨奶奶终于明白了奶奶这咳嗽的意思——说正题。

姨奶奶对熊大说："就让我帮助你夺得于飞的心吧，相信我，有我在，那颗美丽而高贵的头颅迟早有一天会为你而低下的！"

熊大脸上布满红晕，激动地点了点头。

【玩家姨奶奶加入队伍！】

有了这个强有力的助手……我、张发财、容雨薇同情地看了看熊大……她的爱情之路一定会走得更坎坷。

真是可喜可贺。

言情小说怎么可能没有情敌

组队完成之后，熊大就准备去刷 BOSS 了，当然，要确定 BOSS 的生活习性爱好喜恶拉好感，还是得先问熟知 BOSS 生活习性的 BOSS 好基友。

转眼间，张发财就被奶奶、姨奶奶和熊大包围了。

"把你知道的都说出来，一句都不许隐藏，否则……"熊大"啪"地一拉手中不知道从哪里翻出来的小皮鞭，露出一个抗日神剧中反派拷问抗战英雄的淫邪笑容。

张发财抹去了脸上的汗珠，见识过熊大手段的他应该和我一样，相信这个女人有徒手撕人的神功附体。

"其实，这次来我就是想劝你对于飞死心的。"张发财说，"他最近正在和相亲的对象约会。"

这消息无异于晴天霹雳，把熊大刚刷起来火热的自信心瞬间给浇凉了。

姨奶奶、奶奶、容雨薇连忙安慰熊大："哈尼，不要灰心，没有女配怎么能突出男主对你至死不渝的感情呢？来吧，让我们从那个小三的手里抢回属于你的男人！只要那个小三落入我伊丽莎白·司的手里，我就会对她先'哔'，再'哔'，然后对她'哔''哔''哔''哔''哔'，最后让她'哔''哔''哔''哔''哔'，一定折磨她到求生不得求死不能！"

姨奶奶不要说了，快停下来，现在可是法制社会！

"熊大，我们可是女主世家，杀小三砍情敌就是我们终生为之奋斗的目标，我们要紧紧团结在以男主为核心的恩怨情仇周围，以女主为本，坚持爱情至上真爱无敌的基本原则，反对一切打扰男女主恋爱的反动势力，建设具有女主世家精神的和谐美好新家园啊！"

奶奶你立意拔得这么高，思想政治课老师知道吗？

"熊大，不要伤心，这种结果我早就预见了，反正男人没有一个好东西，这些臭男人都是一样的，长痛不如短痛，你现在对男人失去信心也不晚。来，我们好好聊聊，促膝长谈，也许我能像姨奶奶一样，为你打开新世界的大门。"

容雨薇你真是见缝插针地夹带私货啊！

在一堆人吵来吵去的时候，冷酷总裁张发财长长地叹了一口气，然后掏出手机，问："你们在这儿吵也没用，要不要去见见那个女人？"

几个女人同时转过头，眼里露出豺狼般嗜血的光芒。

Part 5

平凡玛丽苏 VS 完美玛丽苏

敌人来头不小

按照张发财的线报，这时候于飞正和相亲对象在餐厅吃饭，于是我们一行人就浩浩荡荡杀过去了。

你问我为什么要去？因为姨奶奶说要干架没有两个男人怎么行。

是的，她用的是"干架"这个完全不符合她高贵身份，残酷血腥的词。

为了在阵势上压倒对方，富可敌国的姨奶奶令人送来了几套黑色的衣服，逼着我们穿上。

这支立志要干架的队伍由熊大带领，她一手拿一根甘蔗，杀气腾腾，身后左边是手拎血滴子的姨奶奶，右边是手捧板砖一样厚的言情小说大词典的奶奶。

她们三人头上分别系着一只白色的缎带，上面用红色颜料写着大字。

熊大上面写的是"女"，姨奶奶是"主"，奶奶是"角"，是的，合起来就是女主角！

过往行人无不对她们侧目而视。

虽然我和张发财、容雨薇迫于她们的淫威，也换上了黑色的衣服，但是我们一直特意走在她们后面很远处，故意和她们拉开距离，并且用手遮住脸，想要做出"我们不认识她们，衣服一样只是巧合，其实和她们不是一伙儿"的假象。

我有点明白警察逮捕犯人时为什么会用衣服蒙住他们的头，这是人道主义保护啊。

张发财说："我原来以为熊大还算比较正常的，没想到恋爱竟然能让一个人盲目成这样。"

我说："也不见得每个人都这么盲目。"

张发财痛心地指向容雨薇："你看。"

容雨薇双手合十，星星眼地看着熊大："这样为爱情冲昏头脑，呆乎乎、痴冷冷，傻得让人怜爱的熊大也好可爱！"

你这是在夸她吗？简直不知道该从哪里吐槽。我捂住头，真不想承认我和前面那三个人是一家人。

"到了！"随着熊大的声音，我抬头，看见一家高档餐厅。

终于到了，于飞和相亲女就在这里吃饭。

"走！"熊大和姨奶奶、奶奶冲进了餐厅。

我看着她们的背影，对未知的前途充满忧心。

我们锐利的眼睛在餐厅里一扫，就找到了于飞和他的相亲对象。

当然这并不是因为我们眼神好，而是因为俊男美女在一起实在太醒目了，衬得周围人都像无脸人一样，颜值简直刺瞎人眼。

听我这么说，你们大概也明白了，于飞他的相亲对象长相如何。

那是相当漂亮啊，闭月羞花沉鱼落雁倾国倾城。熊大看到她的第一眼就被她的美貌所震惊，忍不住往后退了一步。

"不要紧。"容雨薇安慰熊大，"外在不能赢，我们还有内在。"

熊大不相信自己和情敌差得那么多，颤声问道："我的外在完全比不上她吗？一点都比不上？"

"也不是。"张发财看了看那个相亲女，又看了看熊大，道，"要论外在，她除了身材以外，就只有脸、头发和皮肤比你好了。"

熊大身上燃起怒火，在和敌人作战之前，先一步和队友张发财打了起来。

"不好，敌人很强大。"奶奶和姨奶奶好像认出了那个女人，脸上露出了少有的严肃表情，"这场仗可能会很难打。"

"因为她长得好看？"我问。

"不止如此。"奶奶说，"你看看身边人。"

我看向周围，发现周围除了我们外的男女老少，无不呈现出一种痴呆状，张大嘴巴双眼圆睁，直直地盯着那个女人。

我还没反应过来，熊大马上反问："难道她也是女主世家的人？"

"Sure。"姨奶奶说，"而且他们家族，是我们家族的宿敌！"

此时，于飞的相亲对象也看到了我们，她款款地站了起来："哎呀，我还以为这是谁呢，原来是司家的前辈啊。初次见面，自我介绍一下，我姓艾，叫艾莎芝。你们可以叫我小艾，艾艾，也可以叫我莎芝。"

"就你们女主世家的神经病起名风格而言，这个名字听起来似乎还挺正常的……"张发财默念着艾莎芝的名字，然后又"咦"了一声，脸颊抽了抽，"当我之前那句话没说过。"

莎芝说道："正如同你们看到的那样，我的家族也是女主世家，我的爸爸是世界首富我的爷爷是意大利黑手党领袖我的妈妈是联合国秘书长我的舅舅是获得过 10 次诺贝尔奖的科学家。我自己是 IQ320 的天才，3 岁就从牛津大学毕业，会 1600 多种语言，现在是一个联合产业的董事长。"

就算我书读得少也听出来你是在胡扯啊！

奶奶身体一晃，几乎站立不住："敌人果然强大！"

不要这么轻易就接受这种扯淡的设定好吗？我问："她到底是什么身份？"

奶奶说："就如同你姨奶奶说的，她的家族是我们家族的宿敌，和我们完全相反。虽然我们都是玛丽苏，但是我们家是接地气，融入人民群众，没有脱离大众的社会主义平凡苏。也就是乍看不起眼，越接触越能发现我们身上的闪光点，男人们会喜欢我们喜欢到不得了的那种角色。"奶奶伸出手，指向莎芝，"而她家，是脱离人民群众，充满低级趣味的资本主义牛'哔'苏，从出生就自带加成，长得漂亮脑子好身材也好。"

不是，你真确定他们家族的脑子好吗？

姨奶奶啐了一声："不就是什么都比我们强，牛什么牛！"

这已经够资本牛了好吧？

莎芝慢慢靠近我们，走路的姿态非常美丽，一圈路人都看呆了。

"Oh, my God！真是个贱人！"姨奶奶更加愤怒了，"竟然连走路都要诱惑人，你们看她走路的姿势，一步两步，一步两步，一步一步似爪牙，似魔鬼的步伐，似魔鬼的步伐，似魔鬼的步伐，摩擦摩擦……"

够了姨奶奶,不要唱了!你是有多爱这些神曲?竟然还能无缝衔接!

莎芝走到熊大面前,高傲地看着她,熊大也不甘示弱,歪着头瞪着眼撇着嘴,露出一副我是流氓我怕谁的表情瞪着莎芝。

这是熊大人生中第一次遇到别的女主世家的人。

我能从她们的目光中看到火花四溅。

总感觉大战一触即发。

无法战胜的武器

熊大和艾莎芝对视着,艾莎芝却忽然嫣然一笑,伸出手:"你好。"

我本来以为她们会马上打起来,没想到艾莎芝竟然这么客气。

姨奶奶脸色更凝重:"天哪,这个艾莎芝果然懂行,身为女主角,要有格调,绝对不能光明正大地威胁情敌,像是'他是我的,你给我离开他''以后不许再靠近他''你以为他会看上你吗?'这种话都是绝对不能碰的必死 Flag(引起剧情改变的关键因素),只要说了,你就只能当女配了!"

女主女配是用台词来定身份的啊!

熊大冷笑一声,对艾莎芝说:"你以为于飞会看上你吗?你给我离开他,以后再也不许靠近他!"

恭喜你呀,一口气把 Flag 全立上了。

听到熊大说出的话,艾莎芝一脸惊喜,胜券在握地问:"如果我不让呢？"

熊大后退一步摆出架势，握紧拳头："那就看你能不能扛得住我的拳头！"看见熊大握拳，张发财条件反射地快速走开，来到于飞身边的安全地带。

等下，我从来没有听说言情小说女主要靠打架争夺男人，熊大你确定没有串戏？

"和我打？"面对凶残的熊大，艾莎芝竟然没有意思退却，"你未必能赢。"

熊大冷笑一声："你打得过我？"

艾莎芝优雅地一笑："身为言情小说女主，暗算我的人不在少数，要是没有技能防身，我可活不到今天，告诉你，我的武器就在我身上。"

熊大一愣，上下打量着艾莎芝，如果艾莎芝穿着长裙皮靴我们还能认为她腿上套枪鞋里藏刀，可是她穿着修身小短裙和水晶鞋，身上没有任何可以藏武器的地方。

奶奶说："小心，她指甲可能有问题！"

姨奶奶说："亲爱的，小心她用头发自动勒你脖子！"

谁家的头发能自己动？

容雨薇看了看熊大，跺脚道："看起来她们马上就要用幼稚的手法进行男人争夺战了，不就是个男人，至于这么抢吗？"

这句话被艾莎芝听到了，她笑道："幼稚？你恐怕不知道我的实力。"

配合着她的身材长相与家世，这句话确实把我们震慑住了。

熊大却不畏惧："有什么招你就使出来吧！"

"我的武器'噗噗',你们可是连十分钟都扛不住。"艾莎芝嫣然一笑,然后我们就听到了一种类似于气球泄气的声音,同时,一股恶臭传来。

我们猝不及防,每人都吸了一口,紧接着,腹内翻山倒海,餐厅里的客人们倒了一片。

"哇!"奶奶吐出一口血,捂住口鼻道,"小心,屁里有毒!"

这果然是随身携带武器,不对,说好的不幼稚呢?

"怎么样,见识到我的'噗噗'的厉害了吗?"艾莎芝嫣然一笑,"什么东西你们都可以防,唯有气体防不了,而且光看外表,没有人会想到我还带着这样的武器。"

道理我都懂,可为什么是屁!为什么?你不是高"哔"格的言情小说女主吗?!

艾莎芝娇笑着,仪态万千地在我们身边走来走去:"我们家族耗时10年,从宏观宇宙研究到分子力学,从分子力学研究到微生物科学,耗费几千个亿,数万名科学家10年内不眠不休日夜加班凭着热爱科学的劲头呕心沥血鞠躬尽瘁死而后已过劳死了一大片才发明出了宇宙飞船。宇宙飞船在银河系中寻找了三年,见到了外星人,又由三万名语言学家不眠不休日夜加班凭着热爱文字的劲头呕心沥血鞠躬尽瘁死而后已又过劳死了一大片才破译出外星人的语言。最后,我们用唯一的宇宙飞船和飞船上的宇航员与外星人交换,并按照外星人的要求损毁了制造宇宙飞船和破译外星语的全部资料,才交换到了这个武器。"

艾莎芝优雅点头:"但这一切都是值得的,这个武器不需要占用任何空间,可以出其不意杀人于无形,杀伤力超强,是无敌的武器。"

我吼："值得个屁啊！"这么有钱这么热爱科学就把精力用在其他地方啊，有那么高的黑科技见到了外星人竟然只交换了个屁！要到这种武器有个毛用？你们对得起那些死去的科学家和语言学家吗？能不能做点有意义的事情，真正地为人类的发展做出贡献！

"没错，你很懂。"艾莎芝又点点头，"这确实值得个屁。"

我无语地捂住了头，她竟然认同我了，不过从字面意思说还没说错。

容雨薇一边咳嗽一边捂着鼻子问："可是你不觉得臭吗？你不是牛'哔'型言情小说女主吗？用这种武器难道不觉得羞耻？"

容雨薇不愧是比较正常的人，竟然把这个问题问出来了。

艾莎芝脸色一变："臭又怎么了？'革命先烈'在抗日时可以把手榴弹塞在裤裆里，我一介弱女子，用'噗噗'防身又怎么了？"

你要是说你看韩剧，我还能赞你是个正常言情女主。

不过对着这样的对手，我觉得熊大能赢！我看向了熊大，熊大愤恨地盯着艾莎芝，眼里竟然流露出愤世嫉俗的愤青表情，我吓了一跳，问："怎么了？"

熊大苦涩地说："我第一次体会到家世的差距，有钱人的生活就是不一样，我从小打架，一步步坐上打架王的宝座，没有人帮我，只有我自己奋斗，摔到泥里还得自己爬起来，在黑夜里流了多少泪，吃了多少苦，才有今天的成就。"

熊大很少说这种示弱的话，这样的她看上去就像一个普通女孩。这种反差使得张发财都有些诧异，直直地盯着她。

熊大伸出手，哀怨地指向艾莎芝："而你看看她，娇生惯养细皮嫩肉，只是坐在那里，就有人为她操劳，只需要轻摆腰肢放个屁，就能杀人于无形，就能打败我。既然出身就能决定命运，那么，我之前那么努力奋斗又算什么呢？"

虽然听起来是有那么些道理，但是……我骂道："羡慕个屁啊，为什么在这种时候仇富抱怨人生不公，这东西有什么值得羡慕的，你没看到餐厅里的客人都被熏死了吗！"

"无论怎样，我赢了。"艾莎芝微笑，"我才是真正的言情小说女主。"

不，你更像一只真正的臭鼬。

"确实。"熊大吐出一口血，"这场比赛，我输了。"

不要认输！你们给我重新比！像真正的言情小说女主一样认真比一场！哪怕是钩心斗角尔虞我诈都比现在一个屁解决有格调！

论配角与路人的地位

熊大面对有史以来最强大的对手艾莎芝，尝到了二十多年来最惨烈的失败。

啊……真是相当惨烈，让人不堪回首也不愿意去回首。

熊大像所有被打败的女配一样，无力地撑在地上，喃喃自语："事情怎么变成这样，我不信，我不信！"

艾莎芝哦呵呵呵地笑着："我的武器是无敌的。"

餐厅里的其他客人已经开始七窍流血，浑身抽搐。我着急道："奶奶，打电话报警，有人要死了。"

奶奶淡淡地看了我一眼，道："急什么急，谈恋爱哪有不死人的。"

我书念得少你不要骗我，谈恋爱死人是这么平常的一件事？

"还真奇怪呢。"容雨薇说，"为什么那些人都已经被毒得七窍流血了，我们却只是有一点点难受，稍微吐口血呢。"

"亲爱的，这你就不懂了。"姨奶奶解释道，"这就是配角和路人的区别。"

熊大闷声问道："我们是配角？"

"放心吧，配角可是有戏份的，不会那么早死，尤其像是我们这样的重要配角，戏份是很多的。"姨奶奶安慰我们，"一般我们不会这么容易死，只会被不停折磨，折磨，折磨，折磨到最后才会凄惨死去。"

还不如一开始就被毒死好吗？

"原来我们是配角。"熊大伤心地捂住了脸，确实，她也很可怜的，横行一世，好不容易有个喜欢的人，就这样被夺走了。

"其实配角也是挺好的。"奶奶不忍心看到熊大伤心的样子，安慰熊大，"这也未必不是好事，按照常理来说，主角身边的人死得更快更多。你想啊，为什么主角身边有那么多人？那都是为主角当炮灰挡枪的，当故事快完结的时候死一个，就可以展开新的故事，这样主角的人生就会变得更加跌宕曲折丰富多彩。你是配角，我们都可以活得长一点。"

这都什么鬼，你确定你说的还是言情小说？而且在熊大身边生活是一件这么恐怖的事情吗？

我指向于飞："可是你看，为什么于飞一点事都没有，连脸色都没变。"

"这个问题也太蠢了，男主光环你知道吗？"奶奶嫌弃地看着我，"你见过被女主一个屁崩死的男主吗？"

你说得很有道理。

"你要记住，"奶奶开始给我上课，"在言情小说中，除去男女主角，其他所有人生存的意义只有一个，那就是推动男女主角的感情。"

我说："这也太没人权了吧。"

姨奶奶插话："这还算好，你要知道，在男频小说中，除了男主角以外，所有人生存的意义也只有一个，那就是衬托出男主角有多牛'哔'。"

两位奶奶真是博览群书。

"他已经是我的了。"艾莎芝娇笑。

于飞坐在一旁，容雨薇瞪他："臭男人，两个女人为你打成这样，你竟然无动于衷。"

于飞说："到底关我什么事，我只是来这里吃个饭。"

他的话中满是凄凉与莫名。

我觉得我能懂他。

"你已经是我的男人了。"艾莎芝优雅地看着于飞。

于飞问："你做这个决定的时候，能征询一下我的意见吗？"

张发财看了看熊大，问道："你的意见是什么？"

于飞说："我不可能和她在一起。"

张发财有些紧张："为什么，她不够好？"

于飞的回答很利落："不，她很好，但是我无法接受她的名字。"

……真是个明白人，不愧是一个少见的名字正常的人。

"你……"艾莎芝踩脚道，"我都斗赢了，你竟然还不喜欢我！"

你为什么会觉得和别人斗赢了他就一定会喜欢你啊！

"多么的愚蠢。"姨奶奶冷笑，"宫斗宅斗除了斗以外，还有一个很大的内容就是争宠，你光斗不争宠是没用的。"姨奶奶塞了一张名片到艾莎芝手里，"甜心，你级别还是不够高，还是来我在欧洲开的'宅斗速成班'学习一下吧，你条件很好，只要用心，很快就能晋升到'宫斗初级班'的。"

你到底在欧洲干了些什么！

"我不需要这个！"艾莎芝扔掉名片，"你竟然拒绝我，你知道我爷爷是谁吗？"

"……"这句话预示着新的一轮炫耀要开始了。

艾莎芝抱着手臂道："告诉你们，你们用百度搜我爷爷的名字，会看见一条相当不得了的信息。"

我不禁有些好奇："是什么？"

艾莎芝得意地说："根据相关法律法规和政策，部分搜索结果未予显示。"

奶奶一惊："哎呀，这是要转成高干文啊。"

在这个故事里，所有的正常人心都很累

年轻貌美身材好有钱有名有智慧（？）竟然还有高干属性加成？

熊大被艾莎芝的身家打击得说不出话来，毕竟这金光闪闪牛"哔"到爆的身家简直能闪瞎人的狗眼，她后退一步，捂着胸口，面色悲痛。

"知道你和我的差距了吗？"艾莎芝讥笑道，"就凭你也想和我抢男人？"她走到于飞身边，挽着他的手，"我知道你爷爷，身份也是'根据相关法律法规和政策，部分搜索结果未予显示'，你和我一样有钱，家世和我一样拉风，我们那么般配，当然要走到一起了，你说是不是？"

"难道我真的要输了吗？"熊大哀声道。

容雨薇握住她的手："不要怕，熊大，你还有我。"

熊大反握住容雨薇的手："雨薇，我就只剩你了，你千万不要离开我。"

容雨薇深情地说："你受伤这么深，我绝对不会离开你的，我一定会想办法治愈你的心灵。"

"你有这个能力的。"熊大说，"如果你能召集十几个身材很好的男模在我面前走秀，给我削苹果做饭按摩还叫我女王大人，我大概就能治愈了。"

如果我是容雨薇，我就打死熊大。

张发财百思不得其解地看着于飞："为什么这家伙女人缘这么好？"

艾莎芝走到于飞面前："你是个聪明人，自然知道一加一大于一的道理，要不然我们两家人也不会让你我相亲了，怎么样，你做好选择了吗？"

于飞说："什么选择？"

"是我还是她？"

"为什么我非要在你们面前做选择，我今天是第一天见到你们吧？"于飞看看艾莎芝，又看看熊大，捂住头，"我可以选择死亡吗？"

我很同情他，毕竟在这个故事里，所有的正常人心都很累。

奶奶看了一眼志在必得的艾莎芝，又看了一眼凄凄惨惨的熊大，突然以一种刁难善良女主的恶毒姨太太的姿势，"嗤"的一声笑了出来："艾莎芝，你觉得于飞一定会选你吗？"

"当然。"艾莎芝哼道，"难不成还选你家熊大？凭什么，因为她胸不大？"

我拉住想要揍死艾莎芝的熊大，冷静点，对方可是使用生化武器的人！

奶奶道："你既然也是女主世家，那么想必也看过不少高干文吧？"

艾莎芝说："那又怎样？"

奶奶眼睛一闪："如果你看了足够多的高干文，就能知道，高干不是你的撒手锏，而是你最大的弱点！"

艾莎芝冷哼："胡扯。"

"好吧，那你仔细想想。"奶奶慢条斯理地说，"高干文的主要情节是什么。"

艾莎芝说："英俊潇洒官二代爱上我啊。"

奶奶说："你还没想到不是吗？没错，为了自身的安全，于飞是不会选择你的！"

"你说什么……"艾莎芝忽然脸色一变。

"哦，买噶，我懂了！"姨奶奶惊呼道。

"你终于想到了，没错！高干文里，几乎没有不坐牢的！"奶奶伸出手指，"无论主角配角路人反派，只要是高干文，总会出现坐牢情节，靠山或是被举报或是被诬陷或是站错队或是违法乱纪被发现，总之一夜之间家破人亡财产充公，生活一落千丈！"

艾莎芝争辩道："那又怎么样，又不一定是男主倒台，就算是男主倒台，我也会用我的温柔感化他，不离不弃。"

奶奶冷笑："你是这么想的，那于飞呢？"

我转头一看，于飞已经站到离艾莎芝百米之外去了。

艾莎芝说："高干文的女主一般可都不是普通身家，我家有势力还能帮你，她可没有。"

一瞬间，于飞又站到了熊大百米之外，张发财身后。

张发财说："你干吗？"

于飞说："虽然听不明白，但我总觉得我和我家里人都很危险。"

看来他已经完全融入女主世家的这个设定当中了，真是可喜可贺。

果然和精神病在一起，自己的精神也会变得不正常。

于飞和熊二终于有对手戏了真是进展神速

我看着餐厅里的熊大、艾莎芝、于飞、张发财，莫名地有点心累。我们已经在这里待了太久太久了，感觉一个年都过完了，这争男人的戏码还没完不说，这么久了连场景都没换，现在所有人都胶着在这，毫无进展。

我和奶奶说："有没有什么能推动剧情发展的方法？"

"当然有！"奶奶眼睛一亮，"我这有一个在言情小说中百试不爽的方法！"说完，奶奶就拉过张发财，到一旁窃窃私语，然后拍了拍张发财的肩膀，冲他一挑眉。也不知道奶奶说了什么，张发财郁闷地垂下了头。

熊大这时还想为自己争取一下，走到于飞面前，指着艾莎芝问："于飞，你真的喜欢她吗？"

"没感觉。"于飞光速回答道。艾莎芝毫不在意，呵呵一笑："初见毫无感觉，后来爱得要死这种桥段也不是没有。"

熊大有点放心了，扭捏了一下，又问："那我呢？"

于飞愣了，看着熊大。

熊大也害羞地回看于飞。

于飞看着熊大，熊大看着于飞。

他俩目光相接，黏在一起。

姨奶奶迅速地用口哨吹出了一首《难忘今宵》。

所有人都看向姨奶奶，姨奶奶说："哦，宝贝们，不要用这样深情的目光这样看我，我只是觉得男女主角对视的时候一定要有BGM（Background Music），这正是插入背景音乐的好时机。"

于飞和熊大又重新对视。

终于，于飞长长地出了口气，说："我从刚才就想问了，你到底是谁？"

这句话一出，把我们所有人都震住了。

这一个年都过去了，于飞还不知道我们是谁呢？

熊大说："你……你不记得我？我曾经在你公司上过班啊，最近刚被你开了。"

"不可能，"于飞说，"我们公司的员工我都认识，我最近开了一个有小儿麻痹和癫痫，做事差劲脾气古怪面容扭曲，又有点痴呆的，那绝对不是你。"

熊大在他公司装得可真是尽职尽责，也怪不得他认不出来。我打算多说点熊大的特征让于飞想起她："你认真想想，她当时就是……"

我话未说完，熊大就把我一巴掌拍了出去，对着于飞娇羞一笑："没错，那不是我。"

我和张发财都一副震惊脸看着熊大——她竟然就这么否认了！

熊大瞪了我一眼，眼中的杀气告诉我——如果我说出真相，我就死定了。

然后熊大说："你仔细看看，你肯定记得我的。"

于飞和熊大再次对视。

于飞看着熊大，熊大看着于飞。

执着的姨奶奶拿着筷子敲着碗，奏出一曲背景音乐，用口哨哼出了一首《最美不过夕阳红》。

奶奶款款说道："相隔十几年，再次相遇，于飞终于认出了她，原来她一直藏在自己的内心深处，从未离开，只是他不愿意去想不愿意去回忆，因为一旦回想到那个倩影，他就会被思念折磨得生不如死。他从未和别人分享过，因为她是他的天使，他内心中的圣地，也是他最大的秘密，这是只能自己独享，不愿与任何人分享的秘密！他不愿意与任何人分享她，哪怕是一丁点的回忆！因为她，全部都是他的！"

又来，上次还没玩够，这次熊大该生气了吧？我看向熊大。

没想到熊大捂着嘴，呀嘿嘿嘿地笑了。

你很高兴啊！

"直到这个女人再次出现在自己面前，于飞才发现自己真实的心意，"奶奶继续说道，"他发现自己竟然一直对她心心念念，无法忘却！没错，他不得不承认，自己确实爱上了面前的女子。"

艾莎芝很生气，喊道："不要胡说！"

于飞一脸莫名地看向我们。

我羞愧地捂住了脸。

作为一个过来人，张发财用同情的目光看着于飞。

奶奶完全不被他们打扰："但是他所不知道的是，面前这个精灵一般的女子已经得了不治之症，现在，是他们相遇的最后时光了。"

于飞终于惊讶了："真的吗？"

这故事发展也超脱了熊大的想法："不要随便让我生病啊！你以为是在拍韩剧吗？"

现在韩剧也不愿意用这种老梗了吧。

奶奶说："你不觉得悲剧更凄美吗？"

"再凄美我也想活着啊，"熊大很不高兴，"你是我亲奶奶吗？"

这个问题我很早以前就想问了。

完美型女主的特技……什么鬼

艾莎芝这会儿已经没有耐性了，问向于飞："你选我还是选她？"

于飞很理智："我都不想选。"

艾莎芝说："为什么，我为你做了那么多，你为什么还是不喜欢我？"

于飞问："啊？你到底为我做什么了？"

"行，你内向，不向我告白，我向你告白！"

艾莎芝瞪了一眼吹着《最美不过夕阳红》口哨的姨奶奶，恶狠狠道："别以为只有你们有 BGM ！"说完，打了个响指，"Music ！"

餐厅里唰啦啦地出现了一群人，吹萨克斯的、弹钢琴的、敲架子鼓的，还有一个拿话筒的外国人，不到五分钟就准备妥当，那外国人就唱起了 *Unchained Melody*。

艾莎芝在背景音乐中款款走向于飞，身前有人拿着苹果光照她的脸，身后有人撒着玫瑰花瓣，身旁有人拿着鼓风机吹她的裙子和头发，艾莎芝摆出一副标准美人微笑，朝着于飞眨了下眼。

于飞一脸茫然。

我都震惊了，这些人之前都藏在哪儿，竟然能随叫随到，凭空出现！在之前的剧情里一点都没有露馅！

奶奶愤愤不平地说："不愧是土豪完美型女主角！竟然自带柔光、花瓣、柔风和 BGM ！"

你确定那是柔风？如果艾莎芝戴的是假发，那头发早就被吹到西伯利亚去了。

姨奶奶也点头："我的天哪，这后期有毒。她果然有手段！"

不是，这也有点太夸张了吧！这是拍电影吗还后期！这到底是什么手段你们把原理和我说一下啊！

艾莎芝走到于飞面前，问道："你看，我美吗？"

于飞默默地偏过头。

艾莎芝又问："你看到这么美丽清纯可爱动人芙蓉如面柳叶弯眉齿如瓠犀手如柔荑指如青葱肤若凝脂发如丝绸螓首蛾眉倾国倾城国色天香风华绝代仙女下凡的我，难道就没有什么感想吗？"

于飞说："你语文不错，成语用得很熟练。"

艾莎芝一下捂住他的嘴："不要说，你夸我，我会骄傲的！"

于飞："……"

艾莎芝说："除了夸我，你还有什么其他的话说吗？"

于飞说："我想……"

艾莎芝又捂住他的嘴："不要说，让我猜猜……咯咯咯咯咯，猜不到，你还是说吧。"

于飞继续说："回家……"

艾莎芝第三次捂住他的嘴，声情并茂地道："算了，不要说，用心去体会！"

我看到温文尔雅，忍耐度超强的于飞，额头上爆出了一根青筋。

艾莎芝转过头，问于飞："你听到你自己的心，在说什么了吗？"

于飞握紧了拳头："它在说，控制住自己，不要使用暴力。"

这于飞也是个捧哏的人才啊。

看了这么多，我忽然觉得我家里人并没有那么不正常。我看向自己的家人，发现奶奶正在冲张发财和熊大挤眉弄眼："别人都用大招了，你们还不快上！"

我又有了一种不祥的预感。

神之平地绊

虽然奶奶催促了好几次，张发财依然一脸犹豫，迟迟不肯动手。

那边艾莎芝也知道我们家不是常人，马上警戒起来，在平地上绊了一跤，"哎哟"了一声，就往于飞身上靠。

"Oh, my God！"姨奶奶一脸难以置信地惊讶，"竟然这么不要 face，竟然敢用我们玛丽苏的绝招——平地绊！"

奶奶说道："平地绊，女主角常用招式之一，大千世界人海茫茫，相遇的方法千种万种容易流于俗套，女主角要怎么吸引男主角的注意呢？这个言情小说界的难题曾经困扰了各种女主角许多年，幸好，我们女主有着不放弃的决心和精神。最后，经过各位女主角前赴后继夜以继日奉献无数的血与泪不断的尝试实践之后，终于得出了最优方法之一。"奶奶推了推眼镜，看着手中的书，"没错，就是这个平地绊！"

你的眼镜和书都是哪里来的？而且那是什么书，你不要以为我们没看见书皮上写着《厨房美汤 108 种》？

"所谓平地绊，"奶奶的眼镜闪过一丝光，"就是在平地也能摔跤的一种特殊技能，这种技能是一种主动技能，发动时男主有90% 的概率在现场，而且有 60% 的概率绊到男主怀里。这种技能发动之后，会迅速吸引男主的注意，他们会奇怪，为什么平地也能绊到，为什么会有那么大的概率，就有一个女人绊到自己的怀里……无论他们想的是什么，女主角们都已经成功地吸引了男主的注意！"

不要在这里做名词解释啊！

艾莎芝绊倒的时候，于飞迅速地往旁边跑了几步，伸手道："你们看好了，不是我推她的。"

你这是防碰瓷呢？还有没有点浪漫气息了。

容雨薇说："艾莎芝和于飞距离那么远，这回应该绊不到人家怀里了吧？"

没想到艾莎芝眼光一闪，脚尖在地上一点，一边拖长了声音"哎——哟——哎——哟——"一边用脚尖做支撑，往于飞那边旋转。

姨奶奶"啧"了一声："真是个心机 girl，竟然将芭蕾与平地绊相结合，使用芭蕾平地绊。"

为了一个平地绊，这是要多拼啊！我说："这是芭蕾吗？你看她转得有点慢吧！"

张发财道："她怕摔吧。"

你说的有道理。

那边于飞步步退，艾莎芝旋旋转，眼看着二人距离越来越短，艾莎芝忽然停住了，双手抱头蹲在了地上。

这是怎么回事？我一头雾水。

"不信抬头看，苍天绕过谁，报应来了！"奶奶大笑了三声，"你们看，她转晕了！"

废话，这么转不晕才怪！

听到我们的嘲笑，艾莎芝恼羞成怒，站起来，瞪着我们道："你们这是要逼我出大招！"

容雨薇用毫无情感的声音说道："哎呀呀又要出大招了好怕啊。"

于飞则是一副生不如死的模样："有完没完啊。"

张发财说："你理她干吗，走啊！"

于飞反问："她家那么有势力，我们两家又是联姻，我能得罪她吗？"

这还有没有点骨气了！我很生气，和熊大说："你看看他，这么懦弱，你还喜欢他？"

熊大捧着脸道："能屈能伸，好棒啊！"

"嗯？"我一惊，然后怒其不争地骂道："熊大，醒醒，你眼睛是被屎糊了吗？你原来不是最讨厌这种委曲求全的男人了吗？"

"没用的。"奶奶说，"于飞身上有男主光环，那才是迷住她的根本！"

"药药，切克闹，到底是什么原因呢，跟着节奏一起来，姨奶奶为你来解说，"姨奶奶说，"药药，切克闹，男主身上有光环，女主心里把他爱，药药，切克闹，煎饼果子来一套，都是爱情惹的祸！男主光环太要命，有颜有钱有 Buff（游戏中的增益效果），其余品行算个鸟，人渣败类无所谓！女人爱你深入骨，死心塌地爱着你，一生一世不变心，一颗心儿在你身，永永远远喜欢你，一条黑路走到死，永生永世不变心，不那么不变心！不变心！"

有话好好说，唱什么 Rap ！

"药药，切克闹，煎饼果子来一套！"奶奶在旁边随着姨奶奶的 Rap 一颠儿一颠儿的。

奶奶你颠个什么啊，那 Rap 也没押韵到哪儿去，后面都无缝衔接成快板了，也亏得你能颠起来！

现在的老太太，怎么一言不合就 Rap ！

艾莎芝瞪了一眼我们，霸气十足地拍了拍手："人呢！"

随着她的吆喝，餐厅里又凭空跑来了一群黑衣人，他们迅速地围住了艾莎芝和于飞。

现在我已经对这些突然冒出的人类无感了，也不愿意去想象他们从何而来，要到哪里去。

奶奶惊道："她竟然带了帮手——神助攻！"

就像以往一样，即使没人问，奶奶也开始了自动解说："爱情神助攻是指，在谈恋爱的过程中，促进男女主角感情进一步发展的人。比如说刚才的平地绊技能，在平地上绊倒虽然奇特，但总有些不自然，看起来很像有心机的'绿茶'，但是女主是纯洁的，不能心机不能'绿茶'，所以这时候就需要助攻登场了，助攻会在男主在场的恰当时刻，装作无意的样子故意撞到或者绊倒女主，而女主就会自然地倒向男主，被男主接住，然后双目相对，这样就完成了一次感情的升华！"

姨奶奶解释道："顺便一说，促进男主女配，女主男配感情发展的不叫神助攻，叫猪队友，Pig team friends。"

这翻译也是醉了。

这时围着于飞和艾莎芝的黑衣人已经散开，奇怪的是，他们身上都吊着威亚。

"按照艾莎芝天下第一不可一世的态度，她肯定会继续刚才失败的招数，继续使用平地绊，直到成功为止！"奶奶说，"看吧，他们就要绊了！"

说时迟那时快，一个黑衣人用力地绊了一下艾莎芝，艾莎芝腾空飞了起来！

我们一脸蒙圈地看着飞翔在天空的艾莎芝。

"难道她是想用'从天而降平地绊'这一招！好有心机！"奶奶快速地说道，"从天而降平地绊是指女主角从天而降，这时她必然会被男主在空中接住，然后两人保持着一个姿势一边在空中旋转一边对视一边下降，谁都不知道在空中发生了什么，但是落到地上的时候，男女主角已经莫名其妙地心心相印感情升华难解难分！这一招可谓撩汉技能满分，升华感情的撒手锏，简直是百试百灵！战无不胜！"

神 TM 平地绊，要怎么绊才能把人绊到空中！

此时只听见一声惨叫，于飞也被黑衣人扔到了空中。艾莎芝抱住了于飞，凹了一个造型。

"电视里男女主要在空中转很久的。"容雨薇说，"看来他们一时半会儿是下不来了。"

果然，旁边黑衣人们有往空中撒花的，有拉着威亚使于飞和艾莎芝在空中旋转的，也就是 1 米多的高度，他们转了五分钟还没下来。

"你们不要再犹豫了！"奶奶生气地看向张发财和熊大，"我都和你们说了必胜的必杀技，为什么，为什么你们还不快点实施？"

Part 6
恋爱生活的调味剂当然是男配和女配

恋爱说之必备男配

于飞和艾莎芝还在空中转，姨奶奶说道："Ladys and gentleman，现在战况已经到了对我们非常不利的地步，艾莎芝选手使出了心机版升级空中平地绊，利用转圈圈和对视来拉近自己和于飞的距离，熊大选手现在处于劣势，但她依然有反扑的机会！为什么呢，因为她身边有张发财这张牌！如果她使出那一招，就有很大机会反扑！"

"快啊！"奶奶对这种状况非常着急，不停地催促张发财采取行动。

张发财终于下定决心，向熊大走去。

"行动了！"姨奶奶开心地道，"张发财终于行动了，他走向了熊大，越走越近，越走越近！熊大步步后退，脸上露出了脆弱的表情，太棒了！张发财已经把熊大选手逼到了墙边，熊大选手无处可逃了！难道张发财就要使出传说中的那一招了吗？让我们拭目以待！冲吧！张发财！向前冲！Go！Go！Go！啊累啊累啊累！"

张发财伸出手，"啪"的一下将熊大按在了自己和墙之间！

"哇！"我和容雨薇齐齐发出惊呼。

"Oh my God！果然不出我所料！"姨奶奶激动地道，"张发财出招了！他出招了！他长臂一伸，蛮横又温柔地将熊大困在了自己与墙壁之间！没错！张发财使用了霸道男主恋爱必备技能——壁咚！此技能发动条件为身高和颜值，发动后能让女方不知所措面红耳赤从而心跳加速产生心动感，附带气氛转换功能，看！熊大害羞了，她捂住了脸！"

如果不捂住脸熊大应该会控制不住揍人吧！

张发财面无表情，用毫无起伏的语气说道："为——什——么，为——什——么——是——他——不——是——我？"

"太好了！"姨奶奶道，"张发财发挥了配角技能，展开进攻了！配角是什么？配角是促进主角感情发展的棋子！张发财的这步棋下得恰到好处！当男主和女配拉拉扯扯纠缠不清的时候，伤心误会的女主会一个人待着吗？不，不会的，她身边必然会有一个男配出现！"

张发财继续看着熊大读："你——能——忍——受——那——个——家——伙——当——着——你——的——面——和——别——的——女——人——拉——拉——扯——扯——吗？"

奶奶很不高兴："你代入点感情好吗？你现在是男配，不是二傻子。"

熊大"噗"的一声笑出来，半仰着头，眯着一双亮晶晶的笑眼，从指缝里看张发财。

然后张发财就不说话了。

奶奶推了他一把，说："快说话啊。"

张发财盯着熊大，说："说什么啊？"

姨奶奶继续播报："男配张发财不知该如何出招了！不知道亲友团神助攻能不能在这关键时刻提供帮助！"

奶奶说："首先，你得代入，你想，你是男配，你真心爱着面前这个女人，但是这个女人却爱着男主，即使男主是人渣。"

飞在空中的于飞一脸蒙圈："啊？"

"但有男主光环加持，你再优秀也比不过他在她心中的地位，你看到那个男人当着她的面和别的女人卿卿我我，两面三刀，花心劈腿，不守夫道。"

在空中转圈的于飞继续蒙圈："啥？"

奶奶说："你看到熊大伤心难过，你难道就没有一丝丝心疼吗？"

张发财看看于飞，又看看奶奶，抬着头想了一会儿，说："其实从头到尾，我都不是很理解你们这些人的想法……"

"现在张发财这条路似乎走不通了，"姨奶奶继续播报战况，"那边于飞和艾莎芝已经进入下落的最后阶段了，熊大选手这边该怎么办呢，怎么办呢？"

见张发财很难攻克，奶奶就把目标转到了熊大那边："熊大啊，你再这样下去，于飞就要被艾莎芝抢走了。"

毕竟是暗恋的男神，奶奶这话一出，熊大的眼神就黯淡了。

张发财瞟了一眼熊大："好吧，你们说吧，我要做什么？"

"这就要说到男配的功能了！"奶奶说，"言情小说，势必会出现第三者第四者第五者第六者……每当出现这些人的时候，男女主角就会开始互相吃醋！是的，就像现在这样，出现女配就是女主吃醋的时候，当女主吃醋后一定会误会男主，一定会心情变差不听解释，一定会不相信男主，一定会自卑伤感，这时爱她很深的男配会心疼她安慰她，千方百计对她好，让她重展笑颜，抚平她心灵的伤口，然后女主和男配的关系就会突飞猛进，进入到暧昧阶段！"

"哦……"张发财说，"然后呢？"

奶奶说："然后男主回来冲女主霸道一笑，说其实我还是爱你的，女主就会回到男主怀抱，毕竟男配只是个备胎棋子嘛。"

张发财无语地看着熊大："你竟然是这种女人！用完就甩！"

熊大道："那我也没有办法的，我是女主啊，我当然要和男主在一起了！就算你再爱我也没有办法的，毕竟你是男配！"

"爱你个鬼啊！"张发财问，"那你当女主以后，我要干什么？我就没用了吗？"

熊大说："你可以做一个悲观伤感抑郁惆怅夜夜失眠借酒消愁为情消瘦每天想我一想就心碎一想就哭的情痴啊！"

"为什么我要这么惨！"张发财愤怒地在墙壁上拍了一下，"你有没有人性！而且谁会为你做到那种程度！"

保持着壁咚的姿势吵架，你们也不嫌离得近。

"做不到你生气什么啊！"

"如果你命也这么惨，你气不气！"

"你命再惨能有我命惨吗？你看看我的家人，昂！谁更惨！"

"……"张发财看了看奶奶、姨奶奶、我，"也对，还是你惨！"

作为一个看热闹的，我怎么觉得我又中枪了。

"Oh！"忽然，姨奶奶讲解员激动地说道，"艾莎芝和于飞终于转下来了，转下来了！于飞靠在了艾莎芝身上，这是怎么回事！Why！看起来艾莎芝的作战成功了，于飞对她产生了感情，他们两个人竟然互相拥抱了！"

不是吧，我脑中一群羊驼跑过，这俩真的有用？

熊大震惊地看着艾莎芝和于飞，满脸的难以置信与痛心。

张发财低下头看了看熊大，又瞟了一眼艾于二人，一把拉过熊大的手，跑了出去！

"Oh，my God！My God！"姨奶奶兴奋地喊，"此时应有BGM！张发财行动了！他发挥了男配应有的作用！他带着熊大跑出去了！他跑了！天哪，这下于飞一定会嫉妒的！一定会的！你们看，于飞已经面色惨白地蹲在了地上，他的内心一定在后悔挣扎！因为他看到他的女主——熊大跑了，他莫名地觉得有些心如刀割！来，让我们采访一下于飞，你是不是这种感觉。"

于飞摆了摆手："不要和我说话，太晕了，都快站不稳了。"

艾莎芝也扶着头跪坐在地上，所以刚才他俩拥抱也是因为转太久晕了站不稳要找个支撑吧。

"……杀敌一千自损八百，"容雨薇道，"这平地绊其实是同归于尽的杀人技吧，到底有什么用。"

我说："还是有用的，习惯了旋转以后说不定能去当宇航员。"

 # 言情小说不可动摇的套路 #

奶奶把姨奶奶、我和容雨薇聚在一起，表情严肃地说："现在是关键时刻了，形势一片大好，按照事物发展的客观规律，只要出现男配、女配插入搅局，男女主人公的感情必然会发展升华，所以，我们得抓住这个机会。"奶奶用力握拳，"把敌人打下去！"

我说："那万一男主和女配好上了，女主和男配好上了呢？"

奶奶撸袖子叉腰，愤怒地看着我："所以我就很讨厌你这种理工科直男，我怎么能有你这样的孙子，你能不能浪漫一点，看问题透彻一点，你知道什么是恋爱生活中的调味剂吗？你知道吗？"

我摇头："不知道。"

"傻了吧，告诉你，恋爱生活的调味剂……"奶奶用力一划拳，"那当然是小三了！我警告你，这个规律不能质疑，也没法质疑！这是言情小说必备的套路，是几千年世界文化的美好传承，是无数前人通过血与泪总结出来的经验！是爱与智慧的融合！还说什么男主和女配，女主和男配好，这是不可能发生的事情。"奶奶瞪了我一眼，哼了一声，"切，你这种一根筋的直男懂什么啊！"

不要性别攻击啊，谈个恋爱而已，能不能少点套路，多点真诚！

我说："那你看姨奶奶，她不也没和男主好吗？"

姨奶奶惊讶地捂住了嘴："天哪，为什么话题会引到我这里？哦，我简直难以相信这是真的，我是说，亲爱的熊二，你似乎脑袋不太清楚，我可以原谅你，但是你一定要明白这整件事情的逻辑，我并不是和男配好上了，我是和女主好上了。天哪，太可怕了，你竟然想把打破规律的脏水泼在我身上，我们可是正正经经的男主和男主好，女主和女主好的故事，并不存在什么男主和女配好这样不合常理污秽到令人发指的事情，你懂吗？"

不是，姨奶奶，你不觉得你话里的逻辑有点问题吗？

"哦，我的蜜糖啊，你真是吓死我了，哦，你竟然做出了这么骇人听闻的假设。"姨奶奶捂着胸口说，"我想到了你是直男，却没想到你是这样的直男！"

我到底是怎样的直男了！话说为什么从刚才起你们就不停地攻击我的性向！

"好了好了。"容雨薇为我解围道，"我们还是先制订下一步计划吧，我们要怎么拆散——啊不，是撮合美丽可爱温柔贤惠的熊大和那些该死的男人！"

我觉得我已经听到了你的私心。

奶奶说："我们应该分为两组，一组跟踪熊大和张发财，一组跟踪于飞和艾莎芝，随时监控男女主角的动向，并且互相汇报，这样才能在第一时间把握局势！"

我和容雨薇一同举手："我去找熊大！"

奶奶奇怪地看着我："雨薇爱着熊大所以我能理解，可你为什么那么积极？"

这还不是因为不知道你们还会做出什么丢脸的事，熊大张发财都比较熟，在自己家人面前丢脸总比在外人面前丢脸好吗？

我说："因为家族之爱。"

奶奶很感动："猴子，你总算回归正途了，好，你和我一起去找熊大和张发财，雨薇和妹妹就去监督艾莎芝和于飞吧。"

"好吧，既然奶奶这么吩咐了。"容雨薇点点头，乖巧地说，"那我就先去弄死于飞吧。"

你不要总是那么耿直地把想法说出来啊百合女配！

我和奶奶奔跑出去，发现熊大和张发财站在路边，一脸茫然。

奶奶问："你们站这干什么？"

熊大和张发财异口同声："那去哪儿啊？"

奶奶说："现在是女主和男配发展感情的重要时刻，当然要约会了！"

张发财冰山般的俏脸一红："约约约……约什么会！"

熊大英挺的俊脸也露出了一丝腼腆："为什么突然就要约会了？"

"当然是为了你们的爱啦！"奶奶说，"这会儿一定要快速发展感情！"

熊大说："我觉得我会不习惯。"

张发财说："呵，我估计你这样的女人应该没什么和男人单独相处的机会吧？"

"开什么玩笑！"熊大说，"我和男人单独相处的经历，没有一百也有几十！"

嗯？我和张发财齐齐看向她。

"来找我单挑的，没一个能平安回去，不打到见血不罢休！"熊大叹了口气，"如果不让动手的话，我估计不会有什么激情。"

那是约架，不是约会！

"这你就不懂了，虐身太低级，重要的是虐心啊！"奶奶说，"熊大，你仔细想想，如果张发财爱上了你，你再把他狠狠抛弃，重回于飞的怀抱！这不比打他一顿爽？你打他，流血的只是他的身体，可是你虐心，他的心都会流血啊！你现在只有制造浪漫，让他深深爱上你，你们感情越好，才能虐到嫉妒的男主，和深深爱你的男配。"

熊大眼睛一亮："听起来不错！"

老大，你这是心理变态啊！

张发财："啊，我忽然想起我家里的电视还没有关，我能回家吗？"

你们所有的计划都让男配听见了好吗？他现在装作若无其事的样子找了个超级差劲的借口准备开溜啦！

熊大一把抓住张发财的胳膊，恶狠狠地威胁道："你要敢跑，我就告诉所有人你爱穿花裤衩！"

张发财直接石化了。

喂，说好的浪漫呢！

熊大挽着张发财的胳膊，问："奶奶，你说，要去哪儿约会！"

奶奶说："男女主角约会地点有几个套路，最常见的是在餐厅。"

我们刚从餐厅出来，心中还有很惨痛的记忆，熊大马上推翻了这个地点："我现在总觉得餐厅有很多怪味，换个场景。"

奶奶说："然后是家里，男配第一次到女主家，心中会有小小的激动和紧张。"

我说："上次张发财已经到过咱家了。"

奶奶继续说："或者是商场，男配带着女主逛商场，狂刷卡，名牌包名牌鞋名牌衣服高档化妆品，把女主打扮得像是变了个人一样闪闪发光！"

张发财说："能变个人，那应该是去整形医院刷卡吧！"

"还是算了，"熊大摇头，"我从不干勒索的事。"

奶奶说："再然后是风景优美，很容易制造浪漫的海边……"

"那就去这儿吧！"

熊大一挥手，拽着张发财就走。

奶奶喊："等会儿熊大，你这样不行！"

熊大问："怎么不行？"

奶奶说："你刚失恋，应该娇羞一点，痛苦一点，有点女人味，这样才会让男配为你动心，而且你要知道，去海边，一定不能是你主动，得是男配主动，他为你准备了惊喜，为了让你心灵疗伤，才带你去的。"

"我明白了。"熊大点点头，继续拖着张发财走，"哎呀我好痛苦好伤心，张发财你是不是为我准备了惊喜呢？"

熊大拦了辆出租，将张发财扔了上去，自己也上了车，咯咯咯咯地笑道："我很期待哦！"

我看见张发财的脸，惊恐地贴在车窗上。

十分令人同情。

古老的海边套路

我和奶奶叫了辆车，跟着张发财他们的车，一路到了海边。

沙滩上，张发财抱着头，痛苦地蹲着。

我问："你还好吧？"

张发财说："这是我这辈子最大的耻辱，我和一个女人坐在出租车上，司机竟然问我有没有危险，要不要报警！"

不，你最大的耻辱是花裤衩。

熊大在一旁问奶奶："现在我们要怎么做？"

奶奶说："在我们那个年代，来到海边都是要追着跑的，你追我我追你，在追逐过程中，两个人就相爱了。"

这是什么年代的情节了，为什么追着追着就能相爱了，我不懂啊。

奶奶说："追到以后，还要拦腰抱起来转圈圈，女主还要发出银铃般的笑声。"

熊大点点头，对张发财道："你来追我吧。"

张发财抱头："为什么要做这种事。"

奶奶说："这是一个让你们感情迅速升温的好办法。"

熊大说："这都不敢，你是不是害怕你会爱上我，然后无法自拔。"

张发财暴怒："我是怕你爱上我，谁怕谁，来啊！"

"好啊，那你来追我啊！"熊大呵呵呵地开跑，张发财在她身后冷笑道："我告诉你，我十秒都不到，就能抓到你。"

熊大喊："有本事你就来啊！"

然后我们就看熊大像只离弦的箭一样，嗖地射了出去，张发财脸色一变，马上开始追。

熊大越跑越远，越跑越远，变成了一个黑点！

张发财慢慢地停下了脚步，孤独地站在沙滩上，半晌，回过头，露出了一张异常沮丧的脸，用挫败的语气说："追不上……"

一个小时后，奶奶站在沙滩上教育刚刚跑了半个马拉松回来的熊大："你不能跑这么快，你这样不行，完全没有浪漫的感觉你知道吗？你要慢慢跑。"

熊大说："可是我不愿意输给别人，让别人追上我。"

"唉。"奶奶垂下头，苦思了一会儿，"要不然这样，你去追张发财。"

熊大看看张发财："也行，我应该能很快追上他。"

张发财也燃起了斗志："这次我一定赢！"

然后二人开始拉筋预热。

你俩还记得是来约会的吗？

奶奶看着熊大，苦口婆心："孩子啊，你要有点女人味，所有人都喜欢笑容，所以，你一定要笑，用银铃般的笑声征服他的心。"

熊大一边原地小跑，一边连连点头，俨然一个听从教练指挥的职业选手。她对张发财说："你跑吧，我追你。"

张发财看了一眼熊大，为了稳妥起见，放弃了自尊，跑到距离熊大 500 米左右的前方，做了冲刺跑的预备动作，我很同情他，到他身边给他加油。

奶奶说道："1、2、3、Go！"

张发财马上起跑。

而熊大也瞬间跑了出去，奔跑带起的沙可以媲美沙尘暴。

我站在张发财起跑的地方，看见熊大带着狰狞的笑容大步奔来，一路"哈哈哈哈"狂笑不止，身姿犹如饿狼扑食猛虎下山，身后黄沙漫漫！

我仿佛在她身后的黄沙中，看到了地狱的景象！

我腿一软，就吓得坐地上了。

张发财闷着头狂跑，身姿犹如大草原上被狮子追捕的羚羊。

但他最终还是跑不过熊大，熊大将他扑倒在地，然后哈哈哈地大笑，像奶奶指导的一样，拦腰抱起了张发财，在原地转圈。

张发财一副心如死灰的表情，被熊大抱着转圈。

他们身边，是飞扬的黄沙，那些沙子飞到了他们的头发上，脸上，衣服上。

我和奶奶都看呆了，我问奶奶："这浪漫吗？"

奶奶默默地摇了摇头。

这看起来就像是变态杀人魔的凶杀现场，杀人之前要先把猎物折磨致死的。

熊大终于力气用尽，和张发财一起倒在了沙滩上，两个人滚作一团，停下来时已经成了沙人，像是从土堆里爬出来的一样。

张发财死尸一样躺在沙滩上，伴随着海浪的声音，眼神异常空旷。

熊大拍着头上的沙子："这也太累了，为什么言情女主要干这种事？"

不，这根本不是言情小说中的女主要干的事好吗？这是恐怖小说里面的变态干的事！你看看张发财，他正在沙滩上往外爬，一副久经劫难死里逃生的状态，拼死想离你远一点啊！

奶奶蹲下来，对熊大说："熊大啊，你是个女孩子啊，你注意点形象好吗？"

你终于说到这句话了奶奶，可是她现在还有形象吗？

熊大说："可是我刚才很努力地表现出了银铃般的笑声啊。"

你那根本不是什么银铃般的笑声，你那是杠铃般的笑声好吗？

奶奶都快哭了："熊大啊，就算要当小白文女主也不能表现得像个弱智一样啊，答应我，表现得聪明一点好吗？"

奶奶，你想明白一点，咱家现在表现出来的样子，要让人怎么相信我们家人不是弱智？

"这个度很难把握啊。"熊大有些发愁，问向身边的张发财，"你觉得怎么样？"

张发财喷出一口黄沙："我觉得还是去逛街吧，如果刷卡能救回我一命，我愿你刷爆我的卡。"

"我愿你刷爆我的卡"这真是最动人的情话，但在他们二人中，总觉得有什么地方不对。

套路不行就换新套路

现在已经快日落了，大海被夕阳照得金光灿烂、波光粼粼，可惜我们的女主角恋爱剧情发展得并不顺利，奶奶有点心气不顺，坐在沙滩上唉声叹气。

累瘫了的张发财躺在地上一动不动，熊大在一旁用沙子堆堡垒。堆了半截，堡垒被海水摧毁了，熊大对着大海跳跃，大骂，愤怒地扔着沙子。

我觉得虽然现在的气氛很温馨，但这样下去情节无法推动。于是走到奶奶身边，问："艾莎芝那边怎么样了？"

奶奶打开手机，看线人姨奶奶和容雨薇发来的线报，根据前线记者的报道，艾莎芝和于飞去了言情小说中的另一个谈恋爱圣地——游乐园！

"竟然去游乐园这种可以迅速增进感情的高端恋爱地点，敌人真是强大。"奶奶说，"我看看照片，哟，还有视频……"

那边熊大已经把张发财从地上拉了起来，然后两人也不知道说了些什么，你拍我一下我拍你一下，似乎是在争执，最终像平常一样，打了起来，在被夕阳晕染的海滩上你追我赶。

"嗯……"奶奶翻着照片，眉头紧锁，面色忧郁，"看来他们玩了很多啊。"

我一直盯着熊大和张发财，没了奶奶的操控，他俩就像两个电脑游戏中被托管、有了自由意志的模拟小人，不知道会做出什么事。

就像现在，他们吵得那么厉害，打得死去活来，虽然不知道是为了什么事，但看起来很严重的样子，让我很忧心，万一出了人命怎么办？我围观了半天，终于决定鼓足勇气，为了我的姐姐熊大和张发财，冒着生命的危险接近他们，劝他们停止。

我战战兢兢地走近了他们，小声劝架："天大的事，我们坐下来好好谈，慢慢解决嘛……不要……"

却听见张发财说："这沙子就得按照我说的堆！堆出来肯定牛'哔——'！"

"不行不行！"熊大说，"是我找你一起堆，肯定得听我的！"

你们吵了那么久，就是为了堆沙子啊！

我那么担心是为了什么！

"神经病！"我对他们扔了一把沙子，然后朝他们吐了一口口水！

结果那两人同时转过头，一脸怒火、同仇敌忾地看向我，同时朝我扬沙子，瞬间我就被沙子淹没了。

"扬沙子扬得这么快，"熊大赞赏有加地看向张发财，"你还是有点战斗力的嘛。"

张发财冷酷地一仰头："你的扬沙速度也还可以。"

熊大说："不如我们各退一步，一人一半。"

张发财甩了一下满是沙子的秀发："可以。"

于是熊大和张发财终于达成了一致，不再打架，二人握手言和，然后一起蹲在沙滩上堆城堡。

如果不看过程的话，来劝架的我，还真成功了。

我已经不想理他们了，从沙堆里挣扎着爬出来，来到奶奶身边。

奶奶胸口不断起伏，显然非常生气，她把手机给我看，怒道："成何体统！"

我打开照片和视频一看，顿时惊了，什么云霄飞车海盗船激流勇进大锤摆鬼屋……游乐园最惊险刺激的项目全都集中在这里了，艾莎芝一脸娇羞地坐在于飞身边，于飞面色惨白一脸惊恐看起来生无可恋似乎是在地狱游走……

视频中还传来了容雨薇的笑声，显然这些照片视频都是她拍的，能跟踪拍摄到这个地步，爱上熊大的妹子果然不一般。

奶奶很生气："对手竟然使用吊桥效应，男女处于危险之中让他们心跳加速从而促进他们的感情！这手段真是太高了！你看，他们现在看起来多恩爱！这约会简直太成功了！"

你确定他们这表情是恩爱？这样的相处在于飞那里难道不是读作约会写作胁迫？

奶奶叹道："他们进展那么快，我们这却没什么进展。"

闻言，我转头看向了熊大和张发财，顿时惊了，他们的城堡已经堆到比人高，一半是火箭一半是高达。

这俩人还真是厉害，从某种意义上来说，这种进展已经算是很牛了。

奶奶依然忧心忡忡："不行！我们现在就得行动，不能让他们继续在游乐园独处下去，不然等到晚上闭园，于飞包下游乐园，和艾莎芝一起坐旋转木马摩天轮还给她放烟花，这些手段祭出来，将会对他们的感情造成巨大的推进，对我们产生致命一击，后果无法挽回！"

这时熊大和张发财的半高达半火箭沙堆已经堆好了，二人满意地看着他们的杰作，高兴地击掌，沙子随着他们的汗水在空中飘扬。

然后又一阵海浪涌上来，半高达半火箭沙堆被海水带走，化成史莱姆一样的形状。

熊大和张发财对着大海跳跃，大骂，愤怒地扔着沙子。

我看了他们一会儿，呆滞地转过头，对奶奶说："我觉得于飞不会这么干。"我把照片翻到最后一张，那上面于飞半张着嘴，表情痴呆，俨然一副受到创伤的模样。

我说："你看，于飞这样子看起来已经傻了，看上去智商很低，他不会想那么多的。"

"你不懂，这才让人害怕，"奶奶摇头，"爱情能降低人的智商，让人变傻，变得像个孩子。你看他这蠢样，就知道他陷得多深了，你见过比照片上这两人看起来还蠢的情侣吗？"

有啊！

奶奶你转过头看看啊，看看那两个对着大海扔沙子的家伙！他们两个加起来智商和年龄都不超过 10 啊！

和他们相比，照片上的两人绝对输了啊！

套路不成就换新套路

"男配和女主的感情得进一步加深……"奶奶看向熊大，她发丝凌乱，双手叉腰，满身沙粒，正和张发财一起迎着海风哈哈大笑。

奶奶眼睛一亮，对我道："你有没有觉得熊大现在的模样好天真好单纯好不做作，就像小仙女和小精灵的混合体，对男人有种致命的吸引力。"

我用力摇头，她现在的模样看起来好狰狞好肮脏好恐怖，就像是金毛狮王和梅超风的混合体，对男人有种致命的杀伤力。

你看张发财都看不下去，给熊大拍身上的沙子了。

熊大虎躯一震，转头看向了张发财。

二人对视了！

熊大脸上有点红，不知道是被夕阳的光照的还是她脸上本来的颜色！

气氛变得奇怪了！好像有点暧昧！熊大也伸出了手，给张发财拍沙子了。

有戏！我的眼睛睁大了，奶奶激动了，这俩人感情发展有戏！

你看，他们两人开始为对方着想了，张发财说了句没关系我可以自己拍沙子，微笑着阻止了熊大拍自己身上的沙子，轻柔地拍着熊大身上的沙子，而熊大有些娇羞地红着脸说我身上不脏，应该先拍你的，依旧伸手去拍张发财身上的沙子。张发财耐着性子说不用客气你是女的我帮你把你身上的沙子拍干净，熊大强挤笑容说拍沙子分什么男女你个子比我高沙子比我多应该先拍你。张发财有点不耐烦地说 lady first 女士优先应该先拍你，熊大脸色微变说你硬要分男女是不是看不起我我拍沙子比你厉害多了。张发财嗤了一声说哎哟也对你胸这么平也看不出是个女的，熊大冷笑一声你信不信我能一巴掌把你拍成女人。两人拍沙子的速度越来越快越来越快下手越来越重越来越重……

然后就打起来了。

咦？

打起来了？

我和奶奶看到了开头却没想到结尾，感觉这情节发展简直无法理喻，刚才那点兴奋全被海风吹走了。

他们俩是笨蛋吗？

一番打斗之后，熊大和张发财分开，张发财用非常霸道总裁的语气道："我警告你，女人，我是有风度，才委屈自己给你拍沙子的，别的女人想要我给她们拍沙子我还不愿意。"他上下打量了一下熊大，嗤了一声说，"不过其他女人也不会像你这么脏，弄得一身沙。"

"切！"熊大从鼻子里哼了一声，"你比我脏多了，还好意思说我脏，臭男人！姑娘我是看你可怜才给你拍沙子，你竟然不领情！"

"你这个样子！"张发财怒道，"哪里像个女人！女人没有你这么样的！"

"我这么样又怎么了！"熊大怒道，"告诉你，我漂亮着呢！"

我觉得吵架和恋爱一样，也能降低人的智商。

看着他们吵架，奶奶的眼神忽然变得犀利起来："现在这个情节发展，正是好机会啊！"

我震惊了，奶奶真是思路广，在这种恶劣的情况下都能发现机会！

"什么好机会？"

"张发财这么嫌弃熊大，这时可以用上言情小说套路之女主大改造！"奶奶信心十足地笑道，"所谓女主大改造，就是男主利用自己的钱，钱和钱，给女主化妆美容买衣服买鞋子买包包，把原本平凡的女主的潜质全都激发出来，变得面目全非美丽动人。当男主看着女主从丑小鸭一点点蜕变成天鹅的时候，会有一种将原石打磨成钻石一样的惊艳快感！"

"哎，不是男配吗？怎么用上男主的桥段了？"

"重症要下猛药！"奶奶说，"这种时候，为了改善他们的关系，也顾不了那么多了！"然后她把张发财叫过来，告诉了他们这个计划。

"……"张发财听完以后，看了熊大几眼，哼了一声，"我为什么一定要给她花钱？"

熊大则一脸嫌弃："为什么我要花他的钱啊？"

奶奶说："你要用钱打动她啊！说不定你看到她的另一面，就会爱上她呢？"

"……不可能！"张发财说，"而且她那体重，估计钱打她也动不了。"

然后熊大和张发财又打起来了。

我说："你仔细想想，这不就和换装游戏一样嘛，说不定还会有养成的快感！"

"嗯？"张发财停止和熊大打架，看了看熊大，又想了想，点头，冷傲地道，"那就试一试吧，反正我钱多。"

看吧，这张发财虽然有着冷酷总裁的外表，内心却住着一个宅男……

Part 7

裙子和西装是女主和总裁的标配

谁说变身套路一定成功

我和奶奶、熊大、张发财来到了商场，吸引了众多目光，奶奶却很不满意："这些营业员看到花花总裁不是应该马上热情地迎上来的吗？摆出那么一副半死不活的表情是怎么回事。"

我说："你看熊大和张发财，脏得和什么一样，人家不嫌弃我们就不错了。"

奶奶怒道："别把前几章的情节带到我们新的章节来！"

什么鬼，你真以为我们这是小说，脏了以后能一秒变干净吗？

张发财倒是很豁达，对熊大说："不是想让我对你刮目相看吗？这里的东西，你随便挑。"

熊大估计身上比较难受，也没客气，颠儿颠儿地跑去选衣服换了。

张发财抱着手臂在外面等："我不认为她的审美能给我带来什么冲击。"

"那是肯定的。"奶奶说，"女主换衣服肯定失败，这是套路，接下来就是你或者店员给她选衣服，突破她的风格，才能让你耳目一新惊为天人。"

我心中有种不祥的预感，问张发财："你想让熊大穿成什么样？"

"我嘛……"张发财毫不犹豫地脱口而出，"当然是水手服、护士服或者是猫耳、兔女郎……啊，如果是那个熊大的话，最好是穿着女仆装，毕恭毕敬地对我叫主人……"

我就知道，你信不信熊大知道你这想法会一熊掌打死你。

奶奶啧了一声，鄙视地看着张发财："瞧瞧你这思想觉悟，所以你啊，注定做不了男一，只能做男二。"

这时熊大换好衣服出来，店员马上拿了笤帚簸箕去换衣间扫沙子。

不出我们所料，熊大挑了一套她平时最爱的运动服运动鞋运动帽的搭配。

熊大对着镜子，很是满意，问我们："怎么样？"

我们三人齐齐摇头。

"这衣服活动起来很方便的，"熊大一个半空旋转720°转体两周接后空翻转体加后踢腿加劈叉加单手俯卧撑，"你看，多么舒适。"

店员们啪啪啪地鼓掌，全给出了十分。

"瞧你那审美。"张发财骄傲地一笑，"这时候就该我出马了。"

奶奶说："你正常点啊。"

我说："应该得正常，他想要的衣服整个商场都没有。"

"不用担心。"张发财胸有成竹，"我换装游戏分很高的。"

听起来好像真的有点厉害。

张发财开始行动了，他在店里快速而熟练地穿梭，下手快狠稳，看起来十分靠谱。

"就这些！和你的垃圾审美不一样，我的审美绝对令人震撼。"张发财把拿到的东西交给熊大，信心满满，"出来以后绝对让所有人都吓一跳，耳目一新！"

过了十分钟，熊大从更衣间出来了，在场的所有人都被震撼住了，久久不能言语。

"呵呵呵呵。怎么样，被震住了吧。"张发财十分满意自己的劳动成果，"我这套搭配的主题是春天，为什么选择这个季节呢？是因为我喜欢，而且有春光明媚朝气蓬勃青春洋溢的意思。"

张发财站在呆滞的熊大身边，开始解说自己的设计理念："首先，我选择了一件黑底碎花短袖 T 恤，代表冬天刚过，春天的花朵刚刚萌芽。下身白色碎花短裤，则表示春天之后是阳光的夏天。短裤下面的橘色连裤袜，勾勒出腿部完美的曲线，象征着少女火一般的内心，而脚上的凉拖，则为整体的打扮增添了一份春日的慵懒。因为春天风比较大，所以我为她选择了一件蓝色西装外套，用来挡风，这件外套是非常重要的，如果没有它，就不一定是春天，而有可能是夏天了。而春天有时阳光比较大，有时会下雨，所以这顶超大度假粉色草帽就派上了用场，既可以防晒，又可以防雨，可谓多功能一体，极其实用！至于佩饰，我选择了超大耳环、手环、手表、手链和手套，还有十个戒指，显示出我们尊贵的身份。至于脖子上的新娘五彩流苏项链，更是为这套衣服增添了一丝色彩。整套设计的点睛之笔是腰间的彩虹腰带，说明雨过天晴，人生总有希望。"

熊大怒道："就算你说得再怎么天花乱坠也没用啊，看了你这个搭配，我的人生已经完全没有希望了好吗？我看起来就像是个五彩的大冠火鸡！戴上手套还要戴十个戒指你是要干什么啊！这种搭配简直反人类！"

对啊，还不如之前说的 Cosplay（角色扮演）呢。

奶奶和店员们目瞪口呆，过了半天才缓缓说道："太可怕了……这就是直男审美……"

"对，直男审美……"

"不，直男不全是这样的，"我争辩道，"直男至少会有黑丝。"

奶奶和店员齐齐摇头："黑丝并没有更好！这根本不是黑丝的问题！"

"你们觉得不好？这不可能。"张发财说，"我这套打扮，在换装游戏里面，绝对是 S 级别的！"

熊大摔掉草帽："你那换装游戏也是用直男审美来评判的吧！"

增进感情的小桥段

鉴于张发财的审美比熊大还可怕，我们只好让店员帮熊大搭了一套衣服，历经了之前的失败，奶奶还特地跑到更衣间去看，看完以后满意地出来，对我们说："这次没问题，绝对能让你们眼前一亮，惊为天人！"

说着，奶奶打开了更衣间的门，背对着我们的熊大缓缓转过身。

店员为她挑了一套浅色印花连衣裙，配上白色高跟鞋，使得整个人看起来非常清爽。

我和张发财点着头："还行，还行。"

奶奶很不满："你们这反应也太平淡了，这世上哪有男人看完女主角换装以后这种反应的，你们这种反应就是当路人都得被炒鱿鱼！"

我说："可这不是很平常的打扮吗？她又不是变了个人，我们还能惊讶到哪里去！"

奶奶说："你们没看过言情小说吗？没看过电视剧吗？就算人是一样的，看起来没什么变化，你们反应也不能是这样，要入戏知道吗？"

可是我们很累了啊，我说："你要让人入戏，起码场景要差不多一点。"

"……我懂了！"奶奶略一思索，把熊大更衣间的门一关，"我们再来一次，现在，你们闭上眼睛，回想十分钟刚才张发财的搭配。"

这令人难熬的十分钟，张发财的搭配在我脑海里飞来飞去，我觉得我一辈子都不会忘记这个搭配，晚上肯定会做噩梦。

十分钟结束后，我和张发财看向奶奶，顿时惊了："天哪，这是哪里来的绝世大美女！"

"绝世大美女在这呢！"奶奶站在一堆机器面前，信心满满地打开试衣间的门，然后飞速地打开了不知道从哪里找来的鼓风机和苹果光，背对着我们的熊大慢慢转过身，浅色印花裙子在风中摇摆，皮肤充满光泽。

奶奶又扔出了几把闪闪碎屑，营造出了 Bling Bling 的肉眼特效。

"天哪！"我和张发财叹道，"果然不一样了！"

"对，这就是言情电视剧里的套路。"奶奶说。

熊大慢慢地从更衣间里走了出来。

奶奶说："所以只要特效做得足，母猪也能变貂蝉！！"

熊大脚一拐，摔了。

奶奶你这话说得，熊大可真是你亲生孙女。

张发财目不转睛地盯着重新站起来的熊大，说："我觉得她现在是真有点不一样，看着特别顺眼。"

原来，熊大怕裙子被吹开，轻轻拉着裙子，体现出了难得的温婉与娇羞，莫名地多了一股女人味。

"我觉得她还可以再多一点女人味。"张发财走到鼓风机前，开始变着角度调节鼓风机的风量。

于是这风就慢慢变大了，熊大刚开始是拉着裙子，然后压着裙子，对张发财怒道："你、你干什么！"

张发财转头问我："像不像玛丽莲·梦露？"

"一点都不像。"我说。你是玩上瘾了吗？你们把别人的店当成什么了，周围的衣服都快要被你们吹飞了，你们好好看看店员们为难的脸！

张发财说："行了，算钱吧。"然后顺手拧了一下鼓风机的按钮。

他应该是想关掉鼓风机，可是刚才拧得太顺手，一下子就把风开到了最大。

接着就听熊大尖叫了一声，裙子按压不住，从下往上呼地飞起，啪啪啪地抽着熊大的脸。

"哎呀，"奶奶惊喜道，"这是突发支线情节啊。女主出丑被男主看见，这可是增进感情的尴尬利器啊，真不愧是我孙女，裙子底下还穿了运动短裤，性感之余又不会走光，干得好啊张发财，一会儿熊大揍你的时候我帮你祈祷。"

张发财也呆了。

这也能行，这风吹得也太灵异了吧。我目瞪口呆："这风向不科学啊。"

"哎呀哎呀，谈恋爱要什么科学！你科学你能在空中转圈圈转半小时？"奶奶喊道。

"够啦！"熊大一脚踹翻了鼓风机，对着张发财骂道，"你有完没完！"

"别说得我像变态一样，这是意外！"张发财一脸尴尬，嘴硬道，"你竟然裙子下面穿运动裤，你会不会搭配衣服啊！"

竟然被张发财说不会搭配衣服，这真是耻辱。

"我再怎么不会搭配衣服也比你会搭配。"熊大回道，"我这运动短裤就是用来防你这样的变态色狼的！"

"想想当初第一次见面就扒人裤子的人是谁啊，你有什么资格说这种话，"张发财说，"而且你的裙底有什么好看的，要看我也不看你。"

"我这么好看，你不看我，你是瞎吗？"

两人一边说，一边啪啪啪地打着对方的手。

奶奶很满意，对店员道："就这几件了，算钱吧。接下来就该去看张发财的衣服了。"

"嗯？"张发财一边和熊大啪啪啪地打着手，转过头，"还要挑我衣服？"

"你看看你穿的，T恤短裤，哪有霸道总裁这么穿的！"奶奶说，"你去看看，霸道总裁的标配是什么！是西装！西装就像是战士的盔甲、熊猫的黑眼圈、哈士奇的狗绳、屎壳郎的粪球一样，是霸道总裁的标配！没有西装，你算什么霸道总裁！"

道理我都懂，但你这比喻实在是不堪入耳。

"有没有搞错，"张发财说，"这天气这么热，我们还在沙滩晒了那么久，现在你要我穿西装？"

所以霸道总裁脾气总是很暴躁，都是热的吧？大热天穿那么多能不上火吗？

奶奶说："别的霸道总裁能穿，你为什么不能穿，你应该从自己身上找原因。"

"那些传说中的霸道总裁到底在哪儿？"张发财怒道，"你把他们叫出来给我看看！"

"穿西装啊……"熊大眼中闪出一丝精光，搭着张发财的肩膀道，"听起来挺不错的，我给你选啊。"

告诉你们什么才是造型最重要的部分

熊大、张发财从商场里走出来以后，我们一行人吸引了路上所有人的视线。

"看看人们惊艳的目光，"奶奶很骄傲，"没错，就是这样，这才是言情女主和霸道总裁应该有的待遇！"

是啊是啊，在三十几摄氏度高温的夜色中，厚西装外面套着长风衣，脖子上系着羊绒围巾和墨镜的张发财，和不习惯穿高跟鞋，以机器舞步伐僵硬行走的熊大，无论处在何地，都绝对是众人关注的焦点。

尤其是这两人还边走边互相挖苦对方。

"你去照照镜子吧,"熊大哼道,"我的审美比你好多了!"

"你这根本不是审美的问题,而是智商的问题。"张发财反唇相讥,"你搞搞清楚季节好吗,现在是穿这一套的季节吗?"

嘴上说不要,身体却是很诚实的嘛,熊大看上的衣服不只全部买了下来,还都穿在了身上,这是个什么精神。

"你现在难道没有爱上我吗?"熊大说,"按照常理,我换了造型,你难道不是应该惊为天人,把我当公主一样对待吗?"

张发财反问:"你这造型有什么特别的吗?有吗?"

奶奶也点头,上下打量着熊大:"说起来,我也觉得这造型并不完美,好像缺了点什么,是什么呢……"

缺什么?造型这事我是一窍不通,看了半天也没看出来还需要什么。

张发财道:"还用得着问吗?当然是发型了!"他信心满满,自豪地笑了一声,"这都看不出来吗?"

五分钟后,我们坐在理发沙龙里,张发财一副很懂的样子,开始给我们上课:"我就说你们根本不懂时尚,什么衣服,什么鞋子,都是虚的,发型才是引导时尚潮流的最终利器!"

我搞不太懂:"是吗?"

张发财说:"当然!你看动画漫画,当人物不说话也不动的时候,你拿什么来认那些数不清的妹子?当然是发型了!一样的脸,配上不同的发型,就是一个新的妹子!绝对没有错,同一部作品,身材长相服装都可以一样,只有发型不会相同,因为大家都明白,那些都是虚的,发型才是本体!"

你是拿这玩意儿做标准来判断时尚的啊？死宅总裁。

奶奶连连点头："有道理，那你觉得熊大应该换个什么样的发型？"

"发型嘛。"张发财冷冷地哼了一声，"无外乎就是那么几种，单马尾、双马尾、长发、短发、卷发，还能有什么？"

理发店的小哥抱来几沓厚厚的彩页书，"嘭"的一声放在我们面前，微笑道："你们可以看看，选择一个合适的发型。如果这里找不到满意的造型的话，那边还有几十本可供你们选择。"

奶奶和熊大已经拿着书讨论起来了，我和张发财一脸蒙圈地看着那些书。我随便拿出一本，翻开，越看越蒙圈。

我指着一张图问张发财："这是什么发型？"

张发财说："卷发。"

我又指向另一张图："这个呢？"

张发财说："卷发。"

我说："我咋没看出来这俩有啥区别？"

张发财说："它俩本身就是一样的，没区别啊，这俩模特都长一样。"

熊大和奶奶看了一眼我俩指着的图片，熊大道："这怎么可能一样，这个是从耳朵上方开始卷的，这个是从耳朵下面开始卷的，明显不一样！"

奶奶说："这俩模特的妆容也不一样，怎么可能是一个人，一个是日系森女风，一个是日系甜美风。"

熊大看了一眼张发财，嗤了一声："哎哟，时尚？"

张发财挫败地捂着头。

我持续蒙圈，看着熊大和奶奶在我俩完全看不出区别的图片中寻找她们想要的造型："这个卷怎么样？"

"这个会显得脸大吧，我觉得这个比较好。"

"那个有点老气，还是这个显年轻。"

"不过这种卷比较俏皮吧。"

我和张发财茫然地看着她们指着的图片，这几个不是一样的吗？竟然有区别？

果然即使熊大再像铁血真汉子，在这种莫名的地方也会展示出和男人不同的一面。

论审美是怎么扭曲的

熊大去做头发的时候，奶奶也没闲着，一路东奔西跑不知道在干什么。张发财在理发沙龙里坐立难安，我看着他，问："你怎么像等在产房外的老公？"

张发财拉了拉领带，道："这空调冷气不足，太热。"

理发小妹很客气地提醒："现在是夏天，您可以脱掉风衣、西装和围脖，只穿里面的衬衣就好。"

张发财剑眉一横，厉声道："你以为这是谁给我选的衣服，这是说脱就能脱的吗？"

张发财的霸道总裁范儿显露无遗，震住了整个发廊的人！男人们对他投来敬佩的目光，而女人们则眼冒桃心，一脸羡慕。

我知道他们心里想着什么，他们肯定想，这得多爱那女人，才会在大夏天穿着这神经病一样的冬装宁死不脱啊！

我转头看向张发财，我知道他内心肯定不是那么想的，果然，我听到我们伟大的总裁在不停碎碎念："呵，要是我忍受不了脱了这衣服，那我就输了，那女人肯定会嘲笑我，等着吧，这衣服我绝对不脱！不脱我就赢了！"

何苦呢，你是小学生吗？你跟谁较劲儿呢，为什么突然变成忍耐大赛了？你这么自虐有什么好处！赢了是会给你奖状还是发奖金啊！要不要这么幼稚！

我拉住乱窜的奶奶，低声道："奶奶，你有没有觉得总裁脑子不太好使啊。"

"这就对了。"奶奶说，"言情小说里有几个脑子好使的总裁，要脑子好使能看上女主吗？"

奶奶你身为女主世家，说话这么犀利真的好吗？我说："脑子不好使怎么做总裁的？"

奶奶嫌弃地看我一眼："谈个恋爱你深究那么多干什么！要是都像你一样想来想去男主角和女主角还能愉快地谈恋爱吗？我跟你说，上帝关掉一扇门，必定会给他开一扇窗，就是因为他们脑子不好，所以才能当上总裁，哪能什么好处都让他们占全了。所以你看咱们虽然家穷人丑，要啥没啥，但是咱们聪明啊！这不就是那个有得必有失的道理嘛。"

谁想要聪明啊！光聪明，要啥没啥，聪明有啥用，用来看清楚自己多可悲吗？

我们就这样等了两个小时，熊大终于做完了头发，忐忑不安地朝我们走了过来。

我和张发财看了看熊大，又看了看画册上她刚才指定的那款发型，一脸蒙圈。

这完全不一样啊！

不只是不一样，就连我和张发财这样的眼拙的都能分辨出，这发型完全没有出现在这几本画册上——这不就是熊大原本的发型再睡觉被压出来的效果吗？和原来有什么区别？

不是指定了发型？为什么会烫出这样的成果?!

熊大也很疑惑，指着画册说："好像不太一样啊。"

理发小哥看了一眼画册，大言不惭厚颜无耻地说："一样啊，一模一样，你看这弧度，这卷发。"

我说："你当我们瞎啊！这根本不一样。"

理发店的其他小哥都走过来，比照着画册，说："一样的啊，做出来就是这样的效果。"

"是啊，多好看啊，这个发型做出来就是这样的。"

熊大一脸怀疑人生的表情。

理发小哥说："我们不能照本宣科，肯定要根据脸型改变一下的，现在流行自然美，所以头发也要卷得自然才对，你看，这弧度是不是比画册上还要自然？"

太自然了，根本看不出来做了头发。

奶奶叹了口气，对我说："做头发这种事，你们是不懂的，理发店不就是这样的吗？无论你给理发小哥看什么图片，他们最后都能把你的头烫成一个你翻遍画册都找不出来的效果。"

我说："那这几十块钱花得有点冤啊。"

"什么几十。"奶奶看我一眼，"这个头型三千五！烫发都是会损伤头发的，所以为了保护头发把损失减到最小，我们用了最好的药水。"

我震惊地看着熊大，觉得她那一头毛都是镶了金的。

你们为了不伤头发，花了三千五，烫出了一个能在家里睡出来的发型？我给你买个枕头都不要一百块啊！

我说："我理个头才十块，变化都比这大。"

奶奶拍我一巴掌："你们男人懂什么！你们什么都不懂！"

确实很难懂……我感受到了男人女人之间巨大的鸿沟。

奶奶拉过我和张发财，说："刚做完头发的女人，就像刚出生的婴儿，对这个世界充满惶恐不安与怀疑，对自己极其没有信心，你们要多安慰她。"

是啊，她们看看自己再看看画册，再看看理发小哥们信誓旦旦的样子，肯定会怀疑自己是不是瞎了，当然会惶恐。

熊大问我和张发财："怎么样，好看吗？"

张发财说："呃……"

我说："咳……"

对于老实人来说，有些谎话实在是没有勇气说出口。

奶奶一伸手，拉开了理发店的门，对熊大道："你问他们没用，应该问围观路人，才比较客观！"

门口不知道什么时候，围了一群人，熊大顶着那头乱毛走出去，围观群众倒吸一口冷气，赞誉之声不绝于耳——

"太美了！"

"这个女人怎么那么漂亮！"

"我第一次见到如此清新脱俗之人。"

……

熊大慢慢变得自信起来，我和张发财目瞪口呆，这些路人都是瞎了吗？

我看向一旁的奶奶，她脸上高深莫测的笑容出卖了她，我问："奶奶，这是你干的吧？"

"这是言情小说、电视剧、电影常用的套路，叫作'路人渲染法'。只要路人纷纷夸女主好看，即使女主不好看，其余人也会觉得她美。这是一种心理战术，利用了人的从众心理，从而扭曲大家的审美颠倒黑白模糊是非。"奶奶说，"我这里用的就是这个手法，就算她没变化，围观观众硬说有变化，那就是有变化！你看张发财，他现在不就在重新打量熊大，反思自己的审美吗？"

竟然用到了心理战术，要不要这么拼！我说："可他们无缘无故的，为什么会夸熊大？"

奶奶露出了一个老到的笑容："我给了他们一人十块钱。"

原来你刚才跑来跑去忙前忙后是在做这个！我不禁露出了鄙夷的神情，您这是在弄虚作假！

"怎么了，你那是什么眼神？"奶奶不高兴地说，"现在写小说都得刷点击刷评论，影视电影都得买水军买热度，明星都得买粉丝买头条，我们堂堂一个言情女主，花钱买个评价怎么了怎么了！"

我竟然无言以对。

#"男主""女配"再次登场#

我对奶奶说："那我们现在可以回家了吗？"

奶奶横了我一眼："开什么玩笑，现在回家？刚做完头回家干什么，睡觉吗？"

对啊，熊大那个头不正适合睡觉吗？我说："除了睡觉还有吃饭，我有点饿。"

"你是不是傻？"奶奶怒道，"女主角换装变身完毕，当然是有情节发生的了！你家女主换好衣服做完头发就回家吃饭睡觉啊？那种无聊的事情只有你们这种单身狗才能做得出来！"

说归说，不要人身攻击！我说："奶奶，你想想这一天有多么漫长，我们遇到了姨奶奶，遇到了艾莎芝，去了海边去了商场来到了美发店，这么多情节中间还穿插着你们没完没了的科普和套路，作为一个一直陪在你们身边的人，我的身体很累，心更累。如果这些破事碰上一个无良作者写文的话，现在已经能从十九章写到四十五章，时间跨度可超过一年。就这样！你都不愿意放我回去吃饭睡觉吗？"

"胡说什么。"奶奶摆摆手，"不可能有那么懒的作者，言情小说界竞争那么残酷，处处弥漫着硝烟，小说写那么慢怎么红！"

我说："我不想和你讨论作者的问题，我只想回家睡觉，熊大那个头型有种催眠的效果，我越看越困。"

奶奶说："你再等一会儿，情节马上就要来了。"

你究竟为什么那么自信啊！

奶奶对着张发财和熊大抬了抬下巴："你在这说我，不如先让他们动起来。"

一直打量着熊大头发的张发财似乎明白了什么，微微点了点头，然后说："我体会到这个发型的精髓了。"

我放弃了奶奶，走到这个现场唯一一个"看起来并不是很正常但相对而言还是比较正常"的同性面前，说："你饿不饿？不觉得咱们应该出去吃点什么？"

张发财说："不饿，自从闻到艾莎芝的那个屁……"

这是一句有味道的话，它把我和张发财一起带回了那个生化武器现场，我俩一起奔跑到路边垃圾桶，吐得胆汁都要出来了。

吐完以后，张发财沉重地叹了一口气，用围巾擦了擦嘴，说："刚才不饿，可现在肚子已经空了。"

我："……"

张发财看向追过来的熊大和奶奶，说："我们去吃饭吧。"

奶奶点头道："对，就是这个时候，要来了！"几乎是同时，她的手机响了起来，容雨薇的声音从手机中传来："不好了，奶奶，于飞和艾莎芝不见了！他们刚才明明就在我们眼前，只不过一眨眼，他们就消失了！"

姨奶奶的声音从那边传来："哦，不要惊慌，我的蜜糖，我知道你看到这种事会很慌张，但谁又不是呢？放心吧，这不是什么幻觉，也不是那些该死的魔术，我是说那种蒙上布就让东西消失的小把戏，你看到的，只是恋爱中经常会出现的，更高端的手法。"

容雨薇的声音有些疑惑："什么意思？"

"她的意思是，她知道那两个消失了的人在哪里。"奶奶说，"我也知道。"

我和容雨薇异口同声地问道："在哪？"

"远在天边……"奶奶伸手一指，"近在眼前！"

我和张发财顺着奶奶指着的地方看去，都大吃一惊，我们面前站着的两个人，不就是于飞和艾莎芝吗？

艾莎芝打量着熊大，先是愣了一下，然后酝酿了一会儿情绪，终于气急败坏地说："你，你不要以为打扮成这样，就能勾引走于飞了！"

何苦呢，这么标准的女配发言，说不出来就别说了，为什么还要酝酿，而且你也太敬业了，竟然能面对顶着这么奇葩发型的熊大说出这样的话，这职业道德简直感人！

"嗯？"于飞看着熊大，奇怪地问道，"你头发怎么了，被火烧过了吗？"

"我觉得你还是少说几句比较好。"张发财拉住了好哥们于飞，用过来人的语气语重心长说，"我们作为直男，还是不要随便品鉴女人的头发，我们的审美无法达到她们的水平，很容易被人笑话。"

于飞疑惑了："她头发不是被火烧过了吗？"

"你现在这想法和我刚才一样，不过刚才她这头型引发了轰动，几乎所有人都围着她夸，所以我仔细品鉴了一下，突然觉得这个发型是一个艺术品。"张发财严肃地说，"你仔细看她的发型，凌乱中又带着自然，自然中又带着沧桑，沧桑中又夹着慵懒，微微弯曲的发丝犹如细细的铁丝一样刚劲有力，末端特意营造出了烧焦的效果，刚中带柔柔中带刚，既中规中矩又暗藏奔放，犹如被压抑着的人在呐喊自由，非常有艺术大师弗洛朗吉修斯的特色。"

你这是被水军群众洗脑了，直接把这失败的发型说出了个花儿，你这么能说怎么不去做传销啊，这还不如你原来的直男审美简单粗暴正常！

"嗯……"于飞的目光渐渐深沉了下来，"你这么一说，确实有点意思，就是弗洛朗吉修斯的格调。"

弗洛朗吉修斯到底是谁啊？为什么两句话以后连你也被洗脑了，你们这些总裁还能不能好了！

电话那边的容雨薇惊道："你们那边的声音……难道是艾莎芝和于飞？他们怎么会在你们那里？"

"说到这个我也有点奇怪，"于飞一头雾水地看向四周，"我们刚才不是还在游乐场吗？怎么会突然出现在这里？"

都说了几段话了，你才发现地点不对吗？

张发财问："刚才是什么意思？游乐场离这里可是有一个多小时的路程！"

"不可能！"手机里的容雨薇说，"他们五分钟前还在这里，怎么可能会突然出现在你们那里。"

"这就对了！"奶奶说，"谈恋爱不需要科学！"她高深莫测地淡然一笑，"这就是言情小说中的'紧要关头总会被男主女配／女主男配遇见之误会定律'，无论他们在哪里，无论他们隔得多远，只要男主女配／女主男配发生点什么，一定会被女主／男主撞见并且误会，然后开启我不听我不听我不听之犯蠢傲娇误会模式，两人因为各种误会伤心失望痛苦抑郁，然后为了解除这些误会，男女主角又会做出各种各样的事……当然那些都是后话，我们现在的情节是被人撞见这一幕。"

我转过头，问奶奶："你刚才不会就在等他们吧？"

奶奶点了点头。

"你为什么这么确信?"我说,"他们到底为什么可以改变时间和空间瞬间来到这里?"

"It's amazing!"姨奶奶在电话那边深情地感慨,"这就是爱情的魔力!"

什么鬼魔力!

漫长的一天终于结束了

艾莎芝昂着头,挑着熊大的刺儿:"你以为你这样,就能夺得于飞的心了吗?告诉你,没用的,他是属于我的,我们两家门当户对,他娶了我,我们必然会成为事业上的好助手,我们家可以帮他许多,你可以吗?不要觉得你有几分姿色,就可以横刀夺爱,明明我和他才最相配!"

熊大看着艾莎芝,捂着嘴,肩膀轻轻抖动。我心想,唉,即使是熊大这样的女汉子,被人这么说也会伤心的吧?

熊大猛地转过头,兴奋地看着我和奶奶,脸上挂满了开心:"你们听见了吗?她夸我有几分姿色哎!"

"……"你还真会听人话!

张发财和于飞"噗"的一声笑了出来。

熊大扬着下巴对张发财道:"我早就跟你说我长得漂亮了。"

艾莎芝怒道:"我骂人呢,你正经点!不要嬉皮笑脸!"

"对,"奶奶也劝住了熊大,"不要笑,现在这种随时要开撕的气氛下怎么能笑呢，你也太不懂事了，现在你应该和艾莎芝对喷才行。"

熊大说："我不会骂人，直接开打可不可以。"

刚刚还在笑的张发财和于飞马上变脸，两人齐刷刷地闪身上前，于飞拦住了艾莎芝，张发财站在了熊大面前，二人齐声道："好好说话，别动手，也别祭出秘密武器！"

奶奶说："拦得好，女主女配喷完了应该是男主男配的戏份，这会儿最关键的是要看男主怎么做。这时候男主和男配应该针锋相对，嫉妒共愤怒一色，敌意与伤心齐飞。"

这很难啊，他们两人可是好基友，感情那么深厚，要怎么针锋相对，挑起对方的怒火？

我正在想，谁知于飞看了看张发财，问道："你穿这么多干什么？"

哎哟这真是哪壶不开提哪壶，这衣服可是张发财较劲儿用的，刚才他在理发沙龙里对说到这个问题的人就没有什么好脸色，你这会儿又问，不愧是男主，很会找点啊。

果然，张发财脸色一变，说道："我愿意，关你屁事……"

奶奶"哎哟"了一声，捂住了张发财的嘴，说道："这对话我简直听不下去，太粗俗，你身为一个男配，应该是温柔多情英俊帅气体贴善解人意的，怎么能这么说话呢？"

奶奶，人设差太多了吧。

"应该这么说。"奶奶对着张发财的耳朵嘀嘀咕咕了一会儿，看着张发财越来越难看的脸色，我就知道我一会儿听不到什么正常的话。

果然，张发财看了于飞一阵，犹犹豫豫地开口了："啊你油，你想怎样，酱紫你四想搞审吗？怎样啦，想打架吼，阿姨狗，谁怕谁哦！来啊，来啊，我跟你讲吼，有本四你就凑我来，窝呀，打就打啊，又怎样！我可不怕你哟……"

怎样？我才想知道这种台湾腔混合着韩语的腔调是要怎样？

于飞茫然地看了一眼我们，说："欧豆盖，我听不太懂他在讲森么东西啦。"

身为一个正常人，你不用配合他好吗？

张发财抱头道："太娘了，老子说不下去了。"

"怎么会！"奶奶说，"这台词多么洋气，这种腔调包含了多少少女年轻时浪漫的爱情幻想，一听到这熟悉的调调，我们就会明白这剧里有爱情！"

奶奶你年轻的时候都在看什么啊，我不太懂你们的幻想品位！

"哎呀！"艾莎芝看了看表，忽然叫道，"糟糕，都这个时间了，我要回去睡美容觉了。"然后对着于飞伸出手，"送我回去吧。"

于飞一脸无奈，还是很有绅士风度地牵着艾莎芝的手，和她一起上了路边的豪车。

"那豪车是怎么来的？"我问奶奶，"刚才他们突然出现的时候没有车吧？"

"剧情需要。"奶奶挥挥手，"不要在意那么多，这会儿的情节主要是虐女主。"

果然，熊大呆呆地看着他们的背影，对着他们"哎"了一声，艾莎芝和于飞齐齐转头，于飞问："怎么了？"

熊大说："你来都来了，那个……不、不和我说句话吗？"

于飞愣了一下，问："说什么？"

熊大的眼神就黯淡了下去，张发财走上前，对于飞低声道："随便说点什么不行吗？"

于飞说："可我和她不熟啊，说话很尴尬的。"

张发财道："都尴尬了一天，也不在于多这一句话，问候一句你总会的吧？"然后从背后推了于飞一把，又拉住了想要阻止他的艾莎芝，"快点。"

于飞被他推了两步，走到了熊大面前，熊大看了看他，低头对着自己手指。

于飞干咳了一下，然后说："那么，我走了，晚安。"

熊大瞬间笑了，整张脸乌云转晴，眼睛都亮了，快乐地说："晚安！晚安！"

艾莎芝已经如饿狼扑食一般突破了张发财的防线，捉住了于飞的手臂，把他拉走了。

我一转头，看到衣衫不整头发凌乱气喘吁吁的张发财，震惊："你经历了什么！看起来像是被人非礼过一样。"

"不是……"张发财指着艾莎芝，"这女人力气也太大了，我死活拦不住！"

我面无表情地回他："唉，怎么说她也都是个完美型言情女主，杀伤力肯定媲美大规模杀伤性武器，你怎么那么自不量力去拦她呢？"

张发财很委屈："我在帮你姐姐，你还说风凉话！"

我和张发财一起看向熊大。

那边于飞已经被艾莎芝拉走了，熊大还对着于飞的背影挥着手，喊道："晚安！晚安啊！"

她顶着一头凌乱的抽象头发，穿着已经被自己压皱的淑女装，站在不习惯的高跟鞋上，晃来晃去地看着于飞的背影，配着夜晚的冷风，不知道怎的，看起来有点凄凉。

张发财看了熊大半晌，小声问我："她看起来是不是有点傻？"

"瞧你说的。"我瞅他一眼，"说得好像我们看起来不傻一样。"

"……"张发财想了想，点头道，"也对。"

熊大跑过来，一脸满足："走，咱们去吃饭！我请你吃烤串。"

张发财嗤道："我这种酷帅人设的总裁会吃大排档吗？"

奶奶说："吃点烤腰子吧，补肾，言情小说里，肾最重要了。"

熊大搀着奶奶往前走："行啊，今天我高兴，我请客。"

张发财若无其事地跟了上去："如果不脏，我也可以去看看。"

这位总裁，一说请客就跟着走，这种行为是不是有点不要脸啊？

Part 8

我们家儿子不值这么多钱吗

熊大的自信与执着

　　和艾莎芝一战之后，熊大的口头禅变成了晚安，早上起来她说晚安，中午吃饭她说晚安，晚上睡觉她说晚安，送走姨奶奶的时候也说晚安，边说晚安边傻笑。

　　我和张发财打电话报告熊大的病情，他语气很不好："她是不是傻。"

　　我说："是。"

　　张发财说："你这么快承认让我不知道该如何接话。"

　　我只好说："对不起，毕竟我是个诚实的人。"

　　"没关系。"张发财道，"她要是病得严重，你们得给她抓点药。"

　　"要什么药啊！"奶奶忽地出现在我面前，得意道，"我有治她病的法子。"

　　我有一种不祥的预感，而且我觉得电话那头的张发财应该也有了同样的预感，因为奶奶抢过了我的电话，开始和他说话了。

　　奶奶的法子非常简单粗暴，她利用线人张发财，来了解于飞的动向。

因为艾莎芝对于飞非常满意，所以在两个家庭的压力下，于飞和艾莎芝频频约会，然后奶奶把这一切都转告给了熊大。

"情敌是非常重要的！通常我们说，没有情敌也要创造情敌，没情敌的女主不是好女主！为什么情敌这么重要……仔细听了，不要打瞌睡，这是一道送分题！"奶奶敲着小黑板道，"情敌是挽救女主智商的利器！智商再低的女主也会找到一个比她还傻的情敌，智商这种东西，不是看出来的，是比出来的！"

熊大心情变得很不好。

我眼睁睁看着熊大从笑着说晚安变成了哭着说晚安，对奶奶说："可是她智商看起来并没有恢复。"

"情商会损害智力，所以我们得做一些努力。"奶奶严肃地说，"我们需要帮手。"

我说："可是姨奶奶因为思念她家的那个名字很长非常难记的受虐狂妹子，已经坐着马车唱着山歌回去了。"

"不需要她。"奶奶说，"我们自己也可以搞定。"

难道有新的帮手？我满怀好奇地拉着熊大，跟着奶奶回到土豪大厦，进了电梯，一路向上向上，进了一家公司，奶奶一路昂首挺胸，穿过慌张起来阻拦的秘书，满怀信心地推开了会议室的大门。

一个高大英俊、身上带着几分冷酷气息的男人正拿着文件，和旁边人说什么，门被推开以后，他抬起头看向这边，同时我也看清了他的脸。

"这不还是张发财吗?!"我指着张发财道，"神秘兮兮地我以为还有其他外援！"

"不要这么大惊小怪。"奶奶说，"男配是很重要的，当然要好好利用。"

你是想把男配这个角色利用到什么程度。

张发财额边爆出了青筋，秘书追进来问："总裁，要不要叫保安？"

张发财看了看熊大，摇头道："这个女人不是穷凶极恶，而是平胸极恶，保安肯定打不过她，这种无意义的损失还是算了吧。"

秘书很震惊："我以为总裁你总是那么冷酷，没想到你竟然会说冷笑话。"

你不知道的事情比你想的要多，需要我告诉你张发财的本来面目吗？

张发财警告我们道："你们有事找我可以，但要在这等着，不许乱动。"然后就和旁边人出去了。

我看着张发财和公司员工在公司格子间穿梭，脸色严峻，不苟言笑，像模像样，不禁有些莫名的感动。我都快忘了他的人设是霸道冷酷总裁，人设崩了那么久，终于回来了，有点感人。

熊大看着张发财，说："行不行啊，看样子他很忙。"

奶奶摆手道："不要紧，言情小说中男人的事业都是装样子的，他们的主职就是爱护女主和女主谈恋爱。"

我说："也太闲了吧。"

奶奶说："还说人家，这么久了你不也没上班没上学无所事事地跟着我们看热闹吗？"

这个吐槽太难接了……

熊大看了一会儿张发财，有些慌张地说："怎么办，我觉得这个张发财不是我认识的张发财，好陌生，让我有点心焦，他是不是换了个人。"

我说："怎么可能，你们认识那么久了，你还找不到能认出他本人的方法吗？"

"方法是有啊。"熊大说，"可是他们公司那么多员工看着，扒他裤子不太好啊。"

你就只能通过花裤衩来认他吗？！

过了一会儿，张发财总算忙完过来了，看见盯着他的熊大，道："怎么了？"

"我看错你了，你竟然是这样的宅男。"熊大说，"所谓的宅男，不就是打着游戏看着动漫，对着那些把篮球装在胸上的二次元女人意淫的一群人吗？"

"你这是夸我吗，你对宅男有什么偏见？"张发财说，"你们女人不也是对着那些电视剧小说里身家过亿长相英俊痴情专一的幻想中的男人发花痴吗？"

"……"张发财看着熊大，熊大看着张发财，两个人都无法反驳对方的话。

"哎呀，"熊大忽然耸了耸肩，"人类为什么要互相伤害。"

张发财点头："我们和好吧。"

两个人握了握手，和乐融融地笑了起来。

无意义地吵架又和好，你们有病吗！酷帅总裁的形象能不能多维持一会儿！

"所以你们今天来又有什么事？"张发财坐在椅子上，抱着双臂，跷着双腿，摆着一张高傲的脸冷声问道，看起来俨然是一个冰山冷男。

但是现在他这副脸已经唬不住我们中的任何人了。

奶奶说："熊大的爱情需要你这个男配。"

张发财扶额说："又是谈恋爱！你们有那么多时间能不能做点有意义的事情，为什么一定要执着于什么言情女主？"

你说得好有道理，但是并没有什么用。

果然，奶奶瞬间炸毛了："你是看不起言情女主吗？你以为当女主容易吗？女主这个位置，是要经过不断血拼、坚持、奋斗、打群架、装柔弱、装高冷，有时候甚至还要装傻白甜、抛头颅洒热血、抛弃自我抛弃内心不断修炼不断成长才能成功！"

熊大打了个寒战："有那么难吗？"

"当然，不要小看女主！你必须得表面单纯内心复杂，一方面要展现出好清纯好可爱好不做作积极向上惹人怜惜的状态，一方面要自然无辜有效地斗小三斗小四斗走所有和你为敌的人，把所有的矫情变成天真自然不得已，牢牢抓住高富帅的心，这种境界不是正常人能做到的，需要排除万难专心致志不断修炼不断摸索才行！"

"那到底为什么要做女主啊，有这个劲头做啥都能成功吧！"张发财指着熊大说，"你自己都能变白富美了！"

"怎么说呢，"熊大摸着自己的脸，"虽然我不富，但是我又白又美，所以我并不想当白富美。"

张发财噗出了声，遭到了熊大一个白眼，我忍不住了："老大，我一直很想问，你到底为什么这么有自信？"

"原来也有人不说实话的，说我不美。"熊大说，"基本上我揍完他们他们就会说自己错了，说是自己有眼无珠，胡说八道，其实我很好看的，他们都不敢直视我的脸。"

你这是暴力逼供你知道吗？

熊大说："况且我要不美怎么会收到那么多情书？"

那些情书不全是女人写的吗？因为你男友力爆棚让人很有安全感。

熊大说："而且还有李铁锤呢，他也说过虽然我暴力、粗鲁、没内涵、动辄对他拳打脚踢，但是他说很喜欢我……"

"那个长满腿毛的强壮伪娘是抖 M 啊，他说完这话你不是又揍了他吗？"

"总之我现在很完美了。"熊大说，"我什么都不要，我现在只缺个于飞。"

张发财深深地叹了口气，默默扶住了额头："为什么看着她，我就这么生气呢！"

"因为你是男配啊。"奶奶道，"怎么样，是不是有点小小的心酸寂寞嫉妒痛苦呢？"

撞见奸情的套路

熊大还在捧着脸思念于飞。

冷酷狂狷的花花总裁张发财很不开心，毫不客气地下了逐客令："我现在很忙，你们可以出去吗？"

"矮……油……"奶奶嫌弃地说，"所以你当不成酷炫男主，一般来说，在嫉妒心发作的情况下，真正的男主会冷冷地说一声

'你在我身边，竟然还有心思想别的男人！'然后抱住女主，亲到她腿软。"

张发财看向了熊大，我连忙对张发财伸出尔康手——不！住手！如果你那么做，熊大会打到你腿瘸！

熊大说："你要是嫌我们烦，就帮帮我呗，你帮了我，我欠你一个人情，大不了下次你再惹我生气的时候，我少打你一拳了。"

你这条件能友好谈判吗？

"我为什么要帮你？"张发财问出来核心问题，"有什么好处？"

熊大给问住了，机智的奶奶连忙抢话道："她和于飞凑做一对，你不就有机会和容雨薇在一起了吗？"

张发财万万没想到奶奶会在这时提到容雨薇，愣了一会儿，才道："可是容雨薇喜欢女人啊。"

"你怎么那么笨呢，"奶奶恨铁不成钢地哎呀了一声，"所以说啊，你把她和于飞凑做一对，你再去变个性，不就有机会和容雨薇在一起了吗？"

张发财怒道："我为什么要去变性？"

"爱一个人当然什么都愿意为她做，甚至付出生命，更何况区区一个变性！"奶奶惊讶地看着张发财，"天哪，你连性都不敢变，还有脸说爱她？"

……不愧是作为前言情女主的奶奶，这逻辑太强了，有理有据令人信服……简直让人无法反驳！

张发财扶额半晌，才说："好吧，说吧，要我怎么帮？"

奶奶说："很简单，只要你俩不停地去找彼此就可以了。"

"什么意思？"

"这就是言情小说之'男主女配/女主男配/男主女主/男配女配一旦发生什么事情必然会被另一方撞见'之套路。只要你们不停去找彼此，就会自然而然地产生不少的小巧合小惊喜小尴尬小误会，被于飞和艾莎芝撞见，只要他们撞见一次，于飞对熊大的误会就会深一层。然而因为于飞和熊大有深厚的感情基础，他们相爱，所以有了误会就会有嫉妒，有了嫉妒感情就会升温，误会越多，以后解开误会以后，就会爱得越深，干柴烈火海誓山盟一发不可收拾！怎么样，很简单吧？"

等下，于飞和熊大深厚的感情基础是从哪里来的？为什么我没有任何印象，我是在不经意间错过了一百章吗？

"去找对方就行了？"张发财问，"别的什么都不用做？"

"不需要！"奶奶摇头，"只要你进入了言情小说这个剧，冥冥之中就会有定数，所有的事情会顺水推舟自然而然毫不矫揉造作地发生！只要你们自然地待一起，一旦有增进感情的行为，于飞和艾莎芝必然会自然地出现！"

"拜托你了！"熊大拍着张发财的肩膀道，"帮我一下吧！"

张发财看向熊大，熊大望向张发财，二人视线交错。

几乎是同时，张发财会议室的门被撞开，于飞和艾莎芝冲进会议室，艾莎芝指着熊大道："啊，你果然是个勾三搭四的贱人！"

于飞道："你们两人原来是这种关系？"

"这么灵！"我震惊地看着奶奶。

奶奶呵的一声笑："你以为呢，命运的齿轮早就开始转动了，接下来就是拉进二人关系真正的关于吃醋的剧情了！"

于是作为吃瓜群众，我目睹了这个桥段的全过程。

张发财在路上遇见了熊大，于飞和艾莎芝冲了进来："啊，你果然是个勾三搭四的贱人！"

"你们两人原来是这种关系？"

熊大在吃饭时遇见了张发财，于飞和艾莎芝冲了进来："啊，你果然是个勾三搭四的贱人！"

"你们两人原来是这种关系？"

张发财在看电影时遇见了熊大，于飞和艾莎芝冲了进来："啊，你果然是个勾三搭四的贱人！"

"你们两人原来是这种关系？"

熊大不小心进入男厕所时遇见了正在上厕所的张发财，于飞和艾莎芝冲了进来："啊，你果然……"

"你们两人……"

张发财不小心进入浴室，遇见了正在洗澡的熊大，于飞和艾莎芝冲了进来："啊，你……"

"你们……"

……

"够了！"张发财和熊大怒气冲冲地对着奶奶大喊，"我受够了！为什么他们会跑到厕所 / 浴室！"

"我早就说过啦。"奶奶放下手中的言情小说，慢条斯理地说道，"恋爱过程中总会有点小巧合小惊喜小尴尬小误会嘛。"

熊大和张发财并没有被说服："什么样的小巧合小惊喜小尴尬小误会会让人突然出现在男厕所 / 我自己家的浴室！"

奶奶说："唉，看你们那没见过世面的样子，你们想想，有几个女主洗澡的时候没有被男主撞见？不是河边就是湖边，女主洗

169

澡十有八九会让男主碰巧遇见，这是古风言情出现最多的套路之一，而我们，无非是升级了一下这个套路，多了一点新意，让它出现在现代了而已。"

这是什么样的新意，才能让人在自己家洗澡被人"碰巧"撞见！

奶奶对呆若木鸡的熊大和张发财说："所以说，你们这些都是套路，不要大惊小怪。"

"我从来不知道言情小说的套路这么恐怖，"张发财说，"在男厕方便都不安全。"

不，就我了解的情况来说，你这并不是普遍套路。

"我没看清楚标志闯入男厕所还情有可原，"熊大说，"你跑到我家浴室是什么原因？"

张发财冰山一般的俊脸一红，指着奶奶说："她说去了会触发新剧情的！"

奶奶好狠！触发新剧情这句话对于任何一个死宅来说都是难以抗拒的。

熊大怒视奶奶。

奶奶转过头，呵呵一笑："这你就受不了了，我告诉你，这种吃醋剧情有经验的无线流写手能写出几百万字！拍电视剧拍二三十集都是少的！"

张发财问："为什么要花这么多字写这种剧情？"

奶奶说："因为大家爱看啊，你想，几个又帅又有钱又痴情的男人为你争风吃醋，多爽！"

"这种剧情怎么可能爽。"张发财指向熊大，"你问问熊大，她是当事人，她觉得爽吗？她肯定不觉得爽。"

"也不是，"熊大说，"这么一说，我确实有种又虐又甜爱恨交加，虽雷但爽，爽中有雷雷中带爽，让人欲罢不能的爽感。"

"……我不是很理解你们言情小说的套路。"

"这有什么难以理解的。"奶奶说，"梗一旦受欢迎就会被广泛使用，使用得多了就变成套路，这世上为什么会有那么多狗血的情节老套路，当然是因为大家喜欢看，所以才百试不爽了。"

奶奶这一番话说得真有文化。

张发财捂头道："太狗血了。"

"这不算什么，"奶奶说，"还有更狗血的，你不知道而已。"

"嗯？"张发财问道，"还有？！"

熊大咳嗽了一声，对着手指看向四周，一脸心虚。

机智的张总裁马上就看出了她的心虚："你们是不是有什么瞒着我？"

总裁言情必备套路之给你一笔钱

其实当张发财问出你们是不是有什么瞒着我的时候，不止熊大，我和奶奶都有点心虚。

熊大一拍手，道："哎呀，你怎么这么聪明，这都被你发现了！"

"别夸我。"张发财说，"你一夸我我更害怕了，老实说吧，什么事？"

熊大说："你妈找到了我，警告我，不让我和你谈恋爱，还给了我一大笔钱让我和你分手。"

张发财疑惑道："可是咱俩没谈恋爱啊。"

熊大说："是啊，所以我最后还是把钱收下了，并决定和你五五分。"

张发财说："谢谢你啊。"

熊大松了一口气，有点开心地说："不客气。"

张发财在沙发上抱头道："我不是真的在感谢你！"

"要不然四六？三七？"熊大叹了口气，"不然二八也行……哎，你别这样，其实这钱我也并不想拿的……"

作为一个围观了全过程的吃瓜群众，我得说熊大这句话说得没错。

早些时候，在张发财还没有因为受不了男主女配时时出现而跑来抱怨的时候，就已经有一位不速之客闯到我家了。

第一眼看到那带着几个黑衣黑墨镜的保镖，外面穿着貂里面穿着晚礼服，戴着闪瞎眼的项链手环戒指，举止傲慢的中年女人的时候，我都震惊了。

奶奶则是十分高兴："终于来了！"

我问向奶奶："这人为什么大热天穿着个厚皮衣？你认识她？"

"当然是为了凹人设！"奶奶说，"你看到她第一眼什么感觉。"

我说："有钱，贵妇！"

奶奶说："那不就对了！我告诉你，这个人是言情小说中必备的重要人士！"

我再次问："她到底是谁？"

奶奶说："当然是男主于飞的妈妈！这是总裁文中的另一个套路，俗称'给你一笔钱，离开我儿子'之套路，简单解释一下，总裁的妈妈希望总裁娶一个门当户对的大家闺秀，所以看不上女主，对其处处挑刺儿，怎么看都看不顺眼，而有钱人家的人最多的东西是什么？"

我开始思索："呃……"

"是钱！"奶奶说，"所以总裁的妈妈必然会拿钱给女主，让她离开自己的宝贝儿子！"

你都自问自答了还问我做什么！

那贵妇昂着头，对我们道："你们家就只有你们两个人吗？"

这时熊大正好从屋子里出来，因为最近经常会和于飞碰面，所以熊大出门都穿那身我们一起买的连衣裙。

"你就是熊大吧！"贵妇嗤了一声，"胸也不大啊！"

"看！多么神奇！"奶奶说，"她竟然能一眼认出熊大！"

这儿除了你、我，就是熊大，你的年纪和我的性别都不对，她要是这都能认错，那是有多瞎！

"胸小怎么了，胸不平何以平天下！"熊大很不高兴地看了她一眼，"你是谁？"

保镖给贵妇搬了一个凳子，贵妇施施然地坐了下来，道："我是张发财的妈妈。"

之前还一直在微笑点头的奶奶忽然一愣："嗯？张发财？为什么不是于飞？"

"关于飞什么事？"张发财他妈看了一眼奶奶，又瞅向熊大，"难道你吊着我们家发财的同时，还在勾引于飞？啧，我就知道，你们这种女人就是见钱眼开，冲着我们家的钱来的！"

熊大一脸茫然："你说什么，我不太懂。"

"还想狡辩！"张发财他妈扔出一沓照片，"证据就在这里！"

我一看，上面全是熊大和张发财的合照。

"我告诉你，我已经请了私家侦探调查过你家，那个结果……"张发财他妈顿了一下说，"结果我不太理解，但是我知道你和我家发财并不相配！你家太奇怪了！张发财和你在一起，一定会被你带偏，不会得到幸福的！"

怎么办，她明明在批评我家，我却觉得她说得好有道理，让我无法反驳。

熊大还是一脸茫然："可我和张发财只是普通朋友。"

"普通朋友？"张发财他妈提高了音量，指着照片问道，"普通朋友会一起出现在男厕所，普通朋友会一起出现在浴室？"

过了这么久，终于出现了一个逻辑正常的角色，我莫名地有点感动。

熊大说："那都是意外，是命运！"

"你想说是命运惹的祸？"张发财他妈说，"你就是用这些看似浪漫实则没用的花言巧语，骗走了我家发财的心吗？"

简直是鸡同鸭讲，熊大脸色很难看，如果在这里站的是张发财，应该早就打起来了。不过熊大有尊老爱幼的美德，所以她还是耐着性子解释道："阿姨，我和张发财真的不是那种关系。"

"呵。"张发财他妈轻笑了一声，"我就知道你没那么轻易放弃，谁让我家发财又帅又有钱，说吧，你要多少钱？"

熊大说："啊？"

张发财他妈往椅子上一靠，挥了挥手，旁边黑衣保镖拿上来了一个黑色箱子，箱子一开，满满的全是一捆一捆的百元大钞。

"五十万！"张发财他妈很霸气，"这些钱算我送你的！"

熊大捂嘴道："天哪，为什么突然要给我钱！"

张发财他妈说："五十万，你不要再和我家张发财谈恋爱！"

熊大捂住眼睛："快把这钱收起来，我从来没见过这么多钱，不要把它放在我面前，我仿佛看到了豪宅游艇海岛跑车包包衣服项链牛肉干炸鸡冰淇淋和辣条麻辣烫。快！快把钱收起来，我怕我看了控制不住内心正在低吟的冲动的魔鬼！"

你看到的东西价值比也差太多了，买得起买不起的都在里面，这是你的愿望清单吗？

奶奶对熊大说："看到了吗，这就是我刚才所说的'给你一笔钱，离开我儿子'之套路，不过咱们这剧本不知道出了什么差错，来的是男配的妈妈。"

熊大捂着眼睛，问："那我该怎么办啊？"

奶奶说："如果你不收钱，男主他妈妈当场会气炸，但是以后经历了各种各样的事情对你的好感度会上升，男主对你的好感度也会上升；如果你收下钱，无论什么理由，你都会觉得自己的自尊受到了侮辱，男主和男主他妈对你的好感度都会下降。"

我说："可是我看着这些钱，并没有觉得自尊受到了侮辱啊。"

奶奶说："废话，又不是给你的！"

这位贵妇你比拼的项目有点不对啊

熊大问："那我应该怎么办？"

奶奶很开心："遵从你的内心吧。"

然后奶奶就在一旁偷笑，我问："奶奶，你怎么笑得那么开心？"

奶奶说："咱家要发财了，乖孙子，晚上奶奶给你们炖鸡吃啊。"

我问："这话怎么说？"

奶奶说："你看，这次来的不是男主的妈，而是男配的妈，这个套路就有趣了，男主和女主绝对会因为这样的套路先误会后缠绵，但是男配和女主嘛，呵呵呵，一误会感情就完蛋了，男主就会乘虚而入……"

"你这么高兴很不厚道啊奶奶。"

"有什么关系。"奶奶一挥手，"言情小说重要的是主角之间的情感线，男配不是主角，没人权的。"

你这么说，作为一个吃瓜路人配角，我很心疼我自己，然而我还是不太能赞同奶奶的说法："我觉得这样不太好。"

"好，当然好。"奶奶说，"如果能借这个机会割断了张发财的机会不是很好嘛，女主一定不能和男配在一起，反正我是男主女主一定要在一起的主 CP（人物配对）派！"

原来你是有 CP 倾向的啊，怪不得你一直认定于飞才是熊大的真命天子！

事情进展到这个地步，我才发现我站的 CP 和奶奶不同，不知道为什么，一想到我们在支持不同的 CP，我忽然觉得奶奶的亲切度降低了，我和奶奶的亲密感也随之降低，并且我很想说服她让她明白熊大和张发财才更配，这种感觉让我的内心十分憋屈。

很久以后，奶奶告诉我，这就是传说中言情小说中支持的 CP不同无法愉快地玩耍，拆 CP 的都是仇人的感觉。

那边奶奶已经开始助攻了，她对熊大眨眨眼："熊大，我觉得如果你不收下钱，张发财他妈应该不会高兴。"

　　"真的吗？"熊大有点发愁，"可是这钱……"

　　张发财他妈说："怎么，你嫌不够？呵，我就知道你们这种女人是贪得无厌的！那我再加五十万！"

　　"不！"熊大摇头道，"太多了！我不需要那么多！"

　　张发财他妈还在滔滔不绝："你们这种女人的把戏我早就看透了……"听到熊大这话，张发财他妈和拿出新箱子的黑衣保镖都是一愣，"你说什么？"

　　"我觉得太多了！"熊大说，"真的不要这么多！"

　　"你什么意思？"张发财他妈脸色变了，"你的意思是我们家发财不值这么多钱吗？"

　　面对张发财他妈提出的这个问题，熊大认真地思索了一会儿。

　　张发财他妈更愤怒了："你还要想！我告诉你，想都不用想！我家张发财绝对不是这一百万可以估量的！"她一挥手，保镖们刷刷刷地抬出十几个装钱的箱子。"我家发财又高又帅又冷酷！这里所有钱都比不上他身价的百分之一！"

　　这位贵妇，你跑偏了！

　　熊大从指缝里往外看："我真不要，这、这么多，哎呀，好讨厌！"

　　"你这是在贬低我家发财！"张发财他妈气得直扇扇子，"前天隔壁山头的刘太太骑马到我家别墅的时候还和我炫耀，说她拿五千万现金砸给了她儿子的女朋友，让她离开！五千万，她儿子可值五千万呢！知道你的存在的时候我可是非常高兴……不，是气愤！我提前一个星期通知银行给我准备八千万现金，就是为了今天这一下，我告诉你，我带的钱不止这些箱子，还有很多就在外面卡车里装着呢，就等着一会儿慢慢抬价用钱砸晕你，下次我见她的时候一定要告诉她，我家儿子要比她家儿子金贵！"

我感慨道："真是人争一口气佛争一炷香，为了攀比都用卡车送钱了，有钱人的世界真难懂。"你们知道你们这种无谓的攀比拆散了多少对矫情男女，造就了多少苦命鸳鸯和令人腻烦的套路吗？

"那当然，"张发财他妈说，"我家发财哪里比不上她家端木胡杨了！"

大概是名字的格调吧……

"总之，我为今天这一幕已经酝酿了很久，"张发财他妈说，"你绝不能拒绝我！"

你这情绪不太对啊阿姨，总觉得你对今天似乎期待已久。

奶奶捅了一下我，说："轮到你了，你身为女主的家人，这时候他们拿钱来侮辱我们，我们一定得为女主出头，争一口气，不能让他们小瞧了我们，顺便加深矛盾，推进剧情进展。"

轮到我出场了，我闭上眼睛，揣摩了一下我这个角色的性格特点和在这情景下应该表达出的情感，酝酿得差不多了，我睁开眼睛，对张发财他妈说："收起你的臭钱！你以为有两个钱就了不起了吗？"

"当然了。"张发财他妈说，"我和老公白手起家，开创了一个商业帝国，当然了不起了！"

"……"这回答不对路啊，我气势低了一截，"你以为钱就能买到一切吗？"

张发财他妈回答神速："是啊！"

我说：“但是钱买不到感情！”

“嗤，别闹了。”张发财他妈说，“我可没见过哪个言情小说言情剧的男主角是要饭花子。”

“……”我默默地退了下来。

奶奶恨铁不成钢地看着我：“你被打倒得也太快了吧。”

“这不怪我。”我说，“她反驳的好有道理，我竟无言以对。”

“总之，”张发财他妈靠在椅子上，面前是一箱一箱的钱，“我的意思已经表达得很清楚了，这些钱你们拿走，要怎么做你们也该知道了。”

……

张发财听到这里，原本冷酷的脸上多了几分忧郁与矛盾，还有几丝尴尬和纠结，我比较理解他的心情，劝他道：“我理解你，你妈花钱实在是太大了，这爱好多烧钱啊，你说她这么攀比着送钱，你以后要是谈上个十几、二十次恋爱，你家不得破产啊，我觉得你还是和你爸一起劝一劝你妈，不开心，去买包包啊，买包包至少比这个爱好省钱。”

张发财脸色忧伤地看了一眼我，又望向熊大，问：“你就这样把钱收下了？”

“没有那么快。”熊大说，“我还没说完呢……”

总是不按套路出牌你这人很烦耶

张发财他妈跑来送钱，让并没有开始谈恋爱的熊大和张发财不要谈恋爱，面对着那么多钱，我家里人的内心是蒙圈惶恐不安惊喜犹像纠结的。

熊大捂着眼睛，长长地叹了一口气，张发财他妈道："我知道了，你还是觉得钱少！"张发财他妈拿出一张支票，刷刷刷地写了一串零，然后手一伸，"这是一亿，你拿走，以后不许见我家发财。"

熊大摇摇头，说："阿姨你别骗我，我知道一亿的现金支票取钱流程很复杂的，个人几乎取不出来钱。"

"……"张发财他妈没想到熊大这么睿智，冷笑一声，"看来，是我小看你了，不要支票，那就现金吧，这些你要是觉得不够，我可以去银行再给你取！"张发财他妈再一挥手，一个保镖又抬出了一个箱子，打开一看，里面竟然是一箱子银行卡，张发财他妈说，"我早就准备好了，ATM取款一天限额两万，转账额度各大银行数目不等，我这儿有这么多卡，绝对能给你凑足一个亿！"

我看得出来你为了今天做了不少准备，可是为什么情节变得这么贴近生活了！这画风太朴素了，真是让人有种说不出的感动。

熊大沉默了。

张发财他妈说道："我知道，你肯定是会说'我不要你的臭钱'是不是，我知道你们的套路……"

熊大说："唉，没办法，既然阿姨你这么执意要给我钱，那我就收下吧。"

张发财他妈说："啊？"

熊大说："谢谢啊！"

张发财他妈惊讶了，指着熊大道："你这个女人怎么这样，别人家儿子的女朋友都不会说这种话！电视上也不是这么演的！你这穷鬼怎么可以这么另类！"

脑残剧害人啊！

"哎呀，阿姨你这话就不对了。"熊大抱住了一箱子钱，严肃地说，"刚才我没钱，你可以看不起我没钱，现在我已经身家上亿了，你怎么能说我是穷鬼呢？"

张发财他妈说："可这钱是我给你的！"

"对啊。"熊大表情诚挚，"所以谢谢你！"

张发财他妈哽住了。

熊大又诚恳地补了一句："谢谢你啊，阿姨。"

张发财他妈手指伸了半天，说不出话来。

"阿姨，你不要这样。"我看不下去，安慰她道，"你来不就是为了送钱吗？现在她收下了钱，你的目的达到了，你应该高兴才对。"

张发财他妈幽幽地说道："你不是应该反抗我吗？应该很硬气地不拿钱吗？不是应该开始灌鸡汤说'有钱有什么了不起，有钱也买不到真正的感情，你不能用金钱侮辱我的爱情，你们这些有钱人绝对不幸福！'"

"这鸡汤有毒，"熊大说，"我不知道有钱人是不是绝对不幸福，但是我知道说有钱人绝对不幸福的人一定没钱，因为我没钱的时候也是这么安慰自己的，然而现在抱着这么多钱，我觉得很幸福。"

"你怎么这样，电视上都不是这么演的。"张发财他妈很悲伤，"我都想好反驳词了，你不那么说我该怎么接下去。"

熊大叹了一口气："没想到阿姨你做了这么多准备，我觉得十分对不起你，要不然我们重来一遍？"

"算了，那又有什么意义，一鼓作气，再而衰三而竭，气势都没了，再来又有什么用。"

这谈判的走向还真不错，大家礼貌谦让，十分和谐。

张发财他妈气若游丝："那你会离开我们家发财吗？"

"这不是我能控制的。"熊大说，"毕竟我这么可爱俏皮机智迷人聪慧勇猛，人见人爱花见花开。张发财如果爱我爱得死心塌地怎么办呢？"

张发财他妈看着熊大："人家普通姑娘傍上我家张发财这样的高富帅都是自信与自卑混合着的，你怎么光有自信，没有自卑呢？"

熊大说："因为我优秀啊。"

张发财他妈哽了一下，又怒道："你看看你这身打扮，你看看你的模样，你哪里优秀！"

熊大看了看自己，说："别的我不敢说，但这造型是和张发财一起做的，他也很认可。"

张发财他妈再次遭到了会心一击，她哭道："为什么是你，为什么偏偏是你！换成另外任何一个正常的女人，这剧情都不会演变成这样，为什么是你这样的人！天哪，我的心好难受。"

"因为只有我才能忍受住张发财，和他做朋友啊。"熊大说，"张发财这么冷酷这么奇怪的人，别人很难受得了他的，他也很难交到朋友的。我最近研究了很多言情小说，发现冷酷的角色都一定有一个极其悲惨的童年，家庭不和父母冷淡，早先心理创伤严重，如果是知道后开始同情他，哭得稀里糊涂以后就甘愿被虐的那种女人，他是很难珍惜的，必须要开始虐他，他发现自己心疼以后，才会对那些女人真心相待。我觉得张发财也是这种类型，不然也不会总是来找我打架了，因为他没有朋友，孤独寂寞啊，和我在一起，他才会觉得自己是个正常人。"

不，我觉得他越来越不正常了！

张发财他妈疑惑了："真的吗？"

"阿姨，你仔细想想，张发财是不是散发着一股旁人勿近的气质？这种气质，说是冷酷，其实是孤独啊！你们在打造商业帝国的时候，是不是无暇顾及张发财的生活，甚至连内裤都不是你们给他买，而是他按照自己审美随意买的？他是不是独来独往，朋友很少，他是不是天天关在房子里打游戏看动漫，在高冷外表下为什么会有这样的反差呢？"熊大动之以情晓之以理，娓娓道来，"这些细节不容忽视，孩子们的心理健康是大问题，小时候你们忽视了张发财的诉求，才造就了他今天的孤僻。"

张发财他妈震惊了："我都不知道我家发财竟然这样孤独！"

熊大说："我还知道很多你肯定不知道的事呢。"

张发财他妈说："走，进屋你慢慢告诉我。"

然后熊大和张发财他妈就进屋了。

她们谈了好几个小时，我也不知道她们谈了什么，但我看见，张发财他妈出来以后，紧紧地握住了熊大的手："那些钱你留着吧，你以后一定要继续和我家发财做好朋友！我家发财……我家发财……"张发财他妈忽然心酸地捂住了脸，"我不知道他竟然那么苦！"

我看着熊大，你到底和张发财他妈说了什么，让她的思想改变得如此彻底！

我本来以为张发财他妈已经爱上了熊大，没想到张发财他妈离开之前，还是对熊大说了一声："虽然我允许你和我家发财当朋友了，但事实上我对你并没有什么好感，不仅因为你和发财在一起我自带的排斥和厌恶，还因为你总是不按套路出牌，你这样很烦耶，我准备好的套路都没法用。"

　　"套路算什么，"熊大淡然地笑了笑，"我就是我，不一样的烟火。"

　　张发财他妈愣了一下，感慨道："你似乎有点不一样，我对你的印象有所改观了。"

　　你被骗了阿姨，你走以后，熊大就和奶奶聚在一起继续讨论让于飞迷上她的套路了！

Part 9

路边摊的属性一定要单纯善良不做作

\# 一场微妙的吵架 \#

听完事情的经过，张发财的脸色越来越难看，他在椅子上沉默了很长一阵，才缓缓说道："我终于知道，为什么最近我妈看我的表情那么奇怪……我一直以为我看到她眼中的怜悯是我理解错了，原来……"张发财默默地扶住了额头。

"你不要伤心。"熊大说，"我也希望你能交到更多的好朋友。"

张发财说："交不交朋友，交多少朋友，我自己有分寸。"

"不要这样。"熊大说，"你仔细想想，你现在每天花那么多精力帮我，还乐此不疲，难道不是因为太空虚了吗？"

"我空虚？"张发财很生气，"帮你是我的错喽？"

"对于这个问题我也想了很多。"熊大说，"你到底为什么要帮我呢？我找不到这个问题的答案，有时候我连于飞都不想了，全心全意地想这个问题，半夜都睡不着，仔细想想虽然按照套路，你很有可能爱上我，但事实上……"熊大说到这里，忽然一顿，表情也有些沉重，她捂着胸口道："实际上你根本不喜欢我的嘛。"

我看向张发财，他的表情有点奇特。

"现在我终于明白了，"熊大说，"刚才奶奶的话提醒了我，让我找到了问题的答案，你是因为喜欢容雨薇，才接近我，帮助我追于飞的嘛。你希望我和于飞在一起，这样容雨薇就可以对我死心，说不定伤心之下就会接受你。"

张发财道："怎么又扯到容雨薇身上了？"

"因为你喜欢她啊。"熊大说，"你当初为了她，不是天天找我茬和我打架吗？我们高中可是打了三年呢。"

张发财说："那都是以前的事了，我现在对她已经没什么感觉了！"

"怎么可能，不要骗人。"奶奶说，"你还想为她变性呢。"

"对啊。"熊大说，"等我把你妈送我的钱的分成给你，你就可以得偿所愿，拿这个钱去变性，然后追容雨薇了。"

"你们连那钱怎么花都给我计划好了啊？"张发财怒道，"到底为什么这么确定我会变性去追她？我现在对她已经不是原来那种感觉了，不要再纠结变性了。"

熊大问："那你为什么一直帮我？"

张发财张了张嘴，没说出话来。

"熊大看着张发财，她的眼睛里映着张发财的脸，张发财面对着这张熟悉的脸，忽然哑口无言，他觉得有点心痛，有点上火，又有点憋屈，还有一丝说不清道不明的感觉，面前这个女人，怎么就这么傻呢？"奶奶没有浪费这个难得的插话机会，马上解说道。

"为什么？"熊大重复问道。

"熊大也不知道自己为什么对这个问题那么执着，她希望得到这个问题的答案，她又有点害怕得到这个问题的答案。也许她会拒绝他，因为她内心深处，依然忘不了那个让她魂思梦绕的于飞，可惜张发财，这个一直陪在她身边帮助她的男人，一个总是找她打架却打不过她的男人，终究是要被她伤害的，毕竟，他只是个男配。"奶奶继续解说道。

"……"熊大和张发财一起看向奶奶，奶奶尴尬地咳嗽了一声，说："这种心理描写还是很重要的，要不然读者不知道你在想什么，没办法融入啊！"

"哪里有读者？"我说，"你要让谁融入啊？"

奶奶看了一眼我。

竟然是我吗？也对，这里总共就四个人，你还作为旁白加入了，也只剩我了。

熊大关切地看着我："你感觉怎么样，需不需要修改一下剧情？"

看来女主角还是很在意我这唯一的"读者"的感想的，可是你在意什么剧情，你是在为读者谈恋爱吗？读者不喜欢你就要改剧情吗？我说："不要理我，坚持自己，你们继续吧。"

熊大又看向张发财："你还没回答我的问题呢。你为什么帮我啊？"

张发财愣了一下，转头耸肩："大概是因为我空虚，无聊吧。"

"我就说你空虚了嘛！"熊大也转头，哼道，"你还不信。"

明明你们意见达成了一致，为什么却有一种两个人都很不爽的感觉。

"好了好了，"奶奶说，"我们说正事，男配，你知不知道于飞的动向？"

张发财说："他原本和我约好晚上一起打游戏，结果又被家里人威胁，要和艾莎芝约会了。"他看了一眼熊大，"他这个人，就是黏糊得很，不会拒绝别人，弱了吧唧的。"

"你懂什么。"熊大道，"这叫绅士风度。"

"什么绅士风度，根本就是弱。"

"野蛮人是不会懂这种礼节的。"

熊大和张发财同时哼了一声，分别转头转向两边。

奶奶看了看熊大，又看了看张发财，一脸不懂，然后说："你马上把他约会的时间地点给我，我要开始准备我们的计划了。"

张发财找了一辆车，我们踏上了去往"男主女配奸情现场"的路，奶奶坐在副驾位，我坐在后座，张发财在左熊大在右，张发财看向左窗熊大看向右窗。

作为围观全程的唯一一个读者，我的内心十分尴尬。

为了缓解这种尴尬，我转过头和张发财说："你怎么这么别扭呢，你就直接说喜欢她不就得了。"

张发财转过头，震惊地看着我："谁说我喜欢她，我怎么可能喜欢她？"

那你耳朵红什么，你看看你那表情，你要问心无愧，好歹维持一下你冷酷总裁的形象吧？

我扫了一眼偷瞅这边的熊大，说道："承认又怎样呢，哪个男人小时候没欺负过自己喜欢的女孩。"

张发财的神情突然变得尴尬了起来，熊大也咳嗽了一声，继续望向窗外。

我想了一下以往种种，继续说道："开心点，哪个男人没被自己喜欢的女孩欺负过，你身为一个冷酷总裁，要是不喜欢她，能让她这么对你？别的不说，你们可是扒过裤子的交情了，光那裤子……"

然后我被熊大的胳膊肘狠狠地怼了一下，张发财的拳头也落在了我的肚子上，然后熊大和张发财一起转头看向窗外，没事人一样。

我痛得弯下了腰，副驾的奶奶转过头，幸灾乐祸地对我说："作为一个读者，就不要强行给自己加戏份了，看，受伤了吧？"

平凡型女主的特点不就是平凡嘛

我本来以为奶奶会像之前一样，冲到艾莎芝面前硬杠，没想到奶奶把我们带到附近的烧烤摊，停了下来，一挥手，对我们道："吃！"

熊大道："奶奶，现在不是吃东西的时候啊！我们不是要去找于飞的吗？"

奶奶道："这你就不懂了，路边摊才是攻略男主的最基本的道具！"

"嗯？"我们都疑惑了。

奶奶喷了一声，道："一看你们这表情就知道你们知识浅薄，没看过几本总裁小说。"她拍了拍熊大的肩膀，"咱家这可是普通型言情女主，平凡型言情女主要怎么攻略男主？当然是靠平凡了！"

……这个优点可真稀奇。

奶奶道："所谓的总裁，是每天吃鲍鱼人参，鱼翅燕窝的！他

189

们每天出入高档餐厅五星酒店，吃惯了高级的东西，见的全是高级食材，所以从来不知道路边摊什么样，从来没吃过路边摊。"

爱吃烤串的酷帅总裁张发财嘴角抽搐了一下："这是哪门子的总裁，我也经常吃路边摊。"

"看看、看看！"奶奶指着张发财，嫌弃道，"看看你这生活习惯，所以你这个男配就当不成男主！你去看总裁文，去看言情剧，哪个总裁天天吃路边摊？谁家爱做梦的少女会期盼着自己遇见一个天天吃路边摊的总裁？一点都不浪漫！总裁去吃路边摊，那必须得是平凡型女主带他去的！"

熊大马上 get 到了重点："奶奶，你的意思是我带于飞去吃路边摊？"

"很难。"奶奶摇头道，"据我的暗线容雨薇发来的情报，于飞现在被艾莎芝防卫得滴水不漏，艾莎芝像是牛皮糖一样围在他身边，还派了私家侦探 24 小时跟踪他，另外还有狙击手随时监控，如果贸然行动，恐怕会有危险。"

"我靠！"我和张发财震惊了，这都是什么配置，艾莎芝好可怕，于飞真可怜！

"这算什么，在言情小说中，谈恋爱就是一场战争！战争没有不死人的！"奶奶瞟了我们一眼，中气十足地说，"身为言情女主，如果没有豁出性命的觉悟，就不要说自己谈过恋爱！"

"……"张发财说，"人类能繁衍到现在还真是不容易。"

熊大问："那我现在就很难接近于飞了，除此之外，我还能做什么？"

"不要怕，艾莎芝那些办法只针对路人，不会针对女主，甚至连女配都不会受到牵连，主要角色会有光环附体的，你听说过被错杀，一枪崩死的女配吗？没有，角色戏份还没有完，不可能这么轻易就死掉了。但是以防万一，我们还是不要贸然冲上去。"奶奶看向熊大，深情而慈祥地道，"毕竟我和熊二都不是主要角色，万一受到牵连被击中了，熊二还好，我没了，以后谁来指导你谈恋爱呢？"

熊大感动万分，热泪盈眶："奶奶……"

"乖孩子，"奶奶抱住了熊大，"放心，我一定会让你恋爱成功的。"

"等下！"我问道，"所以我的性命完全比不上熊大的爱情重要吗？"

"你要知道，"奶奶说，"如果失败，你只不过失去性命，可是熊大会失去她的爱情！"

我顿时炸毛："喂！"

"放心吧。"奶奶拍了拍我的肩膀，"说说而已，奶奶不会让你死的，所以我们不能硬杠，要想一个迂回的方法，自然地让于飞看见我们在路边摊上吃饭。你想，当吃腻了山珍海味的于飞从冰冷的高档餐厅出来时，看见他在意的女主和男配在路边大排档里快乐地吃饭，空气中弥漫着浓浓的温情，那是他从来没有感受过的。强烈的对比一定会让他在那一刻发现，我家熊大和自己身边的妖艳贱货不一样，好单纯好善良好不做作，这种新鲜感一定会让他心中一动。"

熊大道："这个套路很不错哎！"

"好像意外的可行。"这个思路竟然还挺正常。

于是我们就在路边摊吃了起来，一边吃一边等待于飞他们。

刚开始我们还吃得很欢，后来就越吃越慢。

熊大摊在椅子上，有气无力地问："他们到底在吃什么，怎么还不出来。"

张发财说："应该是法国料理。"

很好，传说中有前菜有汤有主菜有甜品的高级餐厅，艾莎芝再聊个天增进一下感情，不一定能吃饱但是一定能吃很久。

熊大绝望地垂下了头。

斗争的源头

奶奶鼓励熊大道："不要放弃！加油，熊大！想想于飞，那是你的王子！你不是喜欢他吗！努力，只差一步，他就会注意到你了！"

熊大受到了鼓舞，重新要了三把烤串，对我道："吃！"

我绝望地垂下了头："老大，我确实吃不动了。"

"这才吃了多少就吃不动了。"熊大又看向张发财，问道："你不会也吃不动了吧？"

张发财一如既往地接受了挑衅："呵，我还不至于吃不过你！"

"吃得过，吃不过，那得试试才知道！"熊大一拍桌子，"老板，再来十把烤肉！一扎果啤！"

然后就在我和奶奶震惊的目光下，熊大和张发财开启了斗争模式。烤串和果啤席卷而入，以肉眼可见的速度消失。

然后两个人的表情都越来越痛苦。熊大嘴里一口肉嚼了半天也没咽下去："张发财，你不要逞强，尽快认输吧。"

"也不知道逞强的是谁。"张发财拿着一串肉，几次放到嘴边都没咬下去，听到熊大这话，竟然把那肉一口咽了下去，"我可还没输呢。"

熊大和张发财看着彼此，呵呵冷笑，面色狰狞地吃着串儿。

"你为什么不认输呢？"熊大费劲地咬着肉，喘着气，"从原来你就这样，总是和我作对，还不认输。"

"不认输的是你吧？"张发财吃着串，额头露出青筋，脸颊流下一滴汗珠，"要不是我让着你，你怎么可能赢过我？"

为什么你们在这种地方都要比！你们这么吃饭对得起这些食物吗？

"谁让你让了。"熊大反驳，"就算你在意我，也不能让我，这是尊严问题！"

"谁在意谁啊。"张发财怒道，"上学时总是偷偷看我的人是谁啊？无论是吃饭、走路、打球还是自习，你不都躲在暗处偷偷看我吗？"

"呵呵，"熊大也提高了声音，"你不也总是看我吗？你不看我怎么知道我看你，你还总是制造机会和我相遇呢，图书馆体育场超市，无论走到哪里都能遇见你，你不要告诉我这是偶然啊。"

我说："怎么说得你俩互相喜欢一样。"

"胡扯！"张发财和熊大异口同声地反驳，然后敌视对方，"还不是因为你总是和于飞／容雨薇在一起！"

基友和姬友真是一个好借口。

"哦，我想起来了！"熊大忽然指着张发财，"你第一次和我单挑的情景，当时你以为我暗恋你，大庭广众之下和我说'我和你是没有可能的，你不要以为跟在容雨薇身边，破坏我们的感情，就会让我爱上你，你不要想引起我的注意，我不喜欢你这型的。'"

张发财拿着串儿的手僵住了，冰山似的脸慢慢红了。

"然后我说'你想多了，我喜欢的不是你，是于飞。'雨薇拉着我的胳膊对你说'我爱的是熊大，是我愿意在她身边的。'"熊大仿佛找到了纠纷的起源，"没错！就是从那时候开始，你找我单挑的！"

原来还有这么一回事，这就尴尬了，一来二去的多重伤害，也怪不得张发财从此对熊大越来越在意，念念不忘，由恨生爱。我看向张发财："你是抖 M 啊。"

张发财："……"

奶奶想了想，歪头道："我总觉得这套路有点不对，作为男配，这戏份有点多啊。"

"如果我们有误会，现在解开就好了。"熊大说，"你看，我现在喜欢的是于飞，不碍你的事，你不要再恨我了。"

张发财靠到了椅子上，把签子往桌上一扔："我知道，你不是一直看着他吗？躲在墙角，像只小猫一样，表情古怪，阴魂不散地盯着他，也不敢出来，一会儿脸红一会儿笑，他一看你你就捂脸跑掉，简直像个女变态！"

你观察得够仔细啊。

一听到张发财说起于飞，熊大马上捂住了脸，羞涩地笑道："哎嘿嘿嘿嘿。"

"……"张发财瞅了她一眼，拿起果啤给自己满了一杯，看向街道。

一辆车从我们身边开了过去。张发财道:"那是于飞的车。"

我、奶奶和熊大马上转头去看,那辆车已经开出了老远。

"他看没看见?看没看见?"熊大晃着手里的烤串,紧张地问道,"他看没看见好单纯好善良好不做作的我在吃烤串!"

张发财拿出手机,开了免提,很快,电话那头传来于飞的声音:"喂,发财?"

"你干吗呢?"张发财问,"我刚才看见你的车过去了,你看到我没有?"

"我在送艾莎芝回家。"于飞在电话那边笑道,"我刚在玩手机,没看周围,你看见我了?"

"好好一个言情男主,玩毛线的手机啊!不怕晕车吗?"我感受到了努力之后却没有任何成果的空虚感,摸着滚圆的肚子愤怒地骂道,"为什么不多留意一下身边的风景!"

张发财转过脸:"为什么你在路边摊吃饭,人家就一定得看到你!"

对啊,我们竟然忘了这一点!

"失败了。"熊大十分沮丧,无声地趴在了桌子上,"我心好痛,肚子也好痛。"

我觉得你肚子应该会更疼一点。

"偶尔也会有这样的事情。"奶奶安慰她道,"这种情节也很普遍,没关系,你想啊,于飞和艾莎芝在一起还玩手机,这说明什么,这说明他们关系不好啊!这次不行我们还有下一次,熊大,你可是言情女主,加油,坚持,坚持就是胜利!"

熊大的声音闷闷的:"我很沮丧,我要哭了,我觉得我站不起来了。"

奶奶说："不要这样，你想想于飞？"

熊大侧过头，从胳膊处露出了半张脸。

奶奶说："你想想于飞的脸。"

熊大："哎嘿嘿。"

奶奶说："你想想于飞的身材。"

熊大："哎嘿嘿嘿嘿。"

奶奶说："你想想于飞朝你走过来的样子。"

熊大捂住脸："哎嘿嘿嘿嘿嘿嘿嘿。"

这完全是迷妹的状态啊。

奶奶说："怎么样，有没有感受到动力！"

"有！"熊大从桌子上坐起来，"对，我不能气馁，还有下次，一定成功！"

张发财盯着她，摁住手机，皱眉道："你是不是傻？"

熊大偏过头看他，眼睛闪亮，脸颊气得鼓鼓的，一脸不甘心。

我们的友军张发财看着她半晌，终于明白她们不会轻易放弃，长出了一口气，转过头很自觉地开始套于飞的话，预约下一次："那你下次和艾莎芝约会是什么时候？"

路边摊的正确（？）姿势

"俗话说得好，失败是成功之母，失败并不可怕，可怕的是无法从失败中吸取经验教训，一再地重蹈覆辙！所以我们一定要知道上次为什么失败！上次失败，最大的原因是什么？"奶奶昂首挺胸地站着，手刷地挥下气势十足地道，"是地理位置！我们的地理位置不对！虽然上次我们在于飞离开的必经之路，还是在路边，然而智者千虑必有一失，我们千算万算，没有算到于飞的车速和手机！于是，我们这次得改变作战，调节战术！选择一个于飞吃完饭，一定会经过的地方吃路边摊，而且他经过这里时，一定是走路，一定会看见我们！目前看来，我们这个战术是万无一失的……猴子，你为什么低着头，捂着脸！"

我说："我觉得太羞耻了。"

"有什么羞耻的。"奶奶很不高兴，"这次我们的地理位置没有任何问题！"

"问题大了好吗！"我忍无可忍地反驳道，"正常人会在人家西餐厅门口做烧烤吗？烟都在往里面飘啊。你看路上的人都在用奇怪的眼神看我们好吗？餐厅老板会揍我们的！"

"不会的。"奶奶拍了拍张发财的肩膀，"我们有神助攻——男配张发财，这间餐厅就是张发财的，他的手下怎么敢揍我们，要是他们真不高兴，就不会给我们提供这烧烤场地和烧烤工具了。"

"也许你说得没错。"我扫了一眼亮得发光、大理石面的欧式桌椅和上面插着鲜花的花瓶，指着旁边头戴厨师帽的金发碧眼的外国厨师，"但是这配置也太奇怪了吧？"

"我觉得很好，没毛病。"熊大脖子上围着餐巾，将红酒一饮而尽，放下高脚杯，身着制服的服务员马上给她重新倒上红酒。

外国厨师一边烤串，一边用蹩脚的中国话问道："Excuse me，烤串是要三分熟、五分熟，还是七分熟？"

"全熟，谢谢。"熊大一手餐刀一手叉子，对厨师点头道，"土豆片我喜欢面的，但是藕要脆，像我们这样的路边摊美食家的嘴是很刁的，这样吧，给你一个提示，最好多撒点调料，我喜欢孜然味的。"

这还是路边摊烤串吗？说好的好单纯好善良好不做作呢？这做作程度已经突破天际了吧！

张发财坐在椅子上，咳嗽了一声："没办法，时间紧急，做到这种程度已经是我的极限了。"

你错就错在把这件事做到了极限。

"也是……"奶奶也察觉到了不对，"为什么明明场景是对的，熊大看起来却一点都没有好单纯好不做作的女主范儿呢？这怎么和外面那些妖艳贱货区分开来！"

完全区分不开来好吗？

"不行！"奶奶道，"这会影响我们男女主感情进程，破坏女主形象，让角色变得 OOC，我们一定要及时改正！"

我问："OOC 是什么？"

张发财答道："Out Of Character，脱离设定。"

你们真是好有才华好时髦，竟然懂这么洋气的词语！

就在奶奶闹着要改正设定的时候，艾莎芝挽着于飞出来了，看见了我们，他们都是一震。

艾莎芝惊道："你们为什么要在西餐店门口野炊！"

熊大道："这不是野炊，我这是在吃烤串！"

艾莎芝双手捂嘴："太做作了！我第一次看到这么做作的烤串！"

"要糟！"奶奶面色凝重，"被这么做作的女人嫌弃做作，这说明这次我们真的非常做作！看来好感度要掉！"

谁知于飞松开了艾莎芝的手，快步走到熊大面前，仿佛第一次见面一般，认真地打量着她："你好特别！"

嗯？我和奶奶转头，惊讶地看着于飞！

熊大已经处于呆滞状态，停在了一手刀一手叉，嘴里叼着烤串的动作。

于飞对着熊大微微一笑："你说你叫什么名字？"

熊大手中刀叉"砰"的掉在桌上，她拿下了叼着的烤串，红着脸，十指相对，羞涩而又矫情地说："我……我叫熊大。"

于飞打量了一下熊大，道："好名字。"

我和奶奶都惊呆了："怎么是这种发展？"

"我从原来就想说了，为什么你们认定男人一定都喜欢同一种类型的女人？"张发财用手支着下巴，不爽地道，"于飞他从原来到现在，一直都喜欢矫情做作的女人。按照你们的分类，他的前女友、前前女友、前前前女友，都属于你们所唾弃的妖艳……咳，那型！"

怪不得之前熊大做了那么多努力，于飞却连她的名字都没记住，把她当路人！原来是类型不对！没有击中萌点！

"等一下！"奶奶一副世界观都崩塌了的样子，问于飞，"你怎么会喜欢做作的妖艳型呢？你为什么不喜欢好纯真好不做作的女人？"

"因为她们通常都……有点笨。"于飞说，"我和她们交流起来会很困难。"

奶奶说："可是她们善良啊！"

于飞说："在场的各位，有哪个不善良？"

艾莎芝哼了一声，身后一串保镖齐刷刷地拿出一排锦旗——原来艾莎芝她竟然不只是一个救流浪猫流浪狗流浪兔子流浪老虎流浪狮子流浪老鼠的充满爱心的人士，还是一个不断向慈善机构捐钱的捐款小能手慈善大能手……

太善良了，圣母光芒简直闪瞎人眼。

奶奶被堵得哑口无言，又问："那妖艳做作型又有什么好？"

于飞说："这类型的女士都比较漂亮，会打扮自己，会发嗲，会让生活充满小情趣……"

"……"还真的有优点！

熊大举手道："没错，我就是这种类型！"

我无语地看向熊大。

于飞冲着熊大微笑。

熊大马上捂住嘴，掩住了自己杠铃般的笑容，咯咯咯地笑了起来，双眼闪着，面颊绯红，幸福之色溢于言表，俨然一副被天使环绕的状态。

她见男神冲着自己微笑，已经迷妹模式全开，眼中再没有其他人了！

张发财双手抱怀，嗤道："做作！"

"怎么可能！"艾莎芝很不服气，问向身边的保镖："她凭什么赢我，她比我做作吗？她哪里比我做作？"

你们能不能比点好的。

Part 10

成为女配角的必修课

饭桌会议

我一边扒着碗里的饭，一边看着熊大。

熊大双手捧腮，满脸笑容地看着自己的手机。

等手机光暗下去，熊大马上点一下手机，把它点亮，脸上依旧挂着那副令人肉麻的笑容。

如此反复，当一桌子菜都不存在一样。

我说："她手机里到底有什么，这样看个没完。"

奶奶说："于飞的手机号喽。"

张发财夹了一筷子菜："不过是个手机号，你要是想要和我说，我早就可以把他手机给你。"

"那不一样，"熊大一脸幸福地看着自己的手机，"这个是我自己要来的。"

这么一说我倒是想起来了，那天烤串遇见之后，熊大脸红得像是被人泼了狗血，声音细如蚊吟，紧张得浑身都在发抖，问于飞要不要换个手机号的模样。

我和熊大一起生活了二十多年，第一次见到她这副模样。

如果不是于飞走后，我上去问她是不是发烧了被打脸，那一拳还是熟悉的力度，我真怀疑她是被魂穿了。

张发财皱眉："一个电话号码，至于吗？"

"这不是普通的电话号码！我换了铃声，他只要找我，电话短信微信QQ全都是特殊铃声，我第一时间就能听到，不需要看，只要听，就知道是他打来的。"熊大对着我们展示手机，姓名一栏写着男神备注一栏写着老公，默认头像已经换成于飞的照片。

这时熊大的手机响了起来。

正在打电话给姨奶奶汇报战况的奶奶连忙按住手机，问："是不是于飞？"

"不是。"熊大看了看手机，"张发财，你打我电话干吗？"

"摁错了。"张发财把手机揣回兜里，不爽道，"哼。"

哎哟，这剧情可真复杂。

熊大继续给我们讲解："我决定从今天开始，每天都要把他的头像换一遍，桌面也要换成他的照片。"

我说："你有多少张他的照片？"

"很多啊。"熊大道，"从高中开始我就偷偷给他拍照，所有的照片我都没删，一年一年地存了下来，电脑上，照相机里，手机里都有，没有上万也有几千张了。"

张发财说："你是变态吗？"

"我喜欢存我男神照片！怎么了怎么了！"熊大不高兴了，"你原来不也偷偷存容雨薇的照片吗？"

"我那是偷偷吗？"张发财很不高兴，"我那是光明正大地雇人帮我拍照！"

"行了行了，变态何必为难变态。"我生怕他们吵起来，掀翻了这一桌子的菜。"你们别吵了……哎，说起来，张发财为什么在这里和我们一起吃饭？"

"是我找他来的。"奶奶挂断了和姨奶奶的通话，"我们必须得请人家吃一顿饭。"

我、熊大、张发财一起看向了奶奶。

奶奶咳嗽了一声，道："虽然我们作为一个计划通，如同预料的一样，毫无偏差、高瞻远瞩地取得了阶段性的胜利，但是我们不能骄傲。"

我说："奶奶，就算我们是一家人，我也得说，您这话说得实在是太不要脸了。"

奶奶拍了我一掌，继续说道："革命尚未成功，我们仍需努力。所以我们要团结一切可以团结的力量，具体问题具体分析，努力攻克于飞这座大山！"

我说："奶奶，你能不能说得通俗一点？"

奶奶说："简单说来，就是从张发财这里取得于飞的资料，攻其所爱投其所好，把于飞拿下！"

我问："这是不是太刻意太不像正规女主了？"

奶奶瞪我道："你一定要这样墨守成规吗？脑子能不能灵活一点，不要总是生活在套路里！"

奶奶，这句话谁说都可以，唯独你说出来，让我十分不服气！

"男配！"奶奶对张发财道，"这次，就拜托你了！把于飞的喜好全都告诉我们。"

熊大和张发财看向彼此，都是一愣，半晌，张发财别过眼神："看到没有，现在是你求我，态度好一点知道吗？"

熊大不自在地转过头，单手托腮，手指敲着桌子："知道了。"

"不就是于飞的信息嘛，"张发财一歪头，懒洋洋地说，"行，都告诉你们。"

熊大不自然地嗯了一声，说："谢谢了。"

她面前的手机屏，不知道什么时候，已经黑了下去。

不如跳舞，谈恋爱不如跳舞

奶奶问："于飞到底喜欢什么样的女人？"

"漂亮妖艳，会撒娇，有品位，有情趣，柔弱，矫情，有心计。"张发财看了看熊大，"总之是和你完全相反。"

熊大点头："除了漂亮妖艳，有品位，有情趣之外，确实其他都和我相反。"

竟然把优点择出来，强行和自己相同。

我看向奶奶："这不是女配的性格吗？"

"唉，剧情变化，有时候就难免的嘛。"作为普通型女主世家的奶奶，很少遇到这样的情况，一脸为难，似乎想不到下一步要怎么做，她看向张发财："你和于飞很熟，不如就由你扮成于飞，你们两人先来演练一下。"

熊大和张发财站在一起，齐道："要怎么做？"

"嗯……这种人物设定的女主我不是很熟悉。"奶奶说，"这设定明明就是妖艳贱货型的女配……唉，我们还是从外貌做起吧！"

奶奶看向熊大："你这一身是按照小清新打造出来的，实在太女主，我们要设定改为女配，把熊大打造成于飞喜欢的类型，不只是外表，还有行为举止。"

我、熊大和张发财一脸迷茫："怎么打造？"

"看我的！"奶奶拉着熊大进了屋，屋内传来了熊大哎哎呀呀的不明声音。

我和张发财在外面等着。

我问："你现在还喜欢容雨薇吗？"

"最近接触了这么多女人，"张发财说，"我深切地感觉到她是女人中的一股清流。"

我说："可是水至清则无鱼。"

张发财深深地看了我一眼。

过了很久，奶奶推门道："完事了！"又转头道，"按照我和姨奶奶教你的方法，出来吧！"然后拿着手机，给姨奶奶直播。

只见门外先伸出了一只高跟鞋，然后露出了一条腿，那腿在半空中晃了晃，高跟鞋被晃掉了，光脚慌张地在地上摸索着高跟鞋，重新套了上去。

"怎么样？"手机里传来姨奶奶得意的声音，"是不是很诱惑？！"

"……"我和张发财心如止水。

踩住了高跟鞋，熊大扒着门框出来了，我和张发财大吃一惊，只见熊大穿着红色连衣短裙，嘴唇通红，头发卷曲，紫色眼影，眼睫毛可以夹死苍蝇，脸上打了厚厚一层粉，和脖子两个颜色，脸边两坨画出来的高原红。

熊大靠在门边，伸着头，撅着嘴，僵硬地摆出了一个 S 形。

"不错吧？"奶奶高兴地问，"是不是妖艳贱货？"

"妖艳不妖艳我不知道。"我说，"但确实是非常贱。"

"你是不是找打！"熊大脸色一变，一瘸一拐地过来了，然后高跟鞋一歪，熊大就倒了。张发财眼疾手快地扶住了熊大，熊大一条腿站在地上，一条腿伸起，张发财抱住了她的腰，二人目光相交，以一个拉丁舞蹈姿势定格。

手机里的姨奶奶适时地放起了音乐，唱起了《卡门》。

"果然和我预料的一样，新剧本开始了！"奶奶激动地道，"风流花心的张发财历经了无数个女人，他一向都是万花丛中过片叶不沾身，但是没想到，今天碰到熊大的身体，他竟然如此激动。"

熊大转头道："只是我脚滑，他扶我一下而已，你不要说得那么黄色好吗?！"

奶奶摇头："不，黄色的在下面，你知不知道，张发财在想什么？"

张发财奇道："我在想什么？"

奶奶说："他在想，哦，熊大你这个小妖精！竟然有这么迷人的身体！"

"什么？"熊大双手捂胸，"你竟然才发现！"

"发现什么？"张发财脸红了，"妖精个头啊！"

"对啊。"奶奶说，"其实张发财引以为傲的自制力，在碰到熊大的那一刻开始，就崩溃了！"

"什么鬼。"张发财怒道，"该崩溃的是我吧，引以为傲的自制力这么容易崩溃就让它去死吧！"

熊大拍了一下张发财，张发财一把扶起熊大，熊大转了几个圈，拉着张发财的手，停住。

张发财怒道："你打我干吗？"

"讨厌，"熊大一拉手，张发财转了几个圈，以刚才一样的姿势被熊大抱住，"既然你觉得我迷人，为什么不说实话！"她说话的时候，脸上粉簌簌地掉。

张发财看着熊大染过血一样的嘴巴，紫色眼影，红色脸蛋，显然想吐，但却忍住了："谁觉得你迷人了？"

熊大很高兴："不要说谎嘛。"

"你看，"奶奶说，"嘴上说着不要，身体可是很诚实的呢。"

张发财推开熊大，退后一步，熊大往前一步。张发财退后一步，熊大往前一步，每一步都在《卡门》的节奏上。熊大很嘚瑟："别跑嘛，给你一个夸我的机会。"

"对啊，"奶奶说，"你自己惹的火，就要由你自己来灭。"

"夸你？你想听什么？"张发财忽然一笑，往前一步，贴近了熊大，熊大一惊，往后退，她退一步，张发财上前一步，她退一步，张发财上前一步。节奏感十足。

最后熊大贴在了墙上，退无可退，张发财双手撑墙，壁咚了熊大，熊大伸手抓张发财胳膊，被张发财反握。

奶奶说："不要乱动，否则连张发财也不知道自己会做出来什么。"

"哦，亲爱的，这真是太完美了，我是说，这非常完美！"姨奶奶关了音乐，停止唱歌，在手机那边拍着手，"不如让我们问问我们的读者兼观众是怎么想的。"

所有人一起看向我，看完全程的我只有一个感想："为什么要跳舞啊！神经病！"

女二号打造计划

"哦！破飞科特！我们刚才的演练非常完美。"姨奶奶说，"但是我亲爱的熊大，我觉得你的打扮不够高调，不够有品位，看起来太 Low 了，哦我是说贫穷，我建议你佩戴更多的首饰，这样可以让你变得非常耀眼，也可以显示出你公主般高贵的气质。"

"首饰？"奶奶说，"我有！"然后从里屋搬出来了一堆。

我和张发财就冷眼看着奶奶和熊大把那些项链手镯手链戒指扳指耳环耳钉耳夹发卡发箍腰带往熊大身上戴。

"怎么样？"熊大费劲儿地转了个圈，身上丁零当啷地作响，"好看吗？"

"这都是什么仇什么怨？"张发财道，"你这负重已经超标了吧？"

"是吗？"奶奶打量着熊大，"我觉得挺好看的。"

熊大说："我也觉得挺好看的，感觉我整个人的身价都提高了。"

不只身价，你的重量也提升了。

这时门外一声巨响，一直暗恋熊大的娇花李铁锤哭着破门而入："熊大，你快来帮我评评理嘛，有人欺负人家，你……"

李铁锤看到熊大的打扮，倒吸了一口冷气，愣是把后面的话给吞回去了："你这副妆容，身上又金光闪闪，这是在 COS 埃及艳后？"

熊大问："好看吗？"

李铁锤伸出食指点了半天，愣是没有说出那句违心话，机智地把手指指向门口，跺脚嗔道："你看，就是那个贱女人，硬要和人家吵，说人家没有男人味！你说过不过分！"

门口容雨薇笑着朝我们招了招手。

我马上明白了，这迷恋熊大的一男一女在门口撞上，情敌相见分外眼红，就吵起来了。

熊大问："雨薇你看我这身好不好看？"

容雨薇的笑容凝固了，看着李铁锤转移话题："不要那么靠近熊大，男女有别知不知道？"

"哼，我就靠近她怎么了？"李铁锤拉着熊大的手臂要晃，晃了一下没晃动，甩手道，"熊大，你帮人家做主嘛。"

熊大说："雨薇，你不要老说他的不是，你也要夸夸他。"

"好吧。"容雨薇对李铁锤道，"你也别生气了，虽然你没有男人味，可是你有女人味啊，有舍有得，这不是很好吗？"

李铁锤想了想，道："你说得也是，好吧，我原谅你了，其实你口红颜色也蛮好看的。"

"喜欢吗？下次送你一支。"容雨薇说，"不过按照你的唇色，应该选更日常的颜色。"

然后两个人就热烈地讨论起口红的色号了。

我一脸迷茫地看向一脸迷茫的张发财："口红不就是红色吗？"

张发财比我懂得多一点，他说："还有粉色。"

熊大说："你们都不懂，还有无色的唇膏呢。"

容雨薇说："我平常用荧光粉和神秘紫比较多，但我也买了米粉色和粉棕色，都不错。当然珊瑚色也蛮日常的，我还收了浆果色、裸橘色，但其实我心中最爱紫罗兰，平常我会用牡丹色……哎呀，其实我并不是很了解口红的色号。"

李铁锤说："我上次用了暖橘色，他们说太 Over 了，其实紫色才 Over 呢，相对而言豆沙色和砖红就会好很多，所以我就换了番茄红，但是我好羡慕你这样白皮的，用芭比粉也很好看呵呵呵呵。"

"……"我和张发财和熊大默默地低下了头，他们的世界我们不懂，但是我们却感觉到了自己的无知与浅薄。

熊大捂住了脸，痛苦地撞墙："我竟然连李铁锤都比不上。"

"不要自责，"我说，"虽然你没有女人味，但是你有男人味。"

"谢谢你安慰我。"

我说："不谢。"然后就被熊大扔过来的手镯给砸了。

熊大看着镜子："虽然我这装扮很完美，但怎么看都不像白富美啊。"

我忍无可忍地说："你们难道就找不到一个审美正常的白富美来教你真正的白富美是什么样子的吗？"

听了我的话，所有人的视线都转向了容雨薇。

我恍然大悟——这不就是一个现成的白富美吗？

我和奶奶、张发财、李铁锤站在商场门口等待，终于等到容雨薇带着熊大出来，看到熊大的时候，我们眼前都一亮。

熊大穿着白裙高跟鞋，挎了一个链条小包，头发盘了起来，低着头，迈着小步慢慢地跟在容雨薇身后，虽然搭配简单，但看起来不知道为什么就觉得非常顺眼。

"嗯嗯，不错！"奶奶赞不绝口，"果然人靠衣装。"

我说："好看是没错，可这换装梗也用了太多次了吧，你们就不腻吗？"

"上次打扮不是没有达到应有的效果吗，而且你什么时候见过女人腻烦买衣服？"奶奶瞪我一眼，"告诉你，换装就是女人的浪漫，变美变好看无论多少次都不腻。熊大，你觉得怎么样？"

"挺好看的。"熊大说，"就是裙子有点短，穿着不舒服，这头发盘得也有点紧，而且我还是不喜欢穿高跟鞋走路。"

"那都不要紧，"奶奶说，"你看看这打扮的，一看就是矫揉造作的女配，似乎连身材都不一样了。"

容雨薇小声说："里面垫了东西。"

"哎哟，搞什么东西啦！"李铁锤很不高兴，"这是谁啊，一点都不像熊大了，不好看！这不是你，不适合你啦！丑死了！"然后他就飞了出去。

容雨薇收回踹出李铁锤的脚，笑道："万事俱备，只欠于飞。"

之前熊大已经顺利地给于飞发了短信，邀请他来看电影。

我奇道："你不是暗恋熊大吗？怎么会帮她追于飞？"

"你知道我的名字是怎么来的吗？"容雨薇道，"想当初，我妈妈也很喜欢看言情小说，所以她分别取了那时候最红的小说当中女性角色名字的一个字，给我命名。"

"什么女性角色？"

"容嬷嬷、夏雨荷和紫薇。"

"……所以呢？"

"于飞的名字太普通，一看就不是主角。"容雨薇说，"熊大不会和他有结果的。我现在尽力帮熊大，默默陪伴她，她记得我的付出，等有一天她对男人失望了，必然会投入我的怀抱。"

好有心计啊，你这个女人。

"怎么办？"离约定的时间越来越近，熊大开始紧张了，"我好紧张啊。"

毕竟这是她和男神的第一次约会，紧张也是难免的。

奶奶说："熊大，你要记住于飞的喜好，矫揉造作，优雅地拿姿态，走路要小步，做事要柔弱！按照奶奶之前说的女二的形象去做，一定不会有错的！"

遥想当年特训

不远处一辆商务车停在路边，于飞从车上走了下来。

奶奶推了一把熊大："去吧。"

熊大说："我有点不敢了怎么办。"

"这不像你性格啊，"我说，"你原来去他公司上班，肯定和他单独相处过吧？"

"是啊。"熊大说，"然后他就把我开了。"

"你这么害怕，不如放弃这次约会，我们回去吧。"容雨薇温柔地劝道。

奶奶说："不行，难得的机会，这会一定要约！"

熊大一把拉住张发财的手："你陪我去吧！"

张发财冷眼盯着熊大抓住自己的手，半晌，道："你去约会，关我什么事。"

"哎呀，别磨磨唧唧了，快去！"奶奶一把把熊大推了出去，

熊大踉跄了几步，正好被不远处的于飞看见，于飞挥了挥手，

走了过来，熊大马上撩了撩头发，一副腼腆羞涩的样子。

奶奶带着我藏在商场对面的花坛后，没想到花坛后面已经躲了两个黑衣人，奶奶斜视他们，低声对我道："是艾莎芝的人，她果然不会坐以待毙，也派出了人跟踪。"

奶奶和黑衣人对视，目光交汇之处电闪雷劈，然后他们三人同时转过头，看向熊大他们，奶奶道："看来今天是一场硬仗！我们不能输！一定要躲在隐蔽的角落里辅助熊大！"

你说得很对，可是路过的行人都用诧异的眼光看着我们。

奶奶对张发财和容雨薇挥手："快来快来，在那边太引人注意了。"

不，我觉得我们更引人注意。

容雨薇带着神秘的笑容走了过来："希望他们顺利吧。"

张发财则慢悠悠走向我们这边，奶奶十分着急："快点啊！快点！"

于是冷面总裁张发财也在花坛后蹲了下来。

我看着熊大，心情有些激动，有种努力了很久，终于要看到成果的兴奋感。

虽然我们场景跳得很快，但是这场景中间，其实已经过渡了几个月，毕竟将熊大打造成淑女并不是那么容易的，在这几个月的时间中，我们一边刺探艾莎芝和于飞的进程，一边让熊大通过聊天软件加强与于飞的联系。每次熊大发信息的时候，我们都围在熊大周围，各种斟酌遣词造句各种提意见，我还会把我为数不多的和女孩调情的经验告诉熊大。

"我可以和你分享和女孩聊天的程序，"我说，"基本我们都能愉快地聊下去。我觉得男女差异不大，我的经验你也可以用。"

"你说。"熊大拿着个小本本在记录。

我开始了对熊大的谆谆教导："想聊天的时候就问'在吗？''在？'或者一个微笑的表情，她回'在'，你就可以起很多的话题。比如说可以问她'在哪呢？干啥呢？吃了吗？吃了什么？'如果她一个人在外面，就和她说'玩得开心哟'。如果她说外面冷，被冻得瑟瑟发抖，你就和她说'快点回家，家里暖和，如果跑步回去，能更暖和哦'，还可以给她找几篇运动可以发汗的资料看，来展示你渊博的学识。有时候妹子没有吃饭，会说饿，这时为了表示出你的幽默，你可以说'幸好我刚吃完，一点都不饿'，或者是'别吃了，你那么胖再吃就成猪了'。为了表示你和她的亲昵，你还可以像老友一样，说'你看你闺蜜，比你好看还比你瘦，你为什么还要吃啊'。如果她身体不舒服，为表示你的体贴，你可以和她说'多喝点热水'或者直接说'连这种苦痛都受不了，又怎么能经历惨痛的人生呢？'如此这般，她们很快就会和你熟络起来了。"

熊大问："真的能聊下去吗？"

"当然了。"我说，"一般妹子们都会很高兴地说'呵呵''呵呵，我睡觉了'，或者'呵呵，我去洗澡了'，就是那些妹子都很爱干净很爱养生，下午六点就洗澡睡觉。"

奶奶问："那为什么你还没有女朋友？"

我说："不知道为什么，她们最后都把我拉黑了。"

"竟然拉黑？"张发财道，"搞不懂这些女人在想什么。"

"嗨！你们乱说什么，你们那套路肯定不行的，单身汉没有资格发言！"奶奶一把推开我，对熊大说："不要听他的，告诉你，我最了解女二的套路，你要和于飞这样说，'哥哥，人家最近心情不好，人家想要包包'，或者'哥哥，我发自拍给你看啊'，又或者'今天碰见艾莎芝了，她瞪了我一眼，我好生气呢'。总之，女人越讨厌什么，你就越要往那个方向发展，没有最讨厌，只有更讨厌，你能达到让人恨不得化作抗日前辈，手撕你的时候，你就成功了。"

"有人这么和我说话，"张发财道，"我应该只会回她一个字——'滚！'"

奶奶不爽了："那你要怎么说？"

"说什么？"张发财说，"什么都不说，直接亲上去就行了。"

"什么?!"奶奶和我义愤填膺。奶奶说："你那是性骚扰，我直接把你告到警察局！"我说："好羡慕你的勇气！"

"嗯？"奶奶看向我，我默默地低下了头。

"哎哟，"李铁锤说，"你们说得都不对，"

我们一起看向李铁锤，李铁锤伸着兰花指说："熊大就应该有熊大的特点，直接说，爱我，不然揍死你，那就行了呀。矮油，想想都受不了了呢！"

我们回过头继续争吵："我说得对！"

"听奶奶我的！"

"哼，我的方法才是最简单的。"

……

"咚咚咚，"容雨薇敲了敲小黑板，"肃静，听课！"

我们全都噤声，看着容雨薇老师。

"我告诉你要怎么说话，"容雨薇说，"回他信息的时候要带个钩子，嘘寒问暖的同时还要保持含蓄，保持神秘感。也就是说，平常收到他的消息，要尽快回，努力聊到灵魂层面，一旦他形成习惯之后，就要故意晚回，让他担心让他猜疑，适当地客气适当地疏离能让你在他心中越来越有存在感。说起来比较简单，做起来难，我来手把手教你吧。"

于是我们亲眼看着熊大手机上，于飞的信息从偶尔一条变成接连不断，熊大简直乐疯了，于飞一发过来短信就捧着手机跑去找容雨薇："我已经五个小时没有回他了，他不停问我怎么了，我要怎么回答。"

容雨薇微微一笑："回答说怕联系太多，你女朋友艾莎芝误会啊。他一定会说艾莎芝不是他女朋友。"

熊大发完信息之后，于飞的消息再次传来，熊大对容雨薇佩服得五体投地："太厉害了，你猜对了！"

容雨薇说："不要太高兴，离成功还有一点时间，现在你们只是网上聊天，见面深入接触以后很容易幻灭，所以还有很长一步路要走。"

奶奶看着这场景，不禁感慨道："这容雨薇真是把左女右表这个字演绎得淋漓尽致，太可怕了，幸好她不是我们的敌人。"

"于飞喜欢优雅做作的女人，做作暂且不提，女人要优雅，需要时刻保持微笑，就算说脏话的时候也要保持微笑，身体要挺直，站有站相坐有坐相。"容雨薇把熊大踩在椅子上的脚拿下来，放在地上，微笑道，"而男人，都喜欢身材好的美女，所以，我们要做体态训练。"

于是我们亲眼看到了在这段打造中，熊大做出了多大的努力，熊大每天小米粥就水煮青菜，每天长跑二十公里加各种有氧运动形体锻炼，不要说肉，几乎连油都没沾过。这对无肉不欢的熊大来说简直是难以想象的事情，后来我们吃饭都得躲着熊大，因为一旦有一点肉末，熊大就会狮子扑食一般地扑过来，幸好神一样的容雨薇总是会拦住熊大。

"优雅的女人不会喜欢那种油腻的东西。"容雨薇道，"她们最爱的都是水果和蔬菜！你一定要舍断离，有舍才有得，如果你控制不住，那不如就放弃于飞。"

于是熊大就吞着口水忍住了。

到了后来，据说容雨薇带她做美容，熊大看见按摩师倒出按摩油的时候，眼睛都亮了。

如果不是被美容院的人拼尽全力阻止，她恐怕连美容院的按摩油都要舔。

真是非常可怜。

虽然现在出现在于飞面前的熊大看起来优雅动人，俨然一个白富美，但我依然怀疑，在吃肉这块，容雨薇是故意的，容雨薇毕竟喜欢熊大，她想要用严苛的训练让熊大放弃于飞，没想到熊大都坚持下来了。

到了展示培训成果的时候了

我想起熊大那天在体育场夕阳下的奔跑，我和容雨薇张发财坐在体育场看她一圈一圈跑。

当她跑不动的时候，容雨薇就让我骑着自行车，跟在熊大身边鼓励她，张发财就继续坐在体育场旁边看着，我也不知道他一个酷炫总裁，怎么那么有空，天天跑来看熊大特训，还时不时挖苦两句，泼个冷水。

容雨薇在自行车上喊："加油，熊大！"

熊大说："不行，加不了了，没油了。"

容雨薇从包中掏出了一个鸡腿，对熊大晃了晃，熊大眼睛一下亮了。跟在我自行车后面，绕着体育场跑了一圈又一圈，终于跑完了当天的二十公里。

最后容雨薇把鸡腿收了起来，对熊大说："要优雅。"

熊大一下子瘫倒在草地上，脸上不知道是汗水还是泪水。

我能猜到熊大的视角，她刚开始看到的是天空，渐渐地，云变成了一个个鸡腿，她冲鸡腿伸出了手，眼前却突然出现了张发财的脸。

张发财居高临下地看着她。和晚霞融为一体、面如冰霜的张发财问："你就那么喜欢他？"

"呃……"熊大不自在了一下，"那啥你早就知道了，他是我男神。"

张发财说："他也有许多缺点的。"

熊大说："不可能，他是完美的。"

"他缺点多着呢，怎么就男神了？"张发财说，"他也会拉屎放屁挖鼻屎抠脚，他有时候睡觉还打呼！"

"胡说！"熊大一个翻身坐起来，怒视张发财，"男神不会这样！"

张发财说："你把他当偶像了是吧？你以为他是你想象中的人，可他不是。"

"你懂什么！"熊大生气地站起来，"我从高中起就一直看着他了，我了解他！"

张发财说："我比你更了解他！"

"你……你这个人，你又不和他搞基你能多了解他！"熊大怒走，"我走了，我不和你说了！"

"我当然比你了解他！"张发财对她的背影喊道，"我不只了解他，我还了解男人，我告诉你，男人没一个好东西，都是禽兽！你想象中的男人是不存在的！"

熊大没理他，气呼呼地走了。我走到张发财身边，非常愤怒："你骂你自己也就罢了，为什么要地图炮所有男人呢？我不是禽兽。"

张发财说："我现在非常不爽。"

我问"为什么？"

张发财沉默了一会儿，说："你说得是对的。"

我奇道："我说了什么？"

张发财闷声道："我好像真的喜欢她。"

我心想这还用说，作为你们这本言情小说唯一的读者老爷，我早就知道了好吗？我说："你和我说有什么用，去追她啊。"

"可我觉得不太对，"张发财捂头道，"我对自己产生了怀疑，我现在觉得我审美水平非常差。我怎么会喜欢这么傻的女人！我要好好想想这其中的道理。"

想个屁，你的审美水平我们还不知道？我从回忆中抽离出来，鄙夷地看了一眼堵在我身边的张发财，她傻，你也不聪明啊，你这不还是屁颠儿屁颠儿跑来监视她和别人的约会了吗？

熊大对于飞说："来了？"

"嗯，"于飞道，"你今天非常漂亮，我原来没发现你的身材和气质都这么好。"

"谢谢……"熊大优雅地点了点头，笑道，"你也很帅。"

我忍不住又看了一眼张发财，这家伙蹲在我身边，面无表情。

于飞笑着问道："先看电影还是先转转？"

熊大道："电影还没有开场，我们先转转吧。"

熊大和于飞沿着街道开始走，熊大穿着高跟鞋，走路十分不自在，很快就落在了于飞身后，于飞倒是很细心，走一会儿就停下来看看熊大，等着她。

于是于飞没看见熊大的时候，熊大就一瘸一拐，表情狰狞，于飞看向熊大的时候，熊大就挺直身体，挤出一副完美的气质笑容，举手投足异常优雅。

我看向容雨薇："怎么熊大还不会穿高跟鞋？"

容雨薇笑道："不知道呀。"

我恍然大悟，容雨薇当初训练熊大的时候，熊大穿的全是平底鞋！她的课程中从来没有穿高跟鞋这一项！

熊大之前穿平底鞋所练习出来的优雅地走路，到了高跟鞋这里，全都消失了。

"真糟糕。"容雨薇的语气很愉悦，"原来熊大竟然不会穿高跟鞋走路，这样下去，特训要泡汤的呀，约会要搞砸了呢，好可惜。"

我仿佛听到容雨薇的内心的声音：搞砸以后我就去安慰熊大，我平时对熊大那么好，这次她一定会明白我的心意。

容雨薇这种看似单纯的白富美，内心果然是黑的。

我说："为什么她穿高跟鞋那么痛苦？"

"你们不懂，"奶奶说，"高跟鞋就是刑具。"

我说："那为什么你们还要穿？"

奶奶说："因为美。"

"……"好吧。

熊大和于飞走的这街道是条风情街，于飞一路走，一路介绍着街道的景色："这条街道非常有风情，我很喜欢，尤其是这里的建筑，据说这种建筑起源于欧洲……"

熊大走着走着，忽然身体一顿，我们一看，顿时惊了，熊大高跟鞋的跟卡在井盖里了！

于飞没有发现熊大的异常，边走边道："这种地方一定要有树木，绿荫如盖，才能衬出建筑的美感……"

熊大提了几下腿，没把高跟鞋提起来，于是索性脱了鞋，蹲下，两手抓着高跟鞋往外拔！拔了几下失败了，又跪在地上拔高跟鞋。

她身体后倾，全身都在用力，姿势古怪，咬牙切齿，表情扭曲。要是于飞看见这情景，熊大的气质淑女的形象就全毁了。

那两个黑衣人一见机会来了，连忙在于飞身后吹口哨："嘘嘘嘘……"

于飞听到声音，回头，奶奶掏出两个墨镜两副口罩，给我和自己戴上，然后带着我一个箭步冲上去，挡住了于飞的视线："哎哟，这地方还真美啊。"

于飞往左，奶奶推我往左，于飞往右，奶奶推我往右，完美地挡住了于飞的视线。

此时熊大终于拔出了高跟鞋，但是因为后坐力，一下坐在了地上。

于飞指向我们："你们两位看起来有点面熟啊……"

奶奶拉着我走开："我们面善嘛。"

于飞再回头，看向熊大，熊大刚把鞋穿上，还没完全站起来，机智地摆了一个性感的姿势，双腿微曲，单手撑腿，另一手别着头发，高傲地说道："欧洲范儿。"

于飞笑了笑，道："很美。"然后走过去，和熊大并排走。

我和奶奶跑了一个小圈，绕回遮挡物后，继续跟踪熊大他们。

这时原本一直跟在我们身边的黑衣人却不见了。奶奶问："人呢？"

张发财说："不知道。"

奶奶说："我有种不祥的预感，就像我们一直在关注艾莎芝的一举一动一样，艾莎芝一定也在调查我们，她必然知道我们的弱点，这两个黑衣人……"

奶奶话音未落，我们忽然闻到一股浓郁的香味，转头一看，我们顿时惊了，那两个黑衣人换了副装扮，推着一辆烤鸡小吃车过来了，一边走，一边道："烤鸡！一只五十！烤鸡！一只五十！烤鸡翅烤鸡腿鸡肉串！应有尽有，香喷喷的烤鸡了！"那烤鸡香气四溢，肉香顿时弥漫在整条街道。

所有人的视线都集中在了烤鸡上面。

奶奶叫道:"不好!要糟!吃烤鸡最难优雅!而且熊大吃烤鸡的样子最丑!一定不能让于飞发现!"

果然,半个月没见油水的熊大眼睛一下直了,半张着嘴,盯着那烤鸡车,不停地咽着口水。那小吃车推到熊大身边,速度放慢到几乎静止。

"怎么在这种地方卖烤鸡,"于飞皱眉道,"破坏了这里的整体风格。"

熊大,舔了一口口水,说:"是啊,好奇怪啊。"

如果放大她的双眼,那么她的眼睛里应该装满了烤鸡。

危机时刻,奶奶想要挺身而出,我一把拉住她:"不行!刚才于飞已经看见了我们一次,再出去容易被他发现。"

奶奶只好紧张地握拳,看着熊大,说:"熊大!加油!熊大,挺住!熊大!你可以的!"

"要吃烤鸡吗?香喷喷的烤鸡!"黑衣人拿出一只鸡腿,在熊大面前晃了一圈,"精选内蒙古草原上、吃无公害嫩草长大的草原绿鸟鸡,皮脆肉嫩,再采用一百零八种秘制调料加新西兰野生蜂蜜腌制,烤制时采用法国特级初榨橄榄油。你看这鸡,香气四溢,滋滋流油,令人食指大动,原价三十八,如今特价,跳楼大减价,一个鸡腿只要十块,没错,十块钱一只特制鸡腿,十块十块只要十块,十块钱你买不了吃亏买不了上当!还在等什么,快来采购吧!"

这工序这原料却有这么平民的价钱，折扣力度这么大，必然是厂家倒闭，老板娘跟着小叔子跑了，老板跟着小姨子跑了，真是喜闻乐见的好消息。

熊大不停地咽着口水，仿佛被吸引过去了一般，黑衣人脸上露出了奸邪的笑容。

就在这时，熊大忽然朝黑衣人一笑，黑衣人一愣，熊大伸手指向于飞后方："哎，你看那个黄色的是什么？"

于飞闻言，转身看去："黄色的东西？"

与此同时，熊大以迅雷不及掩耳盗铃之势扔下十块钱，然后抢过黑衣人手里的鸡腿，风卷残云一般啃着鸡腿。

于飞转回头："是什么？"

熊大刚好啃完一个鸡腿，手藏在身后一弹，骨头就被弹到了路边的垃圾箱里，笑道："哎呀你没看见吗？就是那朵黄色的花，好漂亮呢。"

于飞笑道："没想到你是个这么有生活情趣的人。"

"我热爱生活嘛。"熊大说。

于飞点点头："不知道是不是我的错觉，我觉得你现在看起来非常闪亮，尤其是嘴唇。"

废话，啃了一只鸡腿，嘴上全是油，能不亮吗？

于飞问："你要吃烤鸡吗？"

"不吃，"熊大说，"我喜欢吃蔬菜和水果。"

于飞点点头："想不到你是一个这么注重养生的人。"

于飞和熊大说说笑笑地走了，丢下了被熊大十秒啃鸡腿震撼住的两个黑衣人和孤零零的烤鸡车。

我们从草丛中出来，我和奶奶胖揍了那两个黑衣人一顿，然后一人丢下十块钱拿起一个鸡腿，边吃边看着于飞和熊大的背影。

"很好！"奶奶道，"熊大这姿态非常完美，我们又解决了艾莎芝的人，只要不出意外，接下来的计划一定会非常顺利。"

"不一定，"我说，"这世上有种 Flag 叫你觉得没事的时候一定会出事，现在这么顺利，一会儿说不定会发生意外的突发情况。"

"怎么能这么说呢，"奶奶信心十足地道，"这世上事情都是有概率的，意外这种小概率事件哪会有那么容易发生。"

张发财道："这可不一定。"

这时前方忽然有人喊道："小偷！抓小偷！"

我们马上往前看去，只见一个人正抱着个包往前跑。

我和张发财一起看向奶奶。

奶奶说："糟了，我忘记我们言情小说谈恋爱必然会出现波折这一先决条件了！只要谈恋爱，一定会出现意外！"

这时那小偷已经跑到熊大身前，伸手推熊大，凶道："别挡路！"

我们暗叫不好！熊大这种响当当的汉子，路遇小偷怎么可能视若无睹？！

果然，只见熊大先以鹰的眼睛锁定了小偷，然后以豹的速度冲了上去，又以熊的力量将他一脚踹倒，一边踹一边道："光天化日大庭广众之下竟然偷东西！有手有脚干什么不好竟然偷东西！"

周围行人拍手叫好，被打得毫无反抗之力的小偷被追寻而来的保安制伏。

熊大拍拍手，回身，看向呆若木鸡的于飞，马上意识到自己暴露了本性，惊慌地望向我们。

奶奶对她比手势："装柔弱！装柔弱！"

熊大马上意领神会，娇滴滴地道："哎哟，踢得我脚好疼。"然后瞪向小偷，"你身上肉怎么那么硬！"

鼻青脸肿的小偷一脸不可思议地看着熊大："怪我喽？"

"不是你我脚会疼吗？"熊大在于飞看不见的地方又揍了小偷一拳，然后走到于飞身边："哎呀刚才真是吓死我了，那个小偷竟然冲向我，我一个手无缚鸡之力的弱女子，差点就被他伤害了呢。"

"……"于飞说，"我们去看电影吧，秘书已经帮我们订好了票。"

于飞背对着我们，我看不见他的表情，但是我能看见小偷委屈的模样。

我说："就算没有艾莎芝的阻挠，这约会还是困难重重啊。"

"不着急，他们马上就去看电影了。"奶奶说，"艾莎芝的手下已经解决了，意外也发生了，接下来就顺利了，要知道，影院可是增进感情的好地方！"

张发财说："那可未必。"

"嗯哼。"容雨薇一手一只鸡腿，神秘地笑了。

她这一笑，似乎有什么阴谋……等下！我说："你不是说优雅的女人爱吃素吗？"

"是啊。"容雨薇优雅地咬了一口鸡腿，"可是作为一个美丽的女人，是要吃肉补充营养的。"

Part 11

看电影看的是爱情，拆情侣拆的是正义

你以为看电影只是简单的看电影

根据容雨薇的教导，优雅女人看电影的标配是爱情片和文艺片，于是当初于飞问熊大看什么的时候，熊大就说要看爱情文艺片。

进入电影院之前，奶奶道："约会三套路，逛街吃饭看电影，逛街会让男方疲劳，还会因为消费观不同而产生矛盾；吃饭需要找话题，一旦冷场非常容易尴尬。这其中，看电影是最安全可靠有保障的，首先，它花费少；其次，看的时候不用聊天避免尴尬，看完之后还能找到聊天的话题！堪称完美！"

我一看排片表，上面有一部我一直想看的大片，心生一计，马上问道："那看到烂片了怎么办，你懂烂片的威力吗？那些片子不明所以不知所云，看完以后你会怀疑人生怀疑世界怀疑自己的智商，陷入一片空虚和愤怒之中。你会想我是谁，我在哪儿，我在干什么？我是不是个弱智？如果我不是弱智，我怎么会来看这片子，而且这片子明显烂到死我却还看不懂，不明白他在说什么？难道我真是个弱智？可如果我真是弱智，那我之前的生活又算什么？我真的上过学吗？我学过算术吗？如果学过，我又为什么要用一顿午饭钱去看这个烂片？午饭至少能让我的生命延续，而这个电影呢？这个电影能带给我什么？我竟然舍弃了午饭而选择了这个烂片，我这样对得起给我付学费的父亲，教我数学的体育老师和生我养我的母亲吗？我竟然用午饭钱去看烂片，我这么奢侈，简直是罪大恶极，浪费就是犯罪，犯过罪的我有什么资格活在世上！我看了个烂片，我真是个人渣！"说到这里，我眼眶已经湿了。

张发财看看手中的电影票，又看了看我："看来你经历了很多啊。"

奶奶说："哎，不就是看了一个烂片，至于吗？放心吧，这次不是你付钱，是张发财买的票。"

"可我心中的悲伤停不下来。"我十分痛心地擦了一把眼睛，"因为我又想到，如果把咱家的事拍成片子，十有八九也是个大烂片，什么女主世家，简直莫名其妙！仔细想想，我们的行为是多么的神经病！烂片已经够烂了，然而我的生活比烂片更烂！那我就不是普通的人渣，而是个很烂的人渣！想到这里，我就……"

"去你的！"奶奶忍无可忍地推了我一把，"厉害了你啊，一只猴子，还学别人指桑骂槐！还一骂把我们全都骂进去了。你别以为我不知道你想什么，你不就是不想看爱情文艺片想自己去看美国大片吗？扯那么多有的没的，活该你单身！你真以为情侣约会是来看电影的！告诉你，他们看的不是电影！"奶奶叉腰道，"是爱情！"

我和张发财二脸茫然："爱情？！"

"你想啊，在电影院里，年轻男女紧紧坐在一起，忽明忽亮的灯照着彼此的脸，勾勒出对方的睫毛、鼻梁和嘴唇，其中女主伸手去拿爆米花，却碰到了男主的手，两人一怔，然后同时收回手，小声道歉，心跳如鼓，暧昧的气息在黑暗中弥漫，这时，女主的东西掉在了地上，女主伸手去捡，却发现男主也同时弯下腰来捡，二人的手握在了一起。女主想要收回手，男主却没有松手，二人对视，都移不开自己的眼睛，却能感受到彼此的体温、呼吸的气息、强烈的心跳和迷人的荷尔蒙。电影院里坐满了人，却没有人发现他们的小动作，好像整个世界只剩下了他们，然后，他们的脸越来越靠近，越来越靠近，呼吸交织在一起。"奶奶捧脸笑道，"哎呀，真是浪漫死了！"

　　"怎么可能？"我哈哈大笑，"您口中那地方，写作电影院，读作小旅馆吧？这不可能，我有过和女人看电影的经历，我了解！上学时候我和我喜欢的班花去看电影，她说买一桶爆米花，我说一桶不够吃，买了两桶，各吃各的，一点不打扰。看电影看到一半她也是东西掉了，我捡的时候，她拉着我的手不松，我说，你松手，不然我起不来了，她还是不松，就那么看着我，眼睛亮亮的，漂亮极了。我朝她笑了笑，就用力去拔我的手。那班花长得虽然好看，但是劲儿特别大，我特别用力去拔，才把我手拔出来，拔出来的时候用力太大还摔了个屁墩儿，不过我比较体贴，还和她开玩笑说你下次别那么大力，你看我手都被你握红了。"

　　忽然所有人都用同情的目光看着我。容雨薇问："然后呢？"

　　我答："然后那班花就再没理过我了。"我叹了一口气，仰望天空，"大概她还是不喜欢我吧。"

"……"张发财说，"你还真是经历过挺多事的。"

奶奶扶住额头："猴子，你这个人啊，注定孤独一生。"然后奶奶看向熊大，欣慰地笑了，"幸好熊大不像你，你看，他们只要了一桶爆米花！"

电影开始了，我坐在熊大身后，看着熊大的一举一动。

熊大不愧是奶奶教导出来的，电影开始没多久，她就行动了，伸手去拿放在座椅把手上的爆米花。

动作流畅自然，毫不刻意。

然后熊大动作一顿，露出了羞涩的表情，看来是像奶奶所说的，在爆米花桶里碰到了别人的手。

熊大收回手，小声道："对不起。"害羞地看向那人，然后愣住了。

座位旁的男人转过头，露出一张陌生的脸："这是我的爆米花，不要乱碰。"然后那男人把爆米花从把手上拿下来，抱在怀里，一边吃一边看电影。

隔着那个男人，于飞探头，拿着爆米花桶伸了过来："要吃爆米花吗？"

"谢谢！"熊大费劲地伸出手，去抓桶里的爆米花。

他们中间隔着的那个人，面无表情，当他们不存在一样，自顾自地吃着爆米花。

气氛非常尴尬。

我看向左边，与我隔了一座的奶奶："奶奶，你现在感想如何啊？"

奶奶很生气："这个于飞，怎么搞的！约会看电影竟然不订连座！”

我说：“我们也不是连座啊。”

与奶奶一座之隔的张发财说：“这电影剩下的座位就是这样，只剩单号隔座，没有单双连座。”

“什么？”奶奶隐隐皱眉，看向她两边的陌生人，“糟了！恐怕这并不是简单的巧合！”

随着她的惊呼，周围单号座位的人齐刷刷地转过头，看着我们。

大隐于市的神秘组织

张发财问：“难道这是有人计划的？”

我说：“那一定是艾莎芝！没想到她竟然还有这么一招！”

“不。”奶奶缓缓摇头，脸色深沉，“不是艾莎芝，艾莎芝不会请这种‘邪教’来帮助自己，那可是杀敌一万自损三千的事情，到底是谁让他们来的？”

容雨薇淡淡一笑。

“邪教？”我惊恐地压低了声音，“这是什么邪教？”

“这是言情小说中最大的邪教，也是所有男主女主最害怕的邪教——”奶奶顿了一下，一字一句，严肃地吐出了邪教的名字，“现充去死之单身狗联盟，又被称之为情侣去死去死团，简称FF团。”

我：“……”

"你竟然一脸不以为然！"奶奶十分紧张，"你知道这邪教的口号是什么吗？是拆散天下有情人，烧死异性恋！宁拆十对，不放一双！凡被他们盯上的情侣，不分手也得伤筋动骨掉层皮！看样子他们是盯上熊大和于飞了，这可糟了！看来我们的计划没有办法实现了！"

我说："有那么可怕吗？"

"当然了，"奶奶斩钉截铁地回答，"为什么男主女主总是会那么恰巧地看见自己的女友男友抱着另外的人从而产生误会？为什么情侣总是会撞破另一方的奸情吵架甚至分手？为什么两个人说话说到关键时刻总是有各种突发事件打断他们的话？为什么女配挑衅女主的时候男主看不到而女主反击的时候总是会被男主看到？为什么两个人柔情蜜意感情要升温的时候就会出来人搞乱？"奶奶一边说一边瞥向坐在我和奶奶中间的男人，"你以为这都是巧合吗？"

"怎么会是巧合呢？"那男人戴上眼镜，镜片一闪，冷笑一声，插话道，"这都是我们的功劳！你说的没错，我们就是认为世上情侣千千万，拆散一对算一对，可这是正义的，你知道情侣有多大的危害吗？"

我问："多大？"

"情侣这种生物，明明是两个人，却要腻歪得像一个人一样，我们自小学习自己的事情自己干，可是那些情侣，却经常自己的事情让对方去做，简直是智力的退化，他们还在公共场合，勾肩搭背旁若无人，有碍市容！不仅如此，情侣还喜欢在朋友圈微博晒恩爱，一天晒八十次，除了莫名其妙的自拍，还有那些亲亲老公、猪头达令之类恶心肉麻的对话截图，不仅妨碍你看其他信息，还要让你点赞，此情此景，你难道不觉得生气，不觉得辣眼睛吗？"

"对！"我用力点头，"太辣眼睛！"

"而且情侣购物也会变多，他们会买很多无用的情侣衫情侣帽子情侣鞋子情侣胸针情侣包，这世界污染已经那么严重了，为了给他们生产那些垃圾，我们美丽的地球又会变成什么样！还有花，他们摘了那些美丽的花儿，就是为了博取对方的欢心，这简直是践踏生命的举动！最可恨的是，他们一不留心就会生个孩子出来，现在地球上人口已经要爆炸了，他们还生！还生！我们生产那么多避孕套出来，污染了那么多环境！他们却毫不在意！你说他们可不可恨？！"

我咬牙切齿："可恨！"

"以上都是物质上的危害，他们对我们还有心灵上的危害，就是因为有那么多情侣，所以才会有那么多第二件半价的东西，所以一个人去吃自助才会被人收掉没吃完的盘子，就连打个游戏，都有情侣功能！这世界，简直充满了对单身的恶意，你说，我们心理怎么能平衡？！"

我说："不平衡！"

眼镜男握拳："所以拆散情侣有助于降低地球人口，节能减排，降低生育率，保护环境，提高人口素质，调节民众心理，实现民族的伟大理想。"

我十分感动："太伟大了！"

眼镜男手一伸，继续说道："不用赞扬我们，我们是孤家寡人，这是我们的理想，也是我们的信念！为了彻底贯彻我们的目标，我们的同志做出了不少努力，就这个电影院来说吧，为了不让情侣坐在一起，这个电影我已经看了十遍了！"

我惊道："你这么敬业。"仔细看看，这放映厅里，除了我们几个，双数座位都空着，其余全是单数座位，这得要多少钱啊。

"我不算什么，看那边那个……"眼镜男指向一旁的女人，那女人正在笔记本电脑上不断打字，"那个美女，已经为了工作几天几夜没有睡觉，可她依然坚持在这里奋斗！"那女人转过头，面色憔悴地对我们深沉地点了一下头。

"还有那位小朋友，作业没有做完，回家会被爸爸揍，但他找了一个探照灯头盔，坚持在电影院的噪音和灯光的影响下完成作业！"

头顶探照灯头盔的小胖子转过头，对我们深沉地点了一下头！继续埋头写作业。

"还有那位大爷，今年已经进了三次病危病房，但他为了理想，依然带着挂瓶来到这里！"

插着呼吸管的大爷颤悠悠地抬起连着输液管的手，对我摆了摆！

眼镜男的眼角渗出了泪水："大爷说，生命只有一次，他要把有限的生命投入到无限的 FF 事业中去，有的死亡轻于鸿毛有的死亡重于泰山，中国人啊，就是缺少信仰，而他还有信仰，这个信仰，就是拆散情侣。他已经拆散了一辈子的情侣了，以后也会继续拆下去，大爷说，只要他还有一口气，他就要把拆散情侣这件事做到底！因为，这是他毕生的信念，如果有一天，他离去了，他希望我们能继承他的衣钵，将拆散情侣这个事业延续下去，将这个事业变成一个传统，毕竟只要有人做，我们精神在，信仰就在……"

"太感人了……"我哭了，"你们这是无名英雄啊！"

"不。"眼镜男说，"我们不是普通的无名英雄，我们是心系苍生无欲无求忠肝义胆的无名英雄！"

"我佩服你们！"我紧紧握住了眼镜男的手，"你们是祖国的栋梁！"

眼镜男擦了擦眼睛，递给我一张名片："我觉得你与我们十分投缘，如果想要加入我们……

奶奶一把夺过我手中的名片，看着眼镜男，笑道："哼，你以为FF团真的能只手遮天吗？我们可不是普通人，我们可是言情女主世家！未必会输给你！"

 # 螳螂捕蝉黄雀在后 #

随着奶奶的宣战，坐在我前面的熊大也开始行动了，她掏出手机，"不小心"将手机掉在了地上，熊大很做作地"哎呀"了一声，手放在嘴边，舔了舔嘴唇，准备说话。

"不愧是熊大！聪明！"奶奶喜形于色，"他们中间只不过隔了一个人，东西掉了于飞也可以帮忙捡，这个办法一定行……得……通……"

奶奶最后三个字越说声音越小，因为我们已经看到，坐在熊大旁边的 FF 团成员"以迅雷不及掩耳盗铃之势"捡起了熊大的手机:"你手机掉了。"

熊大左手拿过手机,右手扔掉了钱包,那人又以闪电之势捡起了钱包,偏过头,朝熊大露出了一个嘲讽之笑。

熊大伸手,手中握着眉笔眼线笔口红唇膏镜子公交卡硬币等物,那人诧异地睁大眼睛,额头有汗滴落,熊大手一松,东西哗啦啦往下掉。

那人把钱包往扶手上一放,手上动作极快,唰唰几下,用手指夹住了掉落的所有东西。

熊大眼中凶光毕现,我劝眼镜男:"你最好别让他继续下去,不然惹怒了熊大,就不好收拾了……"

我身边的眼镜男笑道:"我们安排在情侣身边的人,都是有两把刷子的,就算她再扔,这位兄弟还是能接住,为什么呢?因为他还有嘴,可以用嘴巴叼住!我们团的兄弟功夫这么厉害,我们还怕什……么?"

他最后三个字的声音因为信心不足抖了起来,因为他看见了熊大手里的东西!

那是一个哑铃!

当初特训的时候,为了多消耗热量,熊大腿上绑着个哑铃,没想到今天出门约会她也带着了,而且竟然派上了用场!

熊大居高临下地笑着——有本事你叼住啊!

FF 团的男人惊恐地摇着头!

熊大手一松,哑铃"Duang"的一声掉在了地上。

FF 团的男人缩回座位上,一脸惊恐。

"哼。"熊大转过头，瞪了眼镜男一眼。奶奶也得意地挺直了腰杆："我们赢了！"

"厉害！"眼镜男说，"这比试果然精彩，我们技不如人，输得心服口服。"

等下，为什么我总觉得有点不对？

熊大捂住嘴，柔弱地道："哎呀，我的哑铃不小心掉了！"

"……"于飞看着地上，"你什么东西掉了，怎么那么大声音？"

"那个……呃……"熊大声音越来越低，"哑……那啥……"

是了，我知道哪里不对了！你电影院里掉个钱包掉个手机掉个口红还算正常，你掉个哑铃算什么事！而且哑铃这东西是随身品吗？

于飞弯下身去捡，熊大见机不可失失不再来，马上也俯下身去，然后我们这一派所有人都站了起来，伸头去看。

于飞在地上摸索："你掉的是什么？"

地面就那么大，他们中间的男人又被熊大吓得缩回在座位上，二人很快就摸到了哑铃。

"是这个吗？"于飞惊疑地问。

"嗯。"熊大羞涩地点了点头。

于飞说："我帮你拿起来。"

熊大说："一起。"

于飞笑道："不用，我来。"然后拎了一下，没拎起来。

熊大说："一起嘛。"单手轻轻松松拎起了哑铃。

于飞惊讶抬头，正好看见熊大的脸，二人忽然都不动了，看着彼此。

"好！"奶奶暗赞一声，"虽然中间有波折，但殊途同归！气氛到了就好！"

于飞说："你……"

熊大说："你……"

于飞尴尬地咳了一声，熊大害羞地低下了头

于飞说："你先说。"

熊大说："不，还是你先说。"

张发财冷哼道："要不要一起说啊……唔唔唔……"他被奶奶捂嘴按了下去。

"刚才我好像听到了个耳熟的声音。"于飞抬头，我们齐刷刷地坐下，低头的低头看电影的看电影。

"声音？没有啊。"熊大慌乱地岔开话题，"你你你……你刚才想说什么？"

"我一直都想说，但是不知道该怎么说，其实……"于飞话说到一半，电话铃声忽然响了，他低头看了一眼电话，"不好意思，我出去接个电话。"

熊大玩着哑铃，抱怨道："怎么就走了。"

"走了你不赶快跟上去！"奶奶说，"按照剧情，这时候的电话绝对不简单。"

"有道理！"熊大站了起来。

张发财也站了起来，伸手拦她："他……"这时张发财电话也响了，张发财低头看了一眼手机，表情一变，面色凝重地走了出去。

这下没人拦，熊大起身就要往外走，所有单数座位上的人都站了起来，以眼镜男为首的 FF 团挡住了熊大的去路，所有人把外套一脱，露出里面黑底红字的 FF 的 T 恤。

眼镜男道："要想谈恋爱，先问过我们兄弟。"

"你谁啊你！"熊大一拳打在眼镜男脸上，眼镜男倒了下去。这动作仿若一个信号，FF 团的人们蜂拥而至，丧尸一样涌了上来，熊大挽起袖子，活动了下关节，勾了勾手指："来啊！"

接下来的画面在我的眼里变成了一串慢动作，熊大赤手空拳冲进人群，拳拳到肉，所过之处，人仰马翻，FF 团的成员们不断被她打飞，又有人不断冲了上去，场面惨烈，不忍直视。

我看着那些抛头颅洒热血的 FF 团前辈们，心中又感动，又激动，忍不住挥拳道："加油！"

话音未落，我就被奶奶敲了后脑壳："别以为我不知道你在为谁加油！"

熊大以拳开路，所过之处，尸横遍野，纵然熊大身手不凡，FF 团人数众多，她也慢慢变得力有不逮，尽管如此，她还是拼命打出一条血路，杀出了放映厅。

熊大奔了出去，我们则扒在墙角偷看。

于飞站在放映厅外的走廊上，对着手机急道："你说什么？"说话间转身，看到熊大出来，愣了一下。

熊大马上转身，深呼吸了几下，调整自己的呼吸，抹去脸上的汗，这才转过去，把打架打得发红的拳头背在身后，笑着说："呃，里头太闷，我出来透个气，怎么了？"

于飞慢慢放下手机，对熊大说："没什么……电影好看吗？"

"好看，"熊大说，"爱情文艺片，演得和我们的青春一样，打架自杀流产劈腿……精彩得很，你不看吗？马上就该结尾了。"

于飞说："对不起，这电影我恐怕不能陪你看下去了。"

熊大呆了："为什么？"

于飞说："刚才艾莎芝给我打电话，她在机场，马上要飞去芝加哥，很有可能以后再不回来了。"

熊大问："所以呢？"

于飞说："我现在要去机场。"

熊大愣了半晌，说："哦。"

于飞点点头，转身走了，留下熊大背着通红的手，独自站在空荡荡的过道里。

这是什么剧情呢？

英勇无畏的公主穿过荆棘，跨过河流，打过恶龙，百般努力之后，终于站在了心心念念的王子面前，想对王子说："嘿，我喜欢你。"

王子却说："对不起，我要去找别人。"

电影散场了，人流接踵而出，从少到多再到少。

那么多人从熊大身边走过，熊大却一动没动。

她站在那里，带着几个月特训的努力，站在不合脚的高跟鞋上，穿着不喜欢的衣服，背着从没背过的娇贵皮包，顶着不舒服的发型，一动不动地看着于飞离去的方向。

Part 12

画风不同怎么谈恋爱

唉，这俗套的剧情

过道的拐弯处，张发财走了出来，看着熊大的背影。

我看着你，而你却望着他。

我们看着他们，没有人说一句话。容雨薇轻轻地叹了一口气。

不知道为什么，忽然觉得有点虐。

"搞什么！"奶奶忽然怒喝一声，一把拽过我，气呼呼地走到熊大身边，"胜负未分！我们还有机会！不要这么垂头丧气！"

熊大没有说话。

我觉得有些尴尬，连忙应和奶奶："怎么说？"

"艾莎芝这个心机鬼竟然使出了你再不来就见不到我的'离别识心'招式，真是令人不齿！"奶奶道，"当一个人习惯了另一个人的陪伴以后，后者突然消失，前者必然会不习惯，甚至焦躁不安，患得患失，最后前者赶上去，后者绝对没有走，二人再次相见，前者知道了对方的重要性，必然会更加珍惜后者，用这种手法提升感情，实在是高端！"

我说："那我们要怎么办？"

奶奶说："假戏真做，让假离别变成真错过！艾莎芝那么自信，既然说了要走，就必然订了机票，只要我们拖延于飞的脚步，让他追不上艾莎芝，两人一旦错过，艾莎芝远在天边，我们熊大近水楼台先得月，机会就大了！"

我说："于飞都跑了，怎么拦他啊。"

奶奶沉思了片刻，忽然眼睛一亮，转头看向正在擦嘴角的血的眼镜男，阴笑道："喂，FF团，你们要不要来拆散一对情侣啊？"

敌人的敌人就是朋友，奶奶深知这一点。

我们坐在容雨薇的车里，眼镜男在手提电脑上飞速地输入程序，电脑上出现了数不清的小窗口，眼镜男道："这是我们全市的监控录像，我们侵入了监控系统，能看到所有的监控画面，还能定位所有车辆。"

我感慨道："这么厉害！"

"当然，"眼镜男说，"否则我们怎么能知道那些情侣的位置？不知道他们的位置我们又怎么去拆散他们？"

奶奶道："别解说了，干正事！"

"别急。"眼镜男在电脑上摁了几下，然后我们在监控里看到于飞在道路上奔跑的画面。

"出现了，日剧跑！"奶奶叫道，"经常出现在日本爱情连续剧里面的桥段，无论多紧急的事情，绝对不坐车，一定要跑着！一路跑过去！"

这里和机场相距二十多公里路，他能在飞机起飞前跑过去就算他厉害！

果然，于飞跑了一阵，满身大汗，跑不动了，伸手拦了一辆出租车。

　　"坏了，他坐车了！"奶奶急道，"不能让他赶上，快跟上。"

　　"别急。"眼镜男一边让司机跟上于飞的车，一边拿出对讲机，"行动代号1414174，注意尾号为789的蓝色出租车，想办法拦住它，别让它上机场路。"

　　几个FF团的团员迅速跑到前面的公路上，在公路上拉了黄色警戒线，立了个修路的牌子。

　　于飞的车只好拐到其他道路上，但在眼镜男的指挥下，四面八方的车汇集到一条马路上，穿着FF团T恤的车主们挡在于飞的车前，慢悠悠地开着车，不一会儿，道路就被堵住了！

　　我们隐藏在不远处的岔路，眼镜男推了下眼镜："这下他绝对没有办法按时赶到机场。"

　　"牛掰！"我对FF团越发敬佩，竖起了大拇指。怪不得言情小说中一方要走另一方总是赶不上，原来是因为你们在幕后干预！

　　眼镜男谦虚地点了点头。

　　熊大一言不发，盯着显示器，于飞从车上下来，往前走问情况，又往后走敲人车窗，焦急之色溢于言表。

　　时间一分一秒地过去，于飞不知道看了多少次表。

　　"他前后都被堵住了，"眼镜男得意道，"他想退，也退不出来。"

　　这时奶奶却叫了一声："哎呀！这是在搞什么？"

　　我们转头一看，一辆摩托在车水马龙之间穿梭，停在了于飞面前。

　　摩托车主一摘头盔，我们全都惊呼出声："熊大！"

我们再往刚才熊大坐着的地方一看，她不知道什么时候已经不见了。

奶奶和我一脸蒙："她刚才不是在这里吗？"

"什么时候出去的？"

"就在刚才。"张发财打开车门，跳了下去，"你们高兴的时候。"

熊大带着于飞，穿过了车龙，继续奔向机场。

"熊大怎么了！脑子是不是坏了！"奶奶一脸恨铁不成钢，急道，"她这是在干什么，快拦住她！"

"没问题！"眼镜男又下了几个指示，FF团在地上撒了钉子，熊大的摩托开过那个路段，被扎破胎，只能停在路边。

监视器上，熊大和于飞检查着摩托的轱辘，一筹莫展。

奶奶安心了："这下就没问题了。"

却没想到又有一辆车停在了他们面前，车窗打开，里面露出了张发财的脸。

熊大和于飞上了车，车朝着机场飞驰而去。

"有没有搞错！"奶奶说，"这都拦不住！"

"没关系，"眼镜男看了看表，"路上已经耽误了这么多时间，他应该赶不上飞机了。"

"按照剧情进展，这种时候赶到机场，应该是飞机刚刚飞走。"奶奶沉思片刻，"以防万一，我们也去机场看看！"

果不其然，当我们赶到机场，艾莎芝的航班刚刚飞走。

于飞、熊大和张发财站在机场大厅，于飞还不死心地问咨询处："飞了？真的飞了？没有晚点？"

"是的，先生，航班没有延误，按时起飞。"

于飞扶住了头。

熊大站在他身旁，张发财则在他们身后，不近不远地跟着。

我对奶奶说："和你说得差不多，看样子这次不会出什么岔子了。"

"那可未必，"奶奶忧色重重，"接下来才是最危险的。"

"接下来？"我望向那边。

于飞满脸茫然失意之色，他身边的熊大，正在左顾右盼环视四周。

忽然，熊大眼睛一亮，伸手拍了拍于飞的肩膀，指向某个方向。

我们顺着熊大指着的方向看去，过往人流之后，站着一个女人，一身名牌，美貌惊人。

艾莎芝！

于飞飞一般地跑了过去，抱住了艾莎芝："我以为你真走了。"

艾莎芝说："我换了下一班飞机，如果你还不来，我就真走了。"

于飞说："幸好你没走。"

艾莎芝问："如果我走了呢？"

于飞说："那你走到哪里，我就追到哪里。"

艾莎芝说："你不是嫌我烦吗？不是不喜欢我吗？"

"原来我是真的那么想，"于飞说，"可是当你说你要走了，一想到你以后真的不会出现在我面前，我才发现我真正的心意。我爱你，我不会放你走了。"

两人紧紧抱在一起，看起来俨然一对佳偶天成的金童玉女。

我们走到熊大身边，奶奶很不高兴，问熊大："你怎么还帮他？"

熊大没有回答。

"可恶!"奶奶气愤地说,"我就知道她会在离别识心之后使出这一招欲擒故纵!这女人太有心机了,不过没关系,我们还有FF团,可以继续拆散他们!"

"没错!"眼镜男道,"看他们甜甜蜜蜜的真气人,干脆拆散他们!"

"算了……"熊大小声说,"就这样吧。"

"什么?"奶奶惊道,"你不是……"

这时于飞走了过来,我们连忙转过身,装路人。

于飞对熊大道:"这次谢谢你了。"

熊大说:"没什么,我们好朋友嘛,你追女朋友,我当然得帮你一把。"

于飞笑道:"你这么说话自然多了。"

熊大:"……"

"虽然你很好,但是不适合我,我还是喜欢她。"于飞看了一眼张发财,"你肯定能找到更好的。"

熊大低着头,没有说话。

于飞拍了拍我的肩膀,道:"帮我劝一下她。"

"???"我满头问号,看向了同样满头问号的奶奶,然后一下子想通了,顿时尴尬得无与伦比。

这人早就发现我们跟在他身后帮助熊大了!

不过也是,我们这么大动静,他怎么可能发现不了?

我和奶奶一起捂住脸。

这场面尴尬!太尴尬了!我的尴尬症都要犯了!

"你确实是搞错了,"张发财上前一步,站在了熊大和于飞中间，"她不喜欢你，她喜欢的是我，那电影本来是我俩约好一起看的，但你也知道，我最近有多忙，没办法腾出时间，她一赌气，就约你出来看了，想让我吃醋罢了，不然她为什么又要带你来追艾莎芝呢。"

"嗯？"于飞疑惑了，"是这样？"

"对啊，你想什么呢，"熊大干笑道，"我们当然不可能在一起了。你看，咱们的画风不一样。你的风格和类型，你的想法和我的想法完全不一样，这么多不一样，怎么可能在一起呢，你一定是误会什么了，我又不喜欢你。哎呀，我要回去看电影了，爱情文艺片，说和我们的青春一样，打架自杀流产劈腿……精彩得很……我还没看完呢……"

艾莎芝走了过来，挽起了于飞的手。

"这么精彩的片子，估计到结尾就该出现精神病院了，把他们全都抓回去治病……真是莫名其妙……"熊大的声音越来越低，语气轻松却语无伦次，"什么一样的青春，我的青春里没有那些东西……完全不一样，什么都不一样……好了我回去看电影了，你们继续，祝你们和和美美甜甜蜜蜜百年好合早生贵子。走吧，我们回去继续看电影。"熊大拉着张发财往外走。

"她就是这脾气，不过我喜欢，万里挑一，上天入地只此一家。"张发财对于飞耸肩，"不妨碍你们甜蜜了，以后联系。"

我们一群人跟着走了出去，出机场大厅之前，我转过头，看见于飞和艾莎芝两个人又腻在了一起，身上冒出了各种粉红泡泡。

"啧。"我和眼镜男异口同声，"辣眼睛！"

哎哟喂，这是什么鬼剧情

夕阳西下，我们远远跟在熊大身后，碍于熊大爆棚的战斗力，没人敢靠近她。

熊大独自一人，磕磕绊绊地走在公园，影子被夕阳拉得老长，孤寂而又落寞。

奶奶说："看来熊大很伤心啊。"

我远远地喊了一句："老大，你没事吧？"

"没事！"熊大没有回头。

我对奶奶说："你看，她没事。"

"你是不是傻！"奶奶敲我头，"咱们家熊大这么坚强的女孩，必然是有事也不会告诉你。"

我问："那要怎么办？"

"我们得安慰她，开导她。"奶奶上前几步，对熊大说，"熊大啊，你别伤心，我们还有其他的办法……"

熊大说："我不想听！"

奶奶退了下来，容雨薇往前："你要不开心，我找帅哥跳钢管舞给你看啊。"

熊大说："我不想看！"

眼镜男上前："失恋并不可耻，你可以加入我们FF……"

熊大说："滚！"

眼镜男退了下来，我挺身向前，刚要张嘴。

熊大说："闭嘴！"

我闭上嘴，退了下来。

我们聚在草丛后面窃窃私语，这也不要那也不要，看来熊大这次是真伤心了。

"唉，谁没有失过恋呢。"奶奶长叹，"恋爱这件事，就像试鞋子一样，试过才知道，最适合的是哪双鞋。"

我说："别的我不知道，但熊大现在穿着的这双鞋，必然不适合她。不信你看……"

熊大崴了一下脚，右脚那只经历过陷阱盖踢小偷踹 FF 团骑机车的高跟鞋的跟，终于崴掉了。熊大脱下了高跟鞋，看了看被磨出血、破了一大块皮的脚，拎着高跟鞋，一跳一跳地挪到长椅上坐下，将两只高跟鞋扔进垃圾桶，解开了盘在头顶的头发，然后缩成了一团，抱着腿，将头埋在了胳膊里。

远远看去，像个狼狈的流浪汉。

迟钝如我，都感觉到了熊大内心那汹涌的悲伤。

奶奶说："现在正是熊大最脆弱最无助的时候，你们谁上去安慰一下她。"

我们默默地后退了一步。

这时候的熊大就像一个定时炸弹，不知道什么时候就会爆掉，我们谁都不愿意上去送死，互相推诿。

张发财站了出来，默默地坐在了熊大身边，还顺手往地上扔了一双运动鞋。

我在内心给张发财点了一个赞，英雄啊！

熊大没有抬头，闷闷地说："你干什么，看笑话吗？"

"来安慰你。"张发财靠在长椅上，"他本来就不适合你。"

"是啊是啊，"熊大沮丧地说，"艾莎芝又有钱又漂亮，他俩最般配。"

张发财大概是没想到熊大没和往常一样跟他斗嘴，愣了一下，有点尴尬地说："不过……如果仔细观察，就会发现其实你并不是很丑。"

"……"熊大抬起头，"谢谢啊。"

"不客气。"张发财说，"我还是喜欢你这样的人，每天都素颜见人，不化妆，没掩饰，比较真实。"

熊大把头重新埋下去："我化妆了。"

果然，我们直男看不出来女人到底化没化妆。

"所以了，你看你化妆也没用，"张发财说，"既然你不是他喜欢的类型，他也不是最适合你的人，你为什么要在一棵树上吊死，有意思吗？"

"哦……哦……"熊大伸出手指，指着张发财，"我就说你不会那么好来安慰我，果然你是来看热闹的，现在看到我失败，你开心了？"

"开心，当然开心。"张发财说，"你难道不开心？你终于发现他不会喜欢你，无论你怎么装，都不会变成他喜欢的类型。如果不是这样，你又为什么要帮他追艾莎芝？看看你这一身装扮，根本就不适合你，你这么伪装自己是不是傻？"

"是啊。"熊大怒道，"我就是傻，明知道不合适还要去做！"

"我就不明白了，"张发财说，"他到底哪里好？"

"哪都好。"熊大说，"他会打球，打球的时候汗水都在闪光，他很温柔，他声音好听，他长得帅，他个子高，他还……"

"够了！"张发财很不高兴，"这些东西谁没有！"

熊大说："谁都没有！"

张发财道："我就有！"

"不可能！"

"我告诉你，不止他有的我有，他没有的我也有！我比他强！"

"骗人！"

"骗你干什么！"

"行，你说啊，"熊大问，"什么东西你比他强？"

张发财忽然不作声了。

熊大看着张发财，张发财看着熊大，沉默的气氛中，二人之中的气氛竟然变得有些微妙。

熊大的脸莫名地红了，她喊道："你瞅啥！"

张发财冷笑："瞅你咋地？"

熊大瞪他："再瞅一个试试？！"

张发财说："试试就试试！"然后一把揽过熊大，亲了上去！

亲上了！

亲！亲……上……了……

熊大睁大了眼睛。

我们目瞪口呆，全体石化，这是什么鬼剧情，不还吵着架吗？怎么吵着吵着就亲上了。

"瞎了瞎了，我要瞎了！"眼镜男捂着自己的眼镜，"一天之内被辣这么多次眼睛，我要瞎了！"

张发财放开呆若木鸡的熊大，靠回椅背上，咳嗽了一声，冰着一张俊脸："我喜欢你，这点我就比他强。"

礼物要送可心的

大千世界变化万千，你永远不知道下一秒会发生什么，所以任何事情都可能出现意料之外，能镇住所有人的发展。

就像我们现在看到的情景，震惊了我们所有人。

张发财亲了熊大！

一见面就打的两个人亲上了！

而且还是在吵架过程中，吵着吵着亲上的！

为什么会变成这样?！

如果这是一本言情小说，那么我感觉我漏看了一亿章。

这奇妙的发展让我们所有人都无法言语，只能努力睁大眼睛张大嘴巴表达自己内心的震惊。

不只是我们，女主角熊大也被这一吻给弄呆了。

那可是熊大，张发财竟然敢亲下去！真有种！

如果我有能力，我一定会给张发财求来几十道护身符十字架，保证他的生命安全。

否则一会儿熊大反应过来以后，恐怕张发财会血溅当场。

为了张发财的人身安全，我们小心翼翼地走过去，打算在熊大发狂的时候拉住她。

熊大的脸越来越红，越来越红，她扬起眼睛，看向张发财，然后抬起了手。

我连忙喊道："不要啊！熊大，拳下留人！"

没想到熊大"哇"的一声哭了出来，边哭边道："张发财你个死变态！我刚刚失恋，你就对我性骚扰！你这是耍流氓！耍我好玩吗？"

"什么耍流氓，"张发财道，"我这是表白，你别哭啊，你哭什么。"

"你这就是耍流氓！"熊大骂道，"我告诉你，要不是我怕我失手打死你，我早就打死你了！"

你这句话问题很大。

"行啊，"张发财说，"想打架，我随时奉陪。"

"呜呜……"熊大道，"谁要跟你打架，我刚失恋，痛苦着呢，打什么架！"她捂住脸，"别看我，我不想让人看到我哭！"

"哦。"张发财淡淡地应了一声，把熊大抱在了怀里，"那我帮你挡着，想哭就哭吧。"

这剧情不对啊，熊大你怎么能让他抱，按你的性格你应该要打死他让他血溅公园长椅的啊！

熊大的哭声从张发财怀里传来："明明是我先遇到他的，他为什么不喜欢我？我那么好，他却不喜欢我。他是我整个高中的回忆，是我的初恋，我知道我不是他喜欢的类型，我也知道我和他不合适，可是我那么努力，那么努力了他还是不喜欢我，我好心疼我自己……我暗恋他那么久那么久，可我到最后都没有亲口和他说一句我喜欢他……"

我从来没见熊大哭这么惨。

我一直以为熊大是与众不同的女人，她坚强乐观战斗力强，我今天发现，除去这些，她内心深处还藏着一个细腻的少女。

"我的天哪，"奶奶叹道，"这男配也太给力了吧。现在不用我出剧本就自己给自己加了那么多戏份，戏真足。"

我问奶奶："说到底，你为什么一直这么排斥张发财，不承认他是男主。"

奶奶说："因为名字啊，哪部言情小说的男主会叫张发财！就凭张发财这三个字，他就做不成一张男主牌！"

"将心比心，"我说，"你看看我和熊大的名字，你有资格嫌弃张发财的名字吗？"

"言情小说里男主名字不行，命就不好，这是铁律！"奶奶说，"不信你去看，姓张的姓王的姓李的都比姓苏的姓柳的姓白的命短，尤其是复姓，那都是狂炫酷霸拽，一手遮天的富贵家族，你听听这名字，张发财，你会觉得这是一个霸道总裁吗？"

那你听听熊大这名字，又哪里像一个女主！

我身边的容雨薇也是个奇女子，完全不顾我和奶奶的争论，望着在张发财身边哭得撕心裂肺的熊大，轻轻地叹了一口气，惆怅地道："她在我面前，一直都是最坚强的样子……"

眼镜男问："要不要我们 FF 团出马，拆散他们。"

"算了，做了这么多努力，还是排在人后，既然一直得不到她的心，又何必那么执着呢。"容雨薇又看了一眼熊大，转身道，"我们走吧。"

眼镜男磨牙："可是我看见情侣抱在一起，就十分愤怒，感觉要控制不住体内的洪荒之力。"

容雨薇的声音飘了过来："回去我找单身美少女和你们联谊。"

"嗯？"站在我身边的眼镜男眼镜一闪，瞬间追上了容雨薇，开车绝尘而去。

熊大在张发财的怀里，哭声慢慢变小，放声大哭之后，情绪似乎也稳定下来了，她要起身："我……"

张发财很享受熊大依赖他的模样，又把她摁下去："我懂，你很伤心。"

熊大抬头："不是，我想……"

张发财盖住她的头："你靠在我怀里哭吧，想哭多久就哭多久，哭完了，就忘了他。"

熊大再次抬头："可是……"

张发财把她的头再次摁下去，深情款款地说："一切都会过去，不要紧，你原来心里有谁我不在乎，因为以后你心里只有我！"

熊大掀起张发财的衣服，擤出了鼻涕。

张发财："……"

"讲道理，"熊大说，"我说，想擤鼻涕，你不让我抬头，我只好这么擤了。"

张发财说："我是想安慰你！"

熊大说："你不懂女人，你不懂我要什么，我只是想擤鼻涕，我需要的是纸巾。"

张发财道："女主角都哭得很好看，不会流鼻涕。"

熊大又擤了一鼻子："我根本不是言情小说女主，女主不会失恋。"她瞪了一眼张发财，"你还想和我吵架？"

"行了，给你纸巾。"张发财道，"你还要什么？"

熊大又被戳中了伤心事，号啕大哭，抽泣道："我还想要一份完美的爱情。"

虽然很凄惨，可听到这话我还是忍不住噗地笑出了声。

"噗什么噗，放屁吗？有什么好笑的！笑什么笑，人家伤心着呢！"熊大继续大哭，"你们都不了解我！你们都不知道我有多伤心，我失恋了。"

我捂住嘴，张发财嘴角一扬。

熊大怒目："为什么我失恋了你们看起来那么开心啊？"

这跟气氛有关，很难解释。

张发财道："你都把我衣服弄成这样了，笑一下又怎么样。"

熊大抽泣着，看着张发财的衣服："你这衣服贵吗？"

"贵。"

熊大哭道："我告诉你啊，我赔不起！"

"算了，你不用赔。"

熊大红着眼睛，惊恐地看向张发财："你到底怎么回事，吃错药了吗？为什么对我这么好？"

张发财道："我刚才说的话你有没有听清，我说我喜欢你。"

熊大说："我知道啊。"

张发财："啊？"

"原来不就是这样吗？"熊大抽着鼻子道，"我早就说过了，我又打你又骂你又扒你裤子，你没有理由不喜欢我的。"

"别人家女主都是被别人暗恋而不自知，"奶奶长叹一口气，"咱家熊大是在别人还没喜欢上她之前，就知道他喜欢她了，为什么啊，就不能矫情一下嘛。"

有点绕。

张发财捂住头，我觉得他之前那道理一定没办法想通，自己为什么会喜欢上熊大。

然而爱情这件事，就是没有道理可讲。

"算了，随便你怎么想，"张发财说，"我还有礼物送给你。"

熊大问："为什么要送我礼物？"

张发财说："庆祝你失恋。"

"……"熊大问，"你真的喜欢我吗？"

张发财拍了拍手："把车推上来。"

"车！"奶奶眼睛一亮，对我道，"一定是豪车！刚上位的霸道总裁要放大招了！用金钱砸女主！用千万豪车俘获女主的心！女主这么脆弱柔软的时候，最需要的，就是直击内心的礼物了！"

我觉得你高兴得有点早，没听他说起车，用的是"推"这个字吗？

"车？"熊大不屑，"哼，你以为我是那些用钱就能收买的女人吗？"起身要走，却又停住了。

空气中飘来一阵香气，熊大站在原地，慢慢转过身。

张发财的手下推上来了一辆熟悉的车，车上挂着烤鸡、烤鸭和鸡腿。

熊大难以置信地看了看张发财，又看了看烤鸡车。

"我把车、配方和材料都买下来了。"张发财把一把钥匙放在熊大手里，对熊大说，"现在，你就是这辆烤鸡车的主人，从今以后，它就属于你了，你想吃多少烤鸡，就吃多少。"

"你神经病啊！"奶奶对张发财怒道，"谁追女孩子送礼物送一辆烤鸡车！你这是希望她以后出门摆小摊吗？这是什么和什么，完全不对！你身为霸道总裁，就不能送点浪漫的礼物吗？送这个会有人高兴吗？我们的大城管看着你哪！"

我拉了拉奶奶，指向正拉着烤鸡车转圈惊叹的熊大："她看起来似乎很高兴哎！"

熊大的脸一点一点红了，哭得红肿的眼睛里除了水光，似乎还多了一片闪闪发亮的星河。她绕着烤鸡车走了几个圈，看了看张发财，又看了看那车，然后整张脸都红透了："送我的？"

张发财说："你的。"

熊大看看张发财，又看看烤鸡车，忽然低下头，小声说："说好了送我，别反悔！"之后，她像是怕张发财反悔一样，拉起烤鸡车飞快地奔向了远方。

静若猛熊动若脱兔，这模样相当符合我家单纯不做作的平民女主世家设定，动作之迅猛之流利，都是世间罕见，不禁让我怀疑在熊大脸上看见的那一丝丝羞涩是不是错觉。

如果她悲伤，送她一个烤鸡腿。

如果她很悲伤，送她一只烤鸡。

如果她非常悲伤，送她一辆烤鸡车。

没有什么伤心事，是无法用食物解决的。

如果有，那一定是因为你吃胖了。

"为什么……"奶奶扶住了额头，"这不是我想的剧情，这不是我要的言情小说，到底是为什么，为什么我们家熊大谈恋爱的风格就这么奇怪呢？"

我也想知道。

Part 13

有失忆情节的言情才完整

狗血与套路齐飞

这阵子我一直在观察熊大。

我发现自从上次和于飞约会泡汤之后，熊大就有点不对劲儿。

吃饭的时候，熊大坐在我们对面，机械地吃着碗里的饭，我盯她看了一会儿，问奶奶："熊大最近是不是有点怪？"

"怪吗？"奶奶说，"我没觉得。"

"你看她神情呆滞目光涣散，像梦游一样。"我抽走了熊大面前的盘子，熊大的筷子在空气中夹了一下，又放在嘴中，就着米饭嚼了嚼。

我和奶奶目光顺着她的筷子移动，奶奶惊叹道："米饭就着空气吃，这吃法省钱。"

我把盘子放回去，看向奶奶："你看，连有没有夹到菜都不知道。"

熊大长长地叹了口气，嘴角下扯。

奶奶说："真可怜啊，她刚失恋，失恋的人都是这样，茶不思饭不想，不过没关系，只要于飞和艾莎芝没有结婚，我们就还有机会！毕竟我们是女主世家！是女主角，不可能输的！我们还有机会把于飞抢过来！"

我把烤鸡往熊大面前一放，熊大看见烤鸡，先是一愣，然后脸颊泛红，眼神闪烁，嘴唇微抿。

"这也是失恋的反应？"我看向奶奶，奶奶说："呃……"

看这表情就不像失恋了。

奶奶说："就算失恋，也不能一直伤心，要有一个缓解的过程。"

我说："她第一天郁闷了两个小时十四分钟，娇羞了二十分钟，第二天郁闷了一个小时五十六分钟，娇羞了十五分钟，第三天郁闷了四十三分钟，娇羞了十分钟，刚刚郁闷了不到十分钟，娇羞了两分钟。"

奶奶叹道："唉，还是于飞给她带来的打击大！"

我说："可是她每天看着那辆烤鸡车发呆三个钟头，脸上表情变幻莫测，而且每天都吃一只烤鸡。"

熊大转过脸，我和奶奶顺着她的目光，一同望向堆在阳台的烤鸡车。

"天天三个钟头，"我说，"她和张发财一定有不少回忆。"

像是她打张发财，张发财被她打，张发财打不过她，她扒张发财裤衩……

真是丰富多彩。

我安慰熊大道："你没和于飞在一起也是好事，他身子骨看起来就比张发财弱，禁不起你打。"

一听到于飞的名字，熊大又叹了口气。

奶奶在我身后绕着圈子走路，愤愤不平："不行，我们不能认输，她是女主世家，我们也是女主世家，凭什么我们家熊大要去当他们家艾莎芝的女配！肯定还有别的办法能把于飞抢过来！"

我说："奶奶，你这样就像给恶毒女配出主意的恶毒继母。"

熊大摇头："我不是言情女主，言情女主都被男主深爱，但是于飞他不爱我。他不喜欢我，我怎么能做女主？"

"这中间一定有什么不对！"奶奶道，"我们要仔细想想，艾莎芝和于飞不可能这么顺利，对了！"奶奶一拍手，"我想到了，他们一定是亲生兄妹！这有可能是亲生兄妹梗！"

我和熊大齐声问道："什么东西？"

"此梗说来话长，"奶奶手一甩，"总而言之就是在二十几年前一个月黑风高雷雨交加的夜晚于飞的妈妈和艾莎芝的爸爸在夜色中相遇黑暗中也许是因为那天的月色太美太朦胧从而让两个单身男女一见钟情二见倾心三见干柴烈火那一把火烧得是如火如荼照亮了整个黑夜让宇宙都陷入到了前所未有的大和谐之中，之后于飞妈妈怀胎十月直到于飞出生可是抱着负罪心理的于飞的妈妈再也没有和艾莎芝的爸爸联系却没有想到最后艾莎芝和于飞走到了一起！可惜虽然他们走到了一起却是亲生兄妹有血缘关系不能结婚所以注定要分开！"

"好！"我鼓掌喝彩，"您这肺活量真不是盖的！"

"他们不可能是亲兄妹。"熊大说，"他们长得一点都不像。"

"别的原因也可能拆散他们，"奶奶说，"比如说世仇梗！"

我和熊大齐声重复："世仇梗？"

"此梗有些复杂。"奶奶深呼吸一口，"所谓的世仇梗就是在二十几年前一个月黑风高雷雨交加的夜晚于飞的爸爸偷偷潜入艾莎芝家的公司偷走了艾莎芝家公司的重要资料从而害得艾莎芝家道中落股票一泻千里破产负债父亲瘫痪母亲失明家中宠物狗都因为心理压力太大绝食而亡，为此艾莎芝努力拼搏打拼终于东山再起谈恋爱之余顺手寻找害自己家破人亡的仇人却万万没想到爱上的那个男人竟然是仇人之子！一边是家族血债一边是热烈爱情虽然我们不知道这种情节究竟是人性的扭曲还是道德的沦丧但毫无疑问的是无论艾莎芝在爱与恨之间如何取舍她与于飞的感情都会变质！"

"精彩！"我啪啪啪地鼓掌。

"奶奶……"熊大长叹了一声，问道，"难道你忘了，艾莎芝和于飞是因为双方父母安排的相亲才认识的？"

"嗯……"奶奶抱着手臂，"这么说，家族的套路可能就不适用了，还是得从他们两个人的关系入手。"

"他们两个人……不是已经很清楚了吗……"熊大抱着手臂，"他们两个腻在一起，那么相爱，根本没有我插进去的余地，言情小说都是要相爱的，于飞不爱我，我就没办法当什么言情小说女主。"

说完，熊大的目光又飘向了那辆烤鸡车。

"不能放弃！"奶奶很不高兴，"通常言情小说剧情进展到这部分，就已经有眉目了，必须要有个大动作，我是说要有场高潮戏来彻底提升一下男女主的情感，让他们认清楚自己爱的到底是谁！对，一定要认清楚，尤其是纠缠在男主男配之间游移不定的女主，只有把她的心意全搞清楚了小说才能完美结束！现在还没到结局，一切都有可能！谈恋爱就像打仗，不会一帆风顺，现在已经到了高潮部分，一定会出现转机！言情小说都是一环扣一环的，如果我没有猜错的话，那转机马上就要出现了！我告诉你，一切皆有可能！他们肯定马上就要出事！"

奶奶你还真执着。

"算了吧，我觉得我还是放弃……"铃声突然响起，熊大有气无力地拿起手机，接了电话，"雨薇，什么事啊……探病？探谁的病？"

电话那里不知道说了什么，熊大忽然直起了身子，呆呆地看着我和奶奶说："于飞出车祸了，昏迷不醒好几天了！"

半个小时之后，我和奶奶、熊大、张发财、艾莎芝、容雨薇一起站在了于飞的病床旁。

于飞穿着病号服，头上绑着厚厚的绷带，艾莎芝抱着于飞的手，哭哭啼啼地道："都是我不好，我知道男主经常会被车撞，很危险，所以看见对面来了辆自行车，就很激动地推开了他，没想到旁边竟然开来一辆卡车……"

他还活着真是万幸。

艾莎芝擦着眼泪："从那以后，他就一直昏迷不醒，所以我就想着把你们全找来看看。"

"做得对。"奶奶说，"这种情况就得关键人物到场了，他才能醒。"

于飞的睫毛动了一下，所有人都伸头看他。

于飞慢慢地张开了眼睛，茫然地看着我们："你们是谁？这是哪儿？我为什么会在医院？为什么我什么都想不起来了？"

奶奶和艾莎芝同时露出微笑："太好了，认得医院，没问今年是哪一年，果然只是单纯的失忆，没什么问题，再撞一下就行了。"

"嗯，失忆还不错，如果是魂穿就麻烦了，整本书都得重头写。"

竟然用果然这个词，好像已经料到会发生什么一样，不仅如此，还分析了全部可能发生的情况，你们到底为什么这么熟练啊？

但是于飞下一句话让所有人都惊了。

于飞环视病房，最后视线落在了熊大身上。

"你是谁？"于飞一脸惊艳地看着熊大，"你好美啊！"

熊大："哈？"

山重水复疑无路，柳暗花明又一村

我现在的感觉，要怎么形容？就像是你站在某地不能动，抬头看见有人在楼上，也就是你头顶，拿着一大盆狗血，慢慢倾斜，慢慢倾斜，就在你以为狗血要洒你一身的时候，盆被人收回去了。

于是你放下悬起的心，轻松了，目视前方，笑了笑。

然后那一盆狗血，哗地泼下来，洒了你一身。

对，就是这种感觉。

病房里洒满阳光，所有人几乎静止，视线集中在了于飞和熊大身上。

于飞对熊大说："我对你一见钟情了，做我女朋友吧。"

"啊？"熊大指指自己，嘴巴微张，双眼呆滞，整个人都蒙了。

张发财拽过熊大揽着，艾莎芝连忙拽过于飞的手："那我呢？"

"你？"于飞上下打量艾莎芝，"你是谁？"

艾莎芝说："我是你的女朋友啊。"

"不可能，"于飞说，"你根本不是我喜欢的型。"然后指向一旁迷茫的熊大，"她才是我喜欢的类型。"

艾莎芝眼眶发红："你……你……你竟然这么说……"

熊大把张发财推开，红着脸瞪了他一眼。

"狗血！对！狗血！"奶奶高兴得满面红光，"这才是正确的路子，虐心、狗血、混乱、纠结！这才是我要的言情！"

张发财对于飞道："你这是被撞傻了吧，你原来喜欢的不是那种型。"

"我不管原来怎样，现在我觉得她特别迷人。"于飞看向熊大，"你叫什么名字？"

熊大说："熊大。"

于飞看了一眼熊大的胸，说："好名字，很励志。"

"看来你真是被撞坏脑袋了！不要紧，"艾莎芝擦去眼泪，从果篮中拿起一个西瓜，"再撞一下就能正常！"

"休想！"奶奶眼疾手快，一把抄起旁边的小板凳正面迎上，四分五裂的西瓜雨下，是奶奶和艾莎芝充满敌意的对视。

奶奶咬了一口西瓜，噗地吐出瓜子，目光炯炯有神："跟我玩套路？小丫头片子，我当女主的时候，你还没出生呢！"

艾莎芝冷笑："既然您老已经看了那么多套路，必然知道，男主既然能失忆，那么也能找回记忆，现在的一切都是虚幻的，不如早点让他回忆起来。"然后又砸来一个哈密瓜。

奶奶打碎了哈密瓜："那有什么难的，只要留意不让他再被砸到头就行了！况且失忆后爱上其他人，恢复记忆后依然爱着那个人的套路文也不少！"

艾莎芝和奶奶对视，眼神交汇处电闪雷鸣火光四溅。

我一手西瓜一手哈密瓜地看着。

此时拿着病历的医生推门进来："哪位是病人家属，我来报告一下病人的病情。"

艾莎芝和奶奶齐齐转头，看向医生："不需要！！"

医生奇道："我工作这么久第一次听到这种回答。"

艾莎芝道："你不就想说病人遭受了这么大的车祸能活下来已经很不容易了，能不能醒需要靠他自己的意志力坚持，如果有奇迹，他一定会醒过来。"

医生睁大眼："可……"

"可是他现在已经醒过来了，"奶奶犀利地接话，"你们又会发现他的身体奇迹般地没有多大损伤，只有这个失忆症让你们一筹莫展，你会劝我们和他说一些过去的事情刺激他的大脑，有助于让他想起原来的事。"

医生张大嘴："然……"

艾莎芝继续："然而一和他说原来的事他就会回想，他一回想就会头疼，他一头疼我们就心疼，我们一心疼就来找你，我们一找你你就会说没有关系这是正常反应，他会慢慢想起来一切。可是这个慢慢必然不会是真的慢慢，要么是受刺激要么是被砸到头，总而言之突然一下，他就会回想起所有恢复记忆！然后你们就会告诉我们，这是医学上的奇迹！"

医生扬起眉："既……"

"既然奇迹解决一切，问你跟没问没区别，你说什么和没说都一样，"奶奶道，"所以还是别说那么多浪费大家时间。"

"厉害！"医生赞叹地拍手，"可是我还没说，你们怎么全都知道？"

"套路！"艾莎芝和奶奶异口同声，"全是套路！"

艾莎芝和奶奶各自后退一步，对视彼此，眼中闪过一丝棋逢对手英雄惜英雄的赞赏："看不出你年纪轻轻，却已经饱览群书，读了那么多言情小说。"

"过奖，您老当益壮，熟知各种套路，也让人深感佩服！"

"那就让我们看看，到底于飞失忆的套路，究竟是谁赢。"

"好！"

她们二人重新拿起武器，收回视线，望向空空如也的病床，现在病房里只剩她俩，我还有医生四人。

二人齐声问我："其余的人呢？"

我说："他们嫌你们把瓜切得到处都是，太脏，出去了。"

艾莎芝抱起一个榴莲，冲了出去，奶奶即刻跟上。

我们追到医院走廊就停住了，于飞、熊大和容雨薇站在我们前面不远处，他们三个之前，是张发财。

张发财一张俊脸寒气逼人，冷酷地注视着对面的男人。

张发财对面，站着另外一个帅哥，外套不穿在身上，而是披着，发型一丝不苟，表情酷炫，皮鞋锃亮，手上戴着一块价值不菲的土豪表。身后跟着俩小弟，一个拿鲜花一个拿果篮。

作为一个身上只有三块钱的穷人，我一见到这男人，心底就有股敌意油然而生。

奶奶眼睛一眯："这个人，这阵势，显然已经把'我不是路人'五个大字刻在了脸上！"

艾莎芝点头，上前一步道："他当然不是路人，他有名字！"

我说：“谁没有名字？”

“刚才那个医生就没有名字，没名字的肯定不是重要角色，戏份自然少！”奶奶转向艾莎芝，“他叫什么名字？”

艾莎芝笑道：“说出来，恐怕会吓到你。”

此时，张发财冷声道：“冷酷炫，你来干什么？”

我一口西瓜全喷了出去。

“冷！酷！炫！”奶奶慢慢重复这三个字，眯起眼睛，“这名字不简单啊。”

我说：“这名字还不简单？那什么名字简单？”

那边冷酷炫笑道：“我听说于飞被车撞了，十分担心，来慰问一下。”说完点点下巴，“小弟甲，小弟乙，把东西送上！”

两个小弟齐齐上前，递上果篮和鲜花。

“知道什么样的名字简单了吗？”奶奶问我。

知道了，果然对比出真知。

所谓的商战

张发财冷笑一声：“把你们的东西收回去！我不需要！”

“别这么说嘛，”冷酷炫说，“东西又不是给你的。”

“……”这就尴尬了。

冷酷炫拿着果篮走到于飞身边，于飞茫然地看着冷酷炫：“你是谁？”

“你不认识我了？”冷酷炫道，“那你还记得我们的公司吗？”

于飞摇了摇头。

"胡说八道！"张发财冷声道，"你们哪有什么公司？"

"当然有。"冷酷炫说，"听说于飞出事，我十分心痛，想要卖掉股票给于飞看病，没想到一下子卖出太多，他的公司连跌几天，出于人道主义精神我又买进了不少，谁知道这么来来回回，我就成为他们公司的头号大股东了。"

我对奶奶说："这人画风不太对啊，说的话听起来好高深！股票这玩意儿有什么简单吗？"

奶奶说："你懂什么，人家那叫商战！"

我说："商战能这么搞？"

奶奶问："你身上有多少钱。"

我摸了摸兜："三块。"

奶奶嗤道："那你懂什么？"

"冷酷炫，"张发财骂道，"你这个卑鄙小人！"

冷酷炫耸肩道："有便宜不占王八蛋，没办法，一到天凉的时候，我就手痒，总想随便找几家公司收购。"

张发财说："你脑子被冻坏了吧？"

我们凑到张发财面前，问道："他是谁啊？"

张发财道："此人是业内人人唾弃的人渣，专用卑鄙手段击垮并购其他人的公司！"

奶奶双眼一亮："我就说怎么一直没有出现能增进男女主角感情进展的实实在在真真切切的大反派，原来是在这里！"

我看了一眼艾莎芝："反派角色？女配不就是吗？"

艾莎芝怒道："什么女配，我是女主！"

"不一样！"奶奶说，"女配是有血有肉，形象立体的，心坏，却还爱着男主！但是反派角色不一样，一般来说反派角色分为两种，一种年老色衰，满肚子坏水，为了钱六亲不认，虽然蠢，但奸计却能屡屡成功！"

熊大问："为什么人蠢奸计还能成功？"

"因为男、女主和旁边的人更蠢啊！所以不要轻易嘲笑反派蠢，有句话说得很好，嘲笑死敌蠢的同时也是在嘲笑自己。"奶奶看向冷酷炫，"但是我觉得你不像这样的反派角色，因为你的外形不错。"

冷酷炫很有兴趣地问："那我是哪一种？"

奶奶说："你的设定应该是那种幼年遭受过变故所以心理扭曲看谁都不爽的类型，你会为了胜利不择手段，你会很敏锐地发现男主心中最重要是什么，并且为了战胜他而努力。然而最后你还是失败了……"

"为什么？"冷酷炫问。

奶奶说："因为爱！"

我们所有人的嘴角都抽动了一下。

"男主心中最重要的当然是女主了！"奶奶指向熊大，"当你发现男主最重要的人是女主时，你首先会因为好奇而接近她，接着会因为接近她而喜欢她，最后你不由自主地爱上她！但是她心里并没有你，你因爱生恨，劫持女主，要挟男主，最后紧急关头，女主被男主救下，你一个人抑郁而亡，总体来说，是个悲剧角色。"

"……"冷酷炫无语地看了一眼熊大，熊大马上捂胸道："我知道我美，但你最好克制住你自己。"

张发财上前一步，挡住了他的视线，熊大看着张发财的后背，脸又红了。

"你说的不可能实现！"冷酷炫说，"因为我不爱女人。"

"嗯？"我们都是一惊，才思敏捷的奶奶看了一眼冷酷炫，看了一眼我，又看了一眼张发财，马上找出了对策，"那也没问题，言情小说中有一个分类，我不知道你有没有听过，那个分类叫耽美，也可以说是纯爱，如果你喜欢男人……"

"我也不爱男人！"冷酷炫说，"我谁也不爱，我只喜欢把人击垮的那种痛快感！"

"原来是个变态。"奶奶说，"不过没关系，存在即合理，什么角色都能推动剧情进展。"

张发财对冷酷炫下了逐客令："这里不欢迎你。"

"OK，我走，我走。"冷酷炫耸耸肩，拍了拍张发财的肩膀，"手下败将，别忘了不久之后我们还有一场重要的竞标要比试呢。"

张发财的眼睛眯成了一条线，愤怒而锐利地看着冷酷炫。

冷酷炫道："我很期待与你的相遇，不过，恐怕你会因为种种原因无法出现在竞标现场。"

奶奶道："看吧，说一千道一万，他其实还是想挟持熊大用来威胁张发财不要去。"

"……"冷酷炫无语地看了一眼我们，转身离去，外套随之摇摆，从半边肩膀滑落，他就那么耷拉着半边外套出去了。

他一走，大家就一哄而散，该干吗干吗去了。

我有点口渴，本来想去买瓶水，但想了想，还是跑到张发财身边，问："你原来败给他过？"

张发财脸色沉重："很久之前，曾经被他摆了一道，想要收购的公司被他抢先了。"

我说："那一定是很厉害的商战吧。"

"我知道他一直在等我大意，没想到他竟然会在趁我去日本买手办模型的时候下手。"张发财仰起头，面凉如水，"卑鄙小人！"

我握紧了我的三张一块钱，转身就走。

什么霸道总裁，你那破公司还是倒闭了算了！

虽然是这种画风但你确实没有点错文章

医院里人很多，走一走就乱了，我走过被医生搭讪的容雨薇，到处寻找熊大的于飞，拿着榴莲要砸于飞的艾莎芝和拼命阻拦她的奶奶，终于找到人换了硬币，然后我又穿过搭讪护士的容雨薇，仍在寻找熊大的于飞，举着榴莲到处跑的奶奶和追着她的艾莎芝。

我不想管他们那些乱七八糟的事，一下子让我看到这么多狗血情节，现在我只想喝口水冷静一下。

我淡然地穿过形形色色的人群，来到自动售货机前，选了绿茶，然后往里投硬币，一个、两个……就要投第三个的时候，我被人用力拽到墙角，手里剩下的那个硬币滴溜溜地掉在地上。

从这熟悉的力度我就可以猜出袭击我的人是谁，我转头道："熊大，你干吗啊？"

"嘘！"熊大做贼一样拉着我缩在墙角，"你别太大声，于飞在找我。"

我说："你知道他找你你还躲。"

"我当然得躲了！"熊大说，"他说他喜欢我！"

"那不是很好吗？"我起身去拿那个硬币，"这不就正合你的心意了吗？"

"扯啥呢！"熊大又把我拉下来，"他那是脑子撞坏了，能当真吗？多尴尬啊！万一再撞一下又变回来了怎么办？"

"那就和奶奶一起阻止艾莎芝，别让他再撞头，你在家的时候不还因为失恋哭吗？"我说，"你暗恋他那么久，他现在终于喜欢你了，你难道不高兴？怎么连个惊喜的表情都没有。"

熊大一拳头把我捶趴下了："说什么惊喜，那就是惊吓！"

我趴在地上，捶着自己的腰："那你之前还哭什么，不甘心啊？"

"不甘心……"熊大默默重复了几次，"不甘心……是我不甘心吗？"

我双手支撑着打算爬起来，熊大又一拳头砸在我背上，把我又砸趴下了。熊大兴奋地说："你说得对！我就是心存侥幸，不甘心！没错，就是这个！我懂了！我去找于飞。"

说完，熊大站起来，哒哒哒地跑了。

那边一个老头带着一个老太太走到自动售卖机那儿："这东西怎么用啊。"

我站起来，刚想去拿我那一块钱钢镚继续买水，又被人拉住了，回头一看，是张发财。

我都要哭了："又有什么事？"

张发财面色凝重："熊二，我觉得你奶奶说得对，冷酷炫那小子手段卑劣，极有可能用熊大来要挟我，我决定多雇几个保镖保护她。"

我打掉张发财的手，继续往自动售货机那走："不用吧，谁能打得过熊大？"

张发财点头："也是……"然后又猛地拉住我，"不行！"

那边研究自动售卖机的老头往地上一看，说道："哎，这里有一块钱。"然后把我掉的那个硬币捡起来，硬塞了进去。

绿茶滚了出来。老头老太太高兴得不得了："神奇！"

我伸手："哎……哎……那是我——"

"不怕一万就怕万一。"张发财走了几步挡在我面前，"多几十个保镖二十四小时保护也不过十几万而已！"

"有钱了不起啊！滚一边去！"我怒道，"老子最恨你们这群有钱人！有钱怎么了！有钱就能碍着别人喝水啊！有钱就能让人百依百顺啊！告诉你们，以后你们俩这破事我再不管了！别来烦我！"

……

十分钟后，我拎着一提绿茶，护着兜里的一千块钱，躲在医院天台的墙角张望，发现目标后马上对张发财挥挥手："姐夫，姐夫！快来，我姐和那个挖墙脚的在这里说悄悄话呢！"

熊大和于飞站在天台上，二人正在说话。

我说："你看这个于飞，竟然挖兄弟墙脚，真不是东西，姐夫你放心，我一定会劝住我姐，不让她受这小白脸的蛊惑！"

张发财冷哼一声："如果熊大是那种在知道于飞和艾莎芝相爱的情况下还与于飞牵扯不清的人，我又怎么会喜欢她。"

我无语地看了他一眼，有本事装酷，你有本事别和我一样伸着头看啊。

"我第一次遇见你的时候，是在皇家富豪学院开学时，我坐在一辆拖拉机上，你和张发财像王子一样，在女生的尖叫声中走了过来……"

仔细一听，熊大正和于飞讲他们过去的事情，想要帮助他恢复记忆。

"你笑得很好看，问我什么名字，还夸我的名字好听，很少有人夸我的名字好听，大多数人都像你身边的张发财一样嘲笑我，所以我特别高兴，觉得你人特别好，然后我奶奶把我从拖拉机上推到你们面前，还有人绊了我一下，我不小心扯下了张发财的裤子，你还记得吗？他当时穿着花裤衩……"

张发财的脸黑了，低声道："没有必要连这个都要说吧。"

"高中的时候你喜欢穿白衬衫，张发财穿黑衬衫，你们两个总是走在一起，分班都在一个班，高一你坐在教室五排五列，张发财坐在教室五排六列，你们喜欢在下午打篮球，你有时候也会去图书馆，你去图书馆的时候张发财就去上网……"

熊大缓缓说着高中的一点一滴，说话时故作轻松，仿佛只是普通的旁观者，于飞若有所思地听着，我和张发财也靠在墙上默默地听她重复那些过去。

那是一个少女在长达三年的时间中，最真挚的恋慕之情。

作为一个参与到了熊大生活中的人，在熊大的叙述中，我似乎能看见到熊大所说的所有画面，有她说了的，也有她没说的。

体育课时，她总是装作不经意地把球扔到于飞教室的窗外，只是为了能用余光瞟一眼教室里的于飞，但总是被旁边的张发财发现。

放学时，她总会很慢地收拾书，因为于飞总会有很多问题要问老师，她甩着书包走过教室的时候就能看见问问题的于飞和百无聊赖地把腿跷在桌上的张发财。

和张发财一起殴打纠缠容雨薇的小混混时，于飞走过，她会转身吹口哨，装作路人，于飞离开后，她就和张发财继续揍小混混。

还有一次，她偷偷写情书，我推门进来她慌张掩饰，却被我发现，她把我揍得第二天所有人都以为我去打黑拳了。

而那封情书最终也没有送出去。

"你毕业那天，还是穿着那件白色的衬衫，我想和你说话，却又找不到借口，等真想到借口和你说话的时候，你和张发财都走掉了。再后来，我就一直没有遇到你了，直到……"熊大顿了一下，说，"直到后来遇见你，那时候你和艾莎芝相亲，一起吃饭。"

"等下……"张发财一脸黑线，"她是不是省略掉了一些对她自己来说很丢脸的情节？"

剧情一正常我都有点不习惯

经常有人说，当一个人开始回忆过去的时候，就代表他已经老了，然而人都是一天天变老的，回忆只会越来越多而不会变少，这其中的关键在于倾诉的情绪，那可以是一种依恋，一种寄托，也可以是一种结束。

按照常理，回忆完过去以后，男女主角应该深情对视，一方深情问："因为我们过去经历了那么多，所以我爱你，你愿意相信我吗？你愿意像尔康相信紫薇一样相信我吗？你愿意吗？"

　　"我愿意相信你！"另一方则动情地拉住对方的手，"我愿意像尔康相信紫薇一样相信你！我愿意！"

　　这样才是正常的剧情嘛，如果是这样的剧情，我和我身边的张发财——我喝了一口绿茶，继续看着天台上的熊大和于飞——应该都会抑制不住心中的洪荒之力，将不好好说话的人打出去。

　　"你想起来了吗？"熊大说，"艾莎芝说得对，你确实喜欢她，你现在被撞晕头了，所以有些糊涂，事实上她才是你喜欢的类型，我不是。上次她要走，你追她追到机场，现场表白，你们情投意合。"

　　于飞痛苦地捂住头："等下，我现在有点头疼，我和艾莎芝？艾莎芝？那你呢？"

　　熊大愣了："我……那个……你和我说喜欢我挺高兴的……"她磕巴了一阵，有些迷茫，"但是好像又没那么高兴，说是高兴……又有点像惊吓……"

　　于飞握住了熊大的手："那就是惊喜！"

　　"惊……惊喜？"熊大看着于飞握着自己的手，"我我我我也不知道是什么感觉，但是我这几天一直没有睡好，精神比较恍惚，我我我我……"

　　"嘘……"于飞按住了熊大的嘴，"你刚才说的我都听进去了，你知道我从你的话中听出了什么吗？"

　　熊大打了个哆嗦："什么？"

于飞说："是爱！"

熊大又哆嗦了一下，于飞继续说道："如果不是因为爱，你又怎么会几年如一日地关注我？而且把小细节记得如此清楚？你原来，是喜欢我的吧？"

熊大问："有那么明显吗？"

于飞说："有。"

熊大："……"

于飞说："你喜欢我，我也喜欢你，这我们不正好可以在一起了吗？"

熊大说："是……是这样没错……可你是喜欢艾莎芝的啊，如果你脑子没有被撞坏，你不可能喜欢我的，要是你现在说喜欢我，我就和你在一起，我不就是恶毒女配了吗？"

"怎么会呢？"于飞深情地说，"我已经不记得她了，现在，我的眼里只有你。我们在一起吧，熊大。"

他这话说得我觉得身边冷风阵阵，起了一身的鸡皮疙瘩，我算是知道为什么于飞喜欢矫情做作的女人了，他谈恋爱的风格就是这样啊！

熊大一脸迷茫："是这样吗？"

于飞说："是啊。"

熊大说："我觉得还是有点不对劲儿。"

于飞笑道："是因为太幸福了吗？你真可爱。"说完，扶住熊大的肩膀，闭眼去亲她的额头。

熊大睁大眼睛，面色惊恐，身体和头不自然地后倾："等、等一下，于飞，我我我……"

然后于飞的嘴被人捂住了，张发财道："她不是说了等一下吗？"

嗯？我转头一看，身边的张发财已经不见了，怪不得我觉得刚才有风，原来是这家伙跑了。

于飞睁开眼，看着站在他和熊大旁边的张发财："嗯？"

张发财看了一眼熊大："你怎么不揍他？"

熊大显然松了一口气，说话都变顺了："怎么说话的，我是随便揍人的那种小太妹吗？"

"和我打架的时候你可不这样。"张发财道，插到两人中间，站在熊大前面。

"我……我也不是随便和谁都打架的。"熊大眼睛一转，"等下，你怎么会在这里，你偷听我们讲话？"

张发财撇出俩字："路过。"

熊大哼了一声，别过脸，抿着嘴，把笑意压了下去。

于飞视线在张发财和熊大身上转了几圈，声音在张发财的手掌下含糊不清："这是怎么回事？"

张发财松开手，道："你们两个不能在一起。"

于飞问："为什么？"

张发财说："因为我！"

"你……"于飞一脸困惑，"你是？"

熊大从张发财背后探出身，手放在嘴边，快速说道："他就是我说的总是和你形影不离喜欢没事挑事和我打架的张发财！"

"你为什么不让我和她在一起？"于飞打量着张发财，"难道……你喜欢……"

"没错，"张发财看向熊大，"这女人……"

于飞指着自己："我？"

霸道总裁张发财硬是把"是我的"三个字给憋了下去，呛得咳嗽了一阵儿。

于飞叹气："两个男人从中学到工作一直形影不离，你对我朝夕相处日久生情，有些不明不白的想法，也是情有可原……"

"咱俩熟归熟，你再说什么日久生情这么淫秽的话，我照样会翻脸！"张发财揽过熊大，"你仔细看看，你们两个画风都不一样，怎么可能在一起？"

"画风？不一样？"于飞被宅男总裁的新词给弄蒙了，"那她的画风和谁的一样？"

"我！"张发财说完，把熊大一拽，当着于飞的面就亲了上去。

于飞震惊脸。

"此处应有 BGM，"奶奶痛心疾首，"可惜你姨奶奶不在！"

幸好她不在！

张发财搭肩，扬头，挑眉："看到没？是我的。"

熊大捂着嘴，脸颊通红。

"我的天，两次了，两次都不打他！"我无声地吞下了一口绿茶，"简直奇迹。"

"我早就发现他俩有奸情了，尤其是那时候张发财亲完熊大以后，熊大没打死张发财，就说明张发财有戏。"奶奶的声音从我身边响起。

我转头一看，顿时惊了，奶奶灰头土脸蓬头垢面。

我问："奶奶，你怎么变成这样？"

"呵。"奶奶淡淡一笑，"艾莎芝那小妮子还不如我，她已经被

280

我打晕，关在厕所里了。"

我竖起大拇指："姜还是老的辣，您果然是老当益壮！"

"别废话！"奶奶转过头，和我一起趴墙角，"快接着看，我就喜欢这种狗血又精彩的桥段！！"

于飞笑了一声："是谁的，可不是你说的算。"然后去拉熊大的手，拉了一下，没拉动。

于飞："？？？"

张发财笑道："早就说画风不同了，她这种吨位的女人，只有我才拉得动。"

熊大怒道，"揍你啊！"

张发财笑："想打架？好啊，走，去开阔的地方。"拉着熊大走了。

"喂。"于飞在他们身后道，"你不是说过几天是我生日？到时候你会来吗？"

"呃……"熊大转头，还没说话，张发财已经挥手道："会，当然会。"

他侧过头，嘴巴一扬："我们会一起去。"

说完，拉着熊大走下天台，留下站在原地看着他们的于飞。

"这剧情……"我摇头感慨，"也太正常了，正常得有点不正常。"

"爽！"奶奶握拳，"这才是言情，这才是霸道总裁！这才是二男争一女！"

Part 14

反派的作用就是推进恋爱进程

他有毒，可你有病啊

熊大最近心情很好，每天都在笑。

"嘿嘿，嘿嘿嘿，嘿嘿嘿嘿……"

"熊大！"奶奶拿着话筒问向熊大，"作为一个言情女主，你现在被两个男人同时追求，你有什么感想。"

熊大接过话筒，羞涩地说："首先，我要感谢我的爸爸妈妈爷爷奶奶把我生得这么漂亮，还要感谢姑姑姑父，我的老师，把我教育得这么好，还有我的朋友，一直鼓励我，帮助我！当然，最重要的是我太出色了！只有这么出色的我，才能吸引到那么多男人！因为我出色，身上带着掩饰不住的女人味！才能吸引到他们！令他们看到我就疯狂！"

我捂着脸说："你们从哪里找来的话筒，在自己家电视前这么说话你们就不觉得别扭吗？"

熊大捂住脸："哎呀好害羞！"

"……"我并没有看出你有多害羞，反而让听到这话的我觉得莫名羞耻。

"对！你就是这么出色！魅惑了所有人！"奶奶高声道，"你现在爽不爽？"

熊大说："爽！"

"没错！这就是言情小说，言情小说女主就是会很爽！"奶奶开始放眼未来，"放心吧！不只会有他们两个！还会有其他人出现，男三、男四、男五、男六……会有一个一个男人看上你，爱上你！所有男人都围着你转！你可以一个一个把他们虐过来，这样剧情就可以拉得很长。"

"围着我转也不是不行，"熊大皱眉，"但是他们一定得长得帅一点！最近老有一群壮汉沉迷于我的美貌，跟踪我，但是我不太喜欢那些人的长相，把他们都打跑了。"

那群壮汉是瞎了吗？我问："那些壮汉长什么样？"

"身强体壮有肌肉，穿着统一的制服，每天我走到哪儿他们就走到哪儿，而且我打他们他们还不还手。"熊大叹了口气，"没劲。"

"……"那不是张发财给你配的保镖吗？张发财信了奶奶所谓反派一定会挟持女主的鬼话请来的保镖，你知不知道你打走的每一个保镖，都是用钱换来的啊！

我捂着胸口看着熊大——女人，你让我很痛心。

"打走就打走吧，"奶奶说，"现在我们小说的剧情已经步入了正轨，所有的桥段都是正常的，那些烂桃花，不要就不要了。"

你们醒醒，醒醒！有哪本言情小说，女主会把霸道总裁派来的保镖当成追求者而全部打走？

"不过那个冷酷炫，你倒是可以留意一下。"奶奶继续说道，"从他的颜值来看，他应该还有其他的戏份。"

这戏份多不多，果然全看脸。

"对了。"奶奶问，"之前冷酷炫和张发财说的那个竞标，是什么时候？"

我说："是 19 号，于飞生日的第二天。"

"嗯，果然不出我所料。"奶奶缓缓道，"根据我多年来看言情小说的经验，于飞生日那天，一定会发生什么。"

熊大问："会发生什么？"

"那还用说！"奶奶说，"当然是绑架了！冷酷炫会绑架你，用来要挟张发财，不过最后紧要关头，张发财一定会救回你，在千钧一发之际阻挡住危险，为你受伤，然后你俩忽然间情意相通，爱上了彼此。"

开端高潮结尾都有了，连受伤的细节都这么清晰。

一听到张发财的名字，熊大就红着脸别过了头。

可是不对啊，我说："奶奶，你不是一直认定男主是于飞吗？怎么全是张发财的戏份。"

"啊？"奶奶一愣，"是啊，男主是于飞，我怎么会这么顺地列出张发财的戏份，竟然毫无违和感，奇怪。"

熊大说："因为他那个人不对劲儿啊。"

"不对劲儿？"我想了想，也是，对劲儿的人应该也很难打着打着就喜欢你了。

"你们难道没发现吗？"熊大说，"张发财这人太奇怪了！"

"嗯？"我和奶奶望向熊大，"奇怪？"

"当然奇怪了！"熊大道，"张发财这人有毒呀！最近我一想到他就心跳加速面红耳赤，心里又疼又酸，还有点麻麻的，感觉自己快要死掉了！这人简直有毒！我上次和于飞说话的时候发现过去的各种片段都有他！我之前都没有注意到这家伙竟然一直阴魂不散地在我身边！我原来怎么都没发现他是那样的张发财呢！我真是看错他了！"

我和奶奶对视了一眼："……"

"哎呀，不说了，烦人。"熊大红着脸捂着嘴跑回屋子，用被子蒙住自己。

我说："你看，张发财有毒，熊大有病，他俩简直天造地设！"

奶奶一脸震惊："这、这不是拆 CP 了吗？拆 CP 读者群会流失，粉会转黑，作者会被人骂的啊！"

你说的那个作者到底是个什么东西啊。

我长长地叹了一口气，拍了拍奶奶的肩膀："有时候，不是所有事都能全按照套路走，人生就应该有点不同凡响的惊喜，这男主女主一开头就定好又有什么意思呢？"

奶奶愣了半晌，说道："可……可我一直以为艾莎芝是熊大情敌，昨天刚和于飞通气，找了个理由让艾家把艾莎芝关起来了。"

我奇道："于飞也掺和了？"

奶奶说："如果有一个人，时时刻刻跟踪你，要砸你的头，你会不会想把她关起来？"

当然会！

我同情了一下于飞，说："那你再找个办法把她放……"

奶奶挥挥手："算了，就让她关着吧，反正我们普通型女主和她们完美型女主本身就是世仇。这么想一想，还挺高兴。"

这真是……好大仇。

于飞生日那天晚上，张发财来接我和奶奶、熊大去参加于飞的生日宴会，熊大一看见张发财，就变得不自在起来。

张发财也有点尴尬，连忙上来帮熊大开车门，没想到熊大也同时伸手去拉车门，二人手指碰到，都是一愣，然后两人对视。

尴尬的气氛变成了莫名其妙的暧昧。

熊大想要抽手，张发财一把握住了熊大的手，熊大没抽出来，脸色微红地看着张发财。

张发财得意地一笑，熊大好胜心起，眼睛微眯，两只手一起握住了张发财的手，轻蔑地笑了一声，张发财眼睛睁大，额头滴汗，连忙又加了一只手。

二人握着四手，都在不自觉地用力，额头露出青筋，张发财往右掰，熊大往左掰。

"够了！"我喊道，"为什么会从那种气氛变成掰手腕！你俩有病啊！快上车走！"

好好说话

于飞的生日宴会在他家别墅举行，我和奶奶熊大转悠了一会儿，看到泳池边长桌上摆着的糕点烧烤和各种品类的酒水，我激动地握住了熊大的手，真诚地和她说："真诚地祝福你，希望你能和总裁百年好合。"

熊大乱瞟的眼睛定格在一个地方，愣了几秒才转过脸，不自然地道："谁说就是张发财了，我要求也很高的。"

我可没说是张发财啊，你这是典型的做贼心虚。我顺着熊大看的方向看去，看到了手拿酒杯，西装革履，正在和于飞说话的张发财同志，从刚才我就想说，他今天这打扮真是人模狗样。

张发财和于飞发现我们看他，冲我们笑了笑。

"你看这张发财，真是鹤立鸡群，卓越不凡。"奶奶缓缓道，"剪裁得体的灰蓝色西装突出了他高挑的身形，古板的西装被他穿得桀骜不驯，上衣敞开着，袖子挽到了手肘，衬衫随意地打开了两个扣子，露出古铜色的肌肤与健美的身材，更衬托出了他惊人的气场。头发梳到了脑后，只有几缕发丝不羁地散落在棱角分明、宛若希腊雕像一般的脸上，突出了几丝潇洒霸气。浓密的眉毛，高挺的鼻梁，犹如艺术品一样令人赞叹的外貌，乌黑深邃的眼眸看起来冰冷异常，不带一丝温度，却在看见内心珍爱的、那名叫作熊大的可人儿时，眸子深处泛出了一丝温暖与宠溺，完美的薄唇扬起了一个完美的弧度。"

我说："奶奶……咱能别说了吗？太羞耻了！"你没有看见连那个可人儿熊大都打了个寒战起了一身鸡皮疙瘩吗？

奶奶瞅我一眼："不能，言情小说怎么能没有外貌描写。"

从男配升到男主，感觉奶奶对张发财的待遇瞬间上升了几个点。

说话间，张发财和于飞已经冲我们走来。新欢旧爱一起来，熊大有点激动，有点紧张有点忐忑，紧张地把桌上的食物往盘子里放。

然后张发财被一个身材凹凸有致的美女拦住说话了，那美女妖媚异常，说话都用的假声，娇滴滴地道："张总裁，你好。"

熊大脸一沉："那女人谁啊？"

奶奶说："毕竟是总裁，会有一些炮灰女配往上贴也正常。"

炮灰女配嗲嗲地问："嘻嘻嘻嘻，我们原来见过，你还记得我吗？"

张发财说："你妈是谁，我不记得。"

"哎哟讨厌啦，张总裁你还是这么幽默。"炮灰女配一边笑一边往张发财身上贴，声音嗲得要死。

熊大脸黑了："她是因为胸前装了两个保龄球压到声带所以说话才变调了吧？"

你说话也够毒啊。

奶奶叹道："这种被钱迷昏眼的炮灰女配属于烦人而不自知的类型，可不是那么容易撇开的。"

果然，张发财扒那女人没扒开，那女人硬是抱着张发财大腿："总裁，总裁你看看我啊，你有钱，我有胸啊。"

熊大看了看自己的胸。

张发财拖着抱在自己大腿上的女人往这边走，模样坚定而凄惨。

一身轻的于飞走到熊大身边："我们谈谈？"

"好啊。"熊大看着张发财，咬牙切齿地跟着走了。奶奶马上跟了上去。

张发财拖着那女人走到我身边，看着熊大的背影："你姐很奇怪。"

我说："她一直很怪。"

"我觉得她喜欢我，可她把我给她配的保镖都打跑了，她这是不愿意接受我的好意，成为我的女人？无妨，我可以放长线钓大鱼，总有一天，这个迷人的小东西会自愿投入我的怀抱。"张发财说，"说完，我眯起眼睛，充满自信地邪魅一笑。"

"……"我抖了一下，看着张发财。

"……"张发财也抖了一下，别过了脸。

我和张发财陷入了沉默，抱着张发财大腿的女人默默地起身，面无表情地拍了拍裙子，走了。

张发财有点干涩地说："你不说点什么吗？"

"……你这么对熊大，实在太困难了，"我说，"毕竟总裁的女人都是让人捉摸不透的小妖精，是总裁命里的克星，一栽就是一辈子。她说一句，傻总裁，我骗你的，你就永远都抗拒不了这样的小妖精。"

张发财抖了一下："……"

我扶额："……"

张发财问："能不能正常说话？"

我说："你正常，我正常。"

张发财："其实……"

我秒懂："我奶奶教你的吧？"

张发财说："之前你奶奶说要教我说情话，我想试试效果。"

我说："如果你珍惜我们之间的友谊以及你和熊大之间的感情的话，我劝你不要这么继续下去。"

"我就觉得这风格不对劲儿，"张发财放松下来，拍拍我的肩膀，"所以我才先在你面前试一下。"

算你聪明，如果你在熊大面前这么说，估计她会控制不住地揍你。

张发财胳膊在我肩膀上一搭，问道："最近熊大有没有和你说过什么？"

我问："说什么？"

"说我啊。"张发财说，"我都和她说了喜欢她，她怎么一点表示都没有。"

身为一个围观了他们全程的观众，我马上明白张发财在纠结什么。

作为一个不按常理出牌，三番四次扒掉总裁男主裤子，和总裁男主打架，抢总裁男主女朋友的奇葩，熊大危险系数确实很高。

被伤害那么多次的张发财有心理阴影也是正常的。

我说："行，我帮你打听一下。"

张发财说："呵，我只是随口问一下，她必然是喜欢我的。"

我说："既然你那么有自信，那我就不问了。"

张发财说："咱俩关系这么好，我打算请你吃饭。"

我这姐夫也真是死要面子活受罪。我说："咱俩关系这么好，我不止帮你问我还帮你刷好感。"

张发财哥俩好地拍了拍我的肩膀，道："明天就竞标了，我怕冷酷炫对熊大出手，安排了很多保镖保护她，你也看紧点熊大，别让她出什么事。"

虽然我觉得绑架熊大是一件极其困难的不可能任务，然而张发财这么关心熊大，我还是非常感动。

我给他出主意："你干脆马力全开，追她好了。"

"不，"张发财说，"我是走冰山路线的，太热情不是我的风格，最好有个什么方法，让熊大能更爱我一点，最好是她来和我说她喜欢我。"

深受奶奶套路浸染的我突然想到了一个妙计，我和张发财说："不如这样，你就让熊大被绑架，然后你英雄救美。"

张发财皱眉："我救她？"

"对，你救她！"我说，"你想想那些美国大片，哪个不是英雄救美抱得美人归的。熊大那武力值，就算被绑架了，倒霉的是劫匪不是她，但是你救她，不但能打冷酷炫的脸解恨，还能刷熊大的好感值，一石二鸟！"

"有道理！"张发财点头，冷笑道，"就让那冷酷炫知道我的实力，冷酷总裁可不是只看名字那么简单。"

他真是个好姐夫，虽然审美观扭曲还宅，但是他能请我吃饭，于飞张发财二选一，我绝对挺张发财。

只要他好好说话。

这种破情节有什么意思

为了保护张发财的姐夫地位，我走向于飞和熊大，和奶奶一起盯梢偷听。

熊大问："你找我有事？"

于飞说："据说艾莎芝今天从家里跑出来了。"

"什么？"熊大惊道，"那不是很危险，你要小心她找到你，然后爆了你的头！"

你们这语气就像是警匪片里的恐怖分子越狱了一样，她只是个追求爱情的女配好吗？

于飞说："我担心她会对你不利。"

熊大道："没事，只要我戴上防毒面具，她打不过我。"

于飞说："我加强了安保，着重保护你和我，还请了医生过来以防万一。"

我说："我怎么感觉谁的仇敌目标都是熊大。"

"你不懂。"奶奶说，"女主就是言情小说中的柯南，狩猎场的兔子，是所有人的目标。"

"这么麻烦。"熊大说，"要不然你就让她砸一下吧，说不定砸一下就想起来了。"

于飞："……你关心一下我怎么样？"

熊大想了想，说："其实吧，我觉得我应该和你说清楚，就算你失忆了，我也不应该趁火打劫来骗你，毕竟你不是真的喜欢我。"

于飞说："不……"

熊大说："上次你和艾莎芝告白后我很伤心，觉得很委屈，后来被熊二提醒了，我才发现我是不甘心，我不甘心我在最好的时光里付出了最单纯的感情，最后却连说都没说出来。我很感激张发财上次在那种难堪的情况下帮助了我，因为那不是我说出那句话的最好的情景。"

于飞抱着头："什么话？"

熊大看着于飞，认真地说："于飞，我曾经喜欢过你。"

"曾经？"于飞问，"那现在呢？"

熊大摊开手，耸耸肩："我想通了，我不能一直沉溺在过去的幻想中无法自拔，你看，我们也不合适嘛，我又不是你喜欢的类型，我也不能因为喜欢你就一直装成你喜欢的模样，毕竟画风不一样。"

于飞说："我现在喜欢你了。"

熊大说："可你又不是真正的喜欢我，我那么美，为什么要喜欢一个不喜欢我的人。"

于飞道："怎么不是真正的喜欢，你喜欢我，我喜欢你，这不是很好吗？"

熊大说："我觉得我现在不是特别喜欢你了，我心中的火似乎冷却了。"

于飞说："那就再烧起来啊！"

熊大道："问题是它似乎烧到别处去了。"

于飞说："不管烧到哪里，你都可以和我在一起，说不定能让那火重新烧起来，只要添点柴就行！"

"唉，"熊大摇手，"太麻烦了，不干。"

于飞："……"

熊大说："你再仔细想一想，我觉得你是能想起来的，毕竟你喜欢艾莎芝，你仔细想想。"熊大吃着刚才夹到盘子里的菜，"比方说你和艾莎芝约会的时候，她使用的秘密武器……"

"等一下……"于飞脸色突变，"你在吃什么，为什么这么臭？"

熊大说："油炸臭豆腐，刚才从那边拿的，你要吃吗？"

为什么这么高端的生日宴会，会有油炸臭豆腐这么一道菜！

于飞惊道："这个味道……好熟悉……"

"……"我有种槽点太多不知道该从哪里吐的感觉。

于飞按着自己的太阳穴："等下，我似乎想起来什么了……

294

对，我和艾莎芝在逛街，然后对面来了一辆自行车……啊，莎芝呢，我的莎芝呢！"

我和奶奶小跑到于飞面前："你记忆恢复了？"

"对，我想起来……"于飞话还没说完，头上忽然被砸了一个榴莲，然后倒了下去。

我们目瞪口呆地看着倒在地上的于飞，又看了看拍着双手、一脸得意地喘气的艾莎芝，心中惊讶极了。

"哎呀！"追在艾莎芝身后的保镖痛心疾首，"没追上，晚了一步！"

"哼！"艾莎芝喘着粗气，斜眼看熊大，"你真以为你能比过我，我才是真的女主！这下，他一定能恢复记忆！"

我们把目光在于飞和艾莎芝身上来回移动了几回，异口同声："他刚才已经恢复记忆了。"

"嗯？"艾莎芝冷笑道，"你们还想骗我。"

这时容雨薇带着之前的医生走过来。那医生道："虽然你们都对套路很熟了，但是我这次特地过来，还是想提醒你们一句，脑子受到撞击的病人，刚醒过来时脑子也许会有一阵不清醒，但是很快就能恢复过来，尤其是看到一些熟悉的场景或者物品，想起来的概率更大，希望你们尽量不要使用暴力……"

我问："在医院的时候你怎么不说？"

医生拿着个烤鸡腿："不只你们懂套路，我也懂，把握好时间点，合理透露信息，剧情才会更精彩。"

说白了就是想看热闹吧！

医生扔掉鸡骨头，看着躺在地上的于飞："哎呀，好像说晚了，幸好今天医生来得多。来人啊，上担架，这里有个病人被砸晕了！"

"对不起，于飞……"艾莎芝拉着于飞的手，一路哭哭啼啼地跟着担架走远了，"我不是故意的……"

一群人乱糟糟地走了。

我叹道："套路！都是套路！这各种套路真是让人防不胜防……"

"唉……"奶奶叹道，"套路有风险，行凶需谨慎。"

我将视线转回到熊大身上："老大，你这可是把男神彻底拒绝了。"

"拒绝就拒绝了。"熊大说，"我这么美，爱我的人得排队排到南天门。"虽然是这么说，脸上的表情却有点惋惜。

我说："比如说张发财？"

"关他什么事！"熊大骂道，"让他和保龄球一起过！"

奶奶说："按照张发财那奇特的审美，他应该不会喜欢保龄球。"

"那可不一定，"熊大道，"刚才保龄球还抱他大腿呢。"

你们直接叫炮灰都比叫保龄球强！

我用深沉的目光看着熊大："你对张发财有啥想法？"

"啥想法？"熊大有点慌，"我我我我能有啥想法？"

奶奶说："我觉得你对张发财还挺有好感。"

"咦？"熊大更慌了。

我斩钉截铁地道："你中意他！"

"你……你们说什么呢！怎么会！我才刚失恋！刚下定决心告别和于飞的感情，内心一片荒芜，情绪十分消极，心情十分低沉，怎么会这么快喜欢其他人。"

熊大的脸嘭地一下变得通红，捂住嘴："我怎么会这么容易变心？我难道是个坏女人？我这么快变心？哎呀这怎么可能，怎么办我好纠结！"

我安慰地道："其实也不用……"

熊大说："算了管他呢，还是遵循自己的内心吧。"

你好歹把纠结的时间延长一下好吗？

"不对，之前张发财还说喜欢我，"熊大很生气，"他喜欢我他不来追我，还敢和保龄球拉拉扯扯！"

我谨记自己的任务，给张发财说好话："这就是你的不对了，上次他说喜欢你你没回应，他肯定不会再说了，万一你不喜欢他，一言不合又打起来怎么办。"

熊大说："我是那种随便打人的人吗？"

我说："你不懂，男人都是有自尊的，要不然你去和他说一声，说你喜欢他。"

"谁说我喜欢他了，"熊大说，"他喜欢我，应该他来追我。"

你俩还真是爱较劲儿，俩人都这么较劲儿要怎么愉快地剧终啊！

奶奶赞同我的话："哎，熊二说得也对，时机不好，他应该不会再次告白，毕竟说了也尴尬，而且一点都没有水到渠成的顺畅感！"

熊大问："那要怎样？"

奶奶说："怎么样也得经过一场轰轰烈烈的大事件，两人生死与共，共述情谊，才能迎来圆满的大结局。"

熊大皱眉："哪有什么轰轰烈烈的大事件？"

"这不是现成的吗？"奶奶拉着我和熊大，伸手指，"我从刚才就开始观察了，你看那边那个，还有那个，神情闪烁形迹可疑，一看就是坏人，如果我估计得没错的话，这些人就是冷酷炫雇来绑架熊大的绑匪 A 和绑匪 B！"

我惊道："你怎么知道？"

"那当然是因为……"奶奶压低了声音，"那俩人就是之前跟在冷酷炫身边的小弟甲和小弟乙。"

这都没认出来，我真是脸盲。

我问："既然都发现了，为什么不报警？"

奶奶瞪我一眼："报警了就直接全剧终了，情节还能发展吗？"

熊大连连点头："那要我怎么做？"

奶奶说："你让他们把你绑架，然后张发财来救你，这样，一方面可以体现出你柔弱可人的一面，一方面又可以让张发财展现出男主帅气的雄风，一举两得！"

熊大拍手："不愧是奶奶，竟然能想出这么完美的计划！"

奶奶说："那些绑架我们的人，绝对想不到，我们这么机智，会利用他们！"

真巧，张发财也打算利用他们。我同情地看着绑匪 A 和绑匪 B，被冷酷炫利用、被张发财利用、被熊大利用，最后却只能拿一份钱。

太亏了。

这就是我们等待已久的绑架

我一直盯着冷酷炫的小弟甲和小弟乙，也就是绑匪 A 和绑匪 B。

正如奶奶说的，这俩人贼头贼脑，鬼鬼祟祟，一看就是来做坏事的，于是他们顺其自然地成为了于飞和张发财两边的保镖的重点关注对象。

绑匪 A 和绑匪 B 显然业务不纯熟，经验不够，发现被关注了以后动作僵硬畏首畏尾，俩人一紧张都掉进了泳池，看起来十分可怜。

于是我劝张发财，把保镖撤走。

张发财撤走了保镖，不放心地跟在我身后："会不会有危险，毕竟明天早上十点之前我必须要去招标现场。"

"放心吧，"我说，"毕竟现在绑架的希望绑架成功，被绑架的也希望绑架成功，同一个世界同一个梦想，你好我也好，何苦苦苦相逼呢。"

我指向熊大："你看，这对熊大来说也是个全新的体验，你不知道熊大多么期望自己被绑架。"

为了让熊大落单，又能让我和张发财交流，我布置了一个阵型，熊大打头，我和奶奶随后，最后是张发财，每个人都隔了几步，说近不近，说远不远。

俩绑匪果然上钩，没过一会儿，就一前一后地跟在我们阵型后，穿梭在宴会场地，晚宴上其余人用好奇的目光注视着我们，还有一些活泼的想加入进来跳圆圈舞，被张发财的保镖赶走了。

熊大一路走，一路回头看那俩绑匪，眼睛亮晶晶的，非常激动。

那两个绑匪跟在我们身后，被她看得很不自在。

熊大几步退到奶奶面前："奶奶，一会儿被绑架了，我是反抗呢，还是不反抗呢？我怕反抗了他们帮不了我，可是不反抗又太假。”

奶奶说：“小小地反抗一下就可以。”

熊大"嗯"了一声，回头对着两个绑匪礼貌地笑了一下，快走几步，拉开距离。

我回头看了一眼，绑匪A和绑匪B脸色很难看。

没两分钟，熊大又退下来："奶奶，那我一会儿被绑架，是要叫‘啊！’还是叫‘呀！’呢？我觉得‘啊！’听起来比较真实，但是‘呀！’比较可爱。”

奶奶说：“随便你，但是一定要自然。”

“好！”熊大笑着对两个绑匪点了下头，雀跃地往前。

绑匪A和绑匪B额头滴汗，显然心理压力很大。

又过了三分钟，熊大走到了偏远处，再次退下来："我走的这个地方够不够偏？方不方便他们下手，不然我再走偏点，毕竟我害怕他们被发现。”

奶奶说：“你配合一点。”

“行。”熊大又看了一眼绑匪A和绑匪B，露出了一个歉意的笑容。

“够了！”绑匪A和绑匪B大喊一声，跳出来，"绑匪也是有尊严的，你说话那么大声当我们听不见吗？”

熊大说："谁让你们一直不来绑！”

两个绑匪怒道："我们绑不绑关你什么事！”

熊大很不高兴："怎么不关我的事，我就知道你们两个胆小鬼不敢！”

绑匪 A 和绑匪 B 喊道："谁说我们害怕！我们马上就绑！"

熊大说："有本事现在就绑！"

两个绑匪怒道："别以为我们不敢！"

熊大张开手臂："来啊！绑！"

绑匪喊："绑就绑！"

熊大说："来啊！"

"绑！"绑匪 A 以迅雷不及掩耳之势打晕了偷偷看戏的张发财，绑匪 B 往张发财身上套了个黑袋子，然后两个绑匪扛着张发财，风驰电掣地把张发财塞进一辆小轿车，绝尘而去。

我："……"

奶奶："……"

熊大："……"

"为、为什么？"熊大看看我们，指了指绑匪逃走的方向，又指了指自己，"我还在呢。"

我们一起对着那车的背影伸出手："绑——错——人——啦！"

"怎么了？"容雨薇走过来，看着石化的我们，"你们……在这摆造型是要照相吗？在 COS 尔康？"

"我不懂！"熊大很生气，"为什么要绑走张发财！柔弱的女主不是在这里张开手臂等着他们绑架吗？这些绑匪脑子是有坑吗？"

"这叫什么事！"奶奶也很气愤，"咱们周围就不能有点正常人吗？就不能有个正常剧情吗？这样下去剧情怎么发展，这弱智剧情根本不合理啊！"

容雨薇奇道："你们在骂谁？"

"冷酷炫！"我说，"他绑走了张发财！"

"不用担心，我找人帮你找啊。"容雨薇揽住熊大的手，"不要生气，我找帅哥模特来给你按摩喂你吃水果还叫你女王大人啊。"

"不，我现在没心情。可恶的冷酷炫！"熊大很愤怒，"我真想问问他是怎么想的，为什么要这么做！他脑子是怎么长的！哎呀好气啊！"

"好吧，冷酷炫是吧，我问问……"容雨薇拿着手机打了几个电话，然后把手机给熊大说："我打听到他的手机号了，打过去？"

容大小姐你还是一如既往的给力，做实事做正事，少有的正常人！

免提的手机里很快响起了冷酷炫冷冷的声音："喂？"

"冷！酷！炫！"熊大说，"你的手下绑错人了！快让他们回来，我在这里等他们绑架我！"

冷酷炫："你是谁？"

"我是熊大。"

"谁？"

"熊大。"

"……"冷酷炫沉默了，沉默的时间很长。

我问："你是忘了熊大是谁吧？"

冷酷炫说："呵呵……怎么可能，我记性很好的，熊大嘛，就是那个胸挺大的女人。"

"不错，"熊大点头，"你果然记得我。"

这显然是忘了以后听名字胡诌的吧！

冷酷炫又问："你们说我手下绑走了谁？"

"张发财。"熊大说，"你们绑错人了。"

冷酷炫停了几秒，说："我不太懂你的意思。"

"不要装了……"奶奶对着电话说，"你听到这个消息，肯定陷入慌乱之中，毕竟你们没有理由绑走张发财，熊大才该是女主！你们应该绑走女主才对，连男主都绑，不给男主英雄救美的机会，你是不是男人？你这个反派怎么当的！现在改正还来得及，你赶快让手下把张发财送回来，把熊大绑走。"

冷酷炫问："我为什么要绑走那个叫熊大的？"

奶奶说："为了要挟张发财，你不是说要让张发财无法出现在明天的竞标会上吗，你肯定要用张发财最爱的女人威胁他。"

"对啊！"熊大说，"你应该绑架我威胁我爱上我最后绝望地放弃我的啊！明明有这么多充实的事情可以做！你绑架张发财干什么？你为什么不绑架我？你是傻的吗？"

"你们才是傻的，你谁啊我为什么要绑你？"冷酷炫也怒了，"我只要绑架了张发财，他就无法出现在明天的竞标会，我为什么还要再去绑架那个叫什么熊大的威胁他？我有病吗？"

我："……"

奶奶："……"

熊大："……"

容雨薇看向我们："他说的很有道理。"

我羞愧地低下头。

奶奶还在垂死挣扎："可是……可是……没有你这种反派，你怎么不走套路呢……你，你这样不对。"

"哦！"冷酷炫忽然道，"我想起来你们是谁了，熊大，就是张发财喜欢的那个女人。"

熊大怒道："把张发财放了！"

"放心吧。"冷酷炫又恢复了冷漠的语气，"明天竞标结束以后，我会把他放走的。"

"不行！"熊大很生气，"现在就把他还给我。"

冷酷炫冷笑："有本事，你们在竞标之前把他救走。"

如何玩坏一个装蒜的反派

黑夜，无灯的客厅里，坐着一个人，他静静地坐在沙发上，面对着黑屏的电视，撑在腿上的双手交握，下巴抵在关节上。

不知道他保持这个动作坐了多久，他就像一座孤独的雕像，沉浸在无边的黑暗中。

一个穿着风衣的男人走到他身后，用手推了推眼镜。

他保持原来的动作，一动没动，声音却有些干涩："怎样？"

眼镜男道："没有找到。"

"什么？"他提高了声音，"你们竟然连一个人都找不到！为什么找不到，给我一个理由！"

眼镜男说："因为天黑，下班了，大家都回家睡觉了，没人找。"

"……"

奶奶打开灯，感动地走到熊大身边："太棒了，熊大，你看起来就是一个真正的男主……不，女主！"

一个女主，为什么这么有男主范儿！

"怎么这样！"熊大站起来，很不高兴地看着眼镜男，"你们组织不是很热爱工作的吗？"

"我们 FF 团热爱的是烧死情侣的工作！"眼镜男怒道，"这种拯救异性恋的工作谁愿意做！要不是容大小姐长得漂亮，让我们帮你，还答应帮我们联谊，这活儿根本没人干！"

说白了你们就是想脱离 FF 团吧！

"而且你们光说人被绑了，什么线索都没有，怎么找。"眼镜男说，"就算是让福尔摩斯破案，也得给点线索吧！"

"会有线索的。"熊大握着手机，语气低沉，过了半晌，她看着手机的眼睛忽然睁大。

她快速地打开电视，点开了一个应用。

电视上出现了一个昏暗的房间，冷酷炫坐在皮椅上，嘴里叼着一只雪茄，身后是办公桌，旁边站着绑匪 A 和绑匪 B。

我震惊道："冷酷炫！他怎么会在这里？"

冷酷炫笑了一下，懒懒地道："因为我想看一下你们绝望的表情。"

奶奶惊道："没想到，冷酷炫这个变态为了看到我们难过的样子，竟然找到了顶级黑客，黑了我们的智能电视！"

我感慨："果然是大 BOSS，实力雄厚。"

"不是，他从容雨薇那里问到了我的手机号，然后加了我的微信好友，现在我们是视频聊天。"熊大顿了一下，"还是他主动加我的，发送了请求'我是冷酷炫，找个大点的显示器视频'。"

"……"我和奶奶鄙夷地看着冷酷炫。

"……否则呢。"冷酷炫不自在地动了一下，"你们以为顶级黑客是随手就能找到的吗？"

"用这种方法，"奶奶摇头，"你对得起冷酷炫这个名字吗？"

冷酷炫调整好了心情："呵，我不在意手段，我只在乎结果，能看到你们伤心绝望痛苦的样子，我就满足了，哈哈哈哈。"

我说："可是我家电视没有摄像头，我们能看见你，你能看见我们吗？"

冷酷炫："……"

看来是看不见。

冷酷炫掏出了一把枪："你们不要忘了，张发财还在我手上。"

我们倒吸一口冷气："你想做什么？"

"不要这么紧张嘛。"冷酷炫拿着雪茄笑道，"这不是真枪，这只是个打火机。"说着，他帅气地扣下扳机，枪口冒出火，点着了雪茄。

熊大眼中闪出寒光："男人，你这是在玩火！"

冷酷炫嘴角抽动："……"

"冷静点，"眼镜男安抚我们，"你们把 BOSS 玩坏了怎么办？"

冷酷炫怒道："张发财在我手上，如果你们惹怒我，我……"

"你想做什么！难道你想强迫他，然后爱上他吗？"熊大说，"不行，那是我的戏份！"

冷酷炫说："我……"

"我知道你想干什么！"奶奶说，"你打听到张发财爱穿花裤衩，想拍下他穿花裤衩的照片借此要挟他，你知道他最怕被别人看到他露出花裤衩的样子，用艳照梗和要挟梗毁灭他的自尊心！"

我心中一凉，没想到这冷酷炫竟然会用这么卑鄙的手段让一个男人屈服，我唾弃地看着他："你这个畜生！"

"什么鬼！"冷酷炫崩溃，"我只是想揍他！"

眼镜男很同情他："都说了，你们别这样玩 BOSS 了。"

"开玩笑，谁玩谁！"冷酷炫怒气冲冲，拍着皮椅扶手站起来，"看来你们是不见棺材不掉泪，告诉你们，张发财现在被我五个小弟看着，我一声令下，他就会被打得满地找牙！我让你们看看张发财现在有多惨！"

说完，绑匪 A 走过来，看样子是拿起了冷酷炫的手机，画面移动起来。

冷酷炫打开了一扇门，屋子里倒着四个鼻青脸肿的人，张发财拎着最后一个人的领子，正在揍他。张发财闻声回头，镜头正好照到他暴怒的冰山脸，犹如一只嗜血的黑豹。

冷酷炫迅速关上门，然后和绑匪 B 一起挪了一个柜子挡住门。

我："……"

奶奶："……"

熊大："……"

冷酷炫坐回椅子上，没事人一样道："看到了？我是个说话算话的人，我不会虐待张发财的，明天竞标结束，我就会放了他。"

我从未见过如此厚颜无耻之人。

熊大道："他明天得去竞标现场！你现在就得放了他！"

冷酷炫说："我要是不放呢？"

"你不放无所谓，"熊大说，"我去救他出来！"

冷酷炫笑道："世界这么大，你知道我在哪儿？"

熊大道："你在酷炫大厦。"

冷酷炫脸色大变："你怎么知道！"

"朋友圈。"熊大拿起手机，冷酷炫朋友圈的第一条是半个小时前发的——呵呵，今天钓了一条大鱼。配图是他坐在皮椅上的自拍。下方地址定位：酷炫大厦。

客厅里陷入死一般的沉寂。

我终于明白奶奶之前为什么总说反派智商总是低于主角了。

眼镜男看向我们："他只不过是装一下，你们何苦总是戳穿他？"

"够了！你们这群神经病！"冷酷炫终于抓狂，抓着自己的头发大喊，"你们来吧！我看你们能不能救走张发财！"

冷酷炫抱着头，停了几秒，忽然抬头："对了，你们刚才说什么来着？拍照威胁他，打击他？"

冷酷炫露出了一个疯狂的笑容："听起来似乎不错呢！"

然后视频断了，电视返回主界面。

我心中升起一股凉意："他疯了！"

奶奶惊叹："这个疯子！他想做什么！"

"不都是被你们逼的吗！"眼镜男喊道，"我是开了眼了，任何人碰到你们都得疯！"

"我不会让张发财受伤的，"熊大活动着关节，眼中射出冰冷的光芒，"敢动我熊大的男人，找死！"

"……"看着熊大冷酷霸气的模样，我觉得这剧情不太对劲儿，但仔细一回想，似乎熊大这场恋爱，本来就没有一处正常。

Part 15

爱演的中二反派死于话多

\# 女主啊，为何你总拿男主剧本 \#

清晨，我和熊大、奶奶从眼镜男的车上缓步走下，站成一排。

奶奶穿着广场舞太极服，我穿着运动衫，熊大则是黑色连体装。我们三人杀气腾腾地看着面前这座大厦——酷炫大厦。

这栋大厦是冷酷炫的产业，大楼高耸入云，看起来就很土豪。

这让人回想起第一次站在土豪大厦面前的情景，正是熊大和张发财再次相见。

熊大握紧了拳头。

酷炫大厦里呼啦啦地跑出一群人，以体操队形散开，这群人身着统一服装，白 T 黑裤，T 上印着几个大字——FF 团。

我们一惊，马上转身，只见眼镜男从车上下来，慢慢走到那群人前面，脱去风衣，露出里面 FF 团白 T 恤。

"你被冷酷炫收买了！"奶奶指着他，神色惊疑不定。

眼镜男摆出一个起势："自古忠义难两全，我身为 FF 团成员，已经帮你们许多，现在，是我回归组织的时候了。"

"你……"我看着眼镜男，心情波动起伏，"我以为我们是朋友。"

"虽然我看重友谊，但我也要坚持我的梦想。"眼镜男眼角滑过一滴泪，"和你们在一起的日子，我很开心，现在，我的内心也十分难受，痛苦纠结伤心寂寞冷……"

眼镜男话未说完，脸上中了一拳，倒了下去。熊大收拳，一脸煞气地环顾四周："老娘管你是谁，敢拦我，神挡杀神佛挡弑佛！"

FF团众人大叫着冲了上来，与熊大开打，周围瞬间变成修罗场，惨叫之声不绝于耳。

打架我和奶奶是帮不上手的，奶奶拉我道："熊大有勇，我们有谋，我们是智取的类型，走！"

我奇道："去哪儿？"

奶奶说："去找张发财！"

说完，奶奶带着我来到了一个脚手架旁边："我已经做好功课了，顺着这个脚手架爬上去，就能到通风口，然后我们就可以顺着四通八达的通风口寻找张发财！"

"等确定张发财的位置之后，我们再告诉熊大，然后里应外合救出张发财！"我脑中闪出无数中外动作片的片段，"妙计！精彩！"

于是我和奶奶爬入了通风口，开始找张发财。

这通风道里全是灰，道子又窄，我们匍匐前进，感觉烟雾弥漫，爬过了一间又一间办公室，吸了一肚子的PM2.5。

一层楼找完，没有看到张发财的身影。而我和奶奶已经灰头土脸，宛若泥人。

动作片里都是骗人的，主角不可能干干净净地爬完通风道。

奶奶分析道："这大厦总共28层，让我来分析一下，首先，张发财应该不会在低层，因为低层容易逃跑，人多，所以我们应该从高层找。其次，张发财不应该在大办公室，因为那边都是格子间，竞标时间之前，已经开始上班了，把人绑在那里容易被人发现，所以我们应该找独立办公室。"

奶奶分析得很有道理，然而我总觉得有哪里不对。

奶奶拿出四个吸盘给我，道："来，我们从通风道爬上去，从上往下找！"

我震惊了："这有28楼！"

奶奶道："为了救你姐夫，我这把老骨头都能一拼，你又有什么说的！你姐夫正在被人凌辱，我们分秒必争，一点都不能耽搁，不能让他们糟蹋了你姐夫！"

我心中一寒，头皮发麻，身上起鸡皮疙瘩，就像是被九天玄雷劈过一样。

是的，这种感觉，似乎就叫——雷！

不能让这么雷的事情发生。

于是我俩吭哧吭哧往上爬，爬到3楼我俩就受不了了，奶奶倒在通风道里："猴子，你一个人去吧，奶奶在这等你！"

我一看楼上的二十多层，对奶奶说："奶奶，我们为什么要从下往上爬，不从上往下爬？"

奶奶说："有道理，我们去天台，从天台下来。"

我问："问题是怎么到天台上去？"

奶奶说："跟我来，我有办法。"

我跟着奶奶从通风口出来，站到了隔壁的大楼楼顶，奶奶拿出一根带钩子的绳子，我看着那绳子，有种不祥的预感。

奶奶嗖嗖嗖地飞了半天，把绳子扔到了酷炫大楼楼顶，然后钩子一钩，稳住了。

奶奶把绳子递给我，笑呵呵地趴我背上："没想到有一天，能让孙子背我。"

我哭着接过绳子，从楼上荡了过去。

然后奶奶揪着半死不活的我，蹿到 28 楼的通风道，继续匍匐前进。

功夫不负有心人，我们终于找到了一间不同寻常的房间。

两个肌肉壮硕的平头男，一左一右站在门两侧。我和奶奶从通风口偷看，那门上写着"董事长办公室"六个大字。

我和奶奶对视一眼，心中了然，张发财十有八九就在这里面。

我俩悄悄从另一个通风口出来，跑向电梯，心中充满胜利的喜悦，打算快点把这个消息告诉熊大。

"叮"电梯门一开，就有两个 FF 团成员被扔了出来。

熊大拽着 FF 团的眼镜男，杀气腾腾地踏出了电梯，看见我和奶奶，愣了一下："你们怎么在这儿？"

我们知道的信息比熊大多，心中都很得意，奶奶笑着问："我们要是不在这儿，你知道张发财在哪儿吗？"

"知道啊。"熊大说，"董事长办公室嘛。"

我和奶奶的笑容凝固了。

"你们不知道吗？"熊大说，"视频聊天的时候看背景就猜出来啦。"

奶奶问："那你知道董事长办公室在哪儿？"

"嗯，"熊大说，"一楼的大地图上写着呢。"

我和奶奶："……"

熊大问："那你们俩在这儿干什么，为什么弄得这么脏？"

"我们……"我看了一眼奶奶，苦涩地说，"在散步……"

那边两个平头保镖听到声响，已经赶到此处，山一样挡在走廊。

"呵……"熊大随手扔掉手里的眼镜男，擦了一下脸颊的血，弓步起势，"来啊！肌肉男！"

两个平头保镖一前一后冲了上来，熊大身体后翻躲过前面一人的拳头，然后双腿夹住那人手臂，一转，就听得咔嚓一声，那保镖疼得跪在了地上，熊大趁机手脚回身，一肘怼在了那人胸口，保镖就倒下了。

后一个保镖见状，脚步一顿，迟疑了一下，熊大已经飞身向前，脚在墙壁上借力，起脚踹在那保镖的脖子上，那保镖一个反转，摔在地上不动了。

熊大站在原地，揽了揽头发，轻蔑地看着那两个倒在地上的男人："弱爆了。"

我和奶奶啪啪拍手，不愧是熊大，战斗力爆表，瞬杀！

熊大道："敢绑架我的男人，就得付出代价。"

奶奶赞叹道："真是酷炫狂霸拽！"

确实酷炫狂霸拽没错，然而这么酷炫狂霸拽的戏份，难道不应该是男主的吗？

你竟然没有被……#

晨光照亮了整个办公室，冷酷炫背着我们，坐在皮椅上。

我们三人一起冲进办公室。冷酷炫转了椅子，面对我们："不容易啊，你们竟然到这儿了。"

熊大问道："张发财呢？"

冷酷炫打了个响指，两个绑匪从屋子里押出一个人。

那人正是张发财，他衣衫凌乱，手被绑在身后，表情扭曲，扭曲的表情中带着痛苦、迷茫和深深的耻辱。

看到他这副模样，我们心中都咯噔一声。

熊大身体一晃，捂着胸口，前进一步，死死地盯着张发财，语气轻柔，像是害怕吓到他："张发财，你，你没事吧？"

张发财道："我没事，你们怎么来了？"

熊大道："我们来救你。"

张发财表情一松，深深地看着熊大："你来救我？"

"我、我也不是特地来救你的，"熊大脸红了，"只是顺、顺路而已，我们认识那么多年了，我也不好看你被人绑架。毕、毕竟你还说过喜欢我……"

张发财勾起嘴角："你为什么救我？"

熊大对手指："我们打出来的交情，当然要救你……你可别多想，其实我没别的意思，就是顺手，就是顺路，就是碰巧……"

张发财笑得很温柔："我懂，谢谢你。"

熊大红着脸："不、不客气。"

屋内陷入沉默，无数粉红泡泡充斥在我们和绑匪身边，熊大和张发财虽然相隔几米，但身上却带着能戳瞎我们狗眼的光芒。眼镜男爬到门口，指着他们，恨恨道："秀恩爱，死得快！"

奶奶推了推熊大，低声说剧本："搞什么，正常情况下，你们一相见，就应该互相呼唤对方的名字，你喊发财，他喊熊大，然后他要往你这跑，绑匪拽一下他，警告他不许动，你就怒喊，放开他。这样才能体现出你们的深情。"

我们再次看向对面绑匪，现在过了那个时机，这情节已经无法推动了。

"……"屋内沉寂了片刻，绑匪 A 和绑匪 B 扯了下稳如泰山的张发财："不许动！"

真是善良又有眼色的绑匪。

熊大怒道："放开他！"

"我早就说了，"冷酷炫笑道，"竞标时间结束，我自然会放了他。"

张发财看着冷酷炫，青筋暴露，骂道："你这个无耻小人！绑架我也就罢了，还用如此卑鄙的手段羞辱我！"

我听见自己、奶奶和熊大倒吸气的声音。

奶奶说："你们做这种事，是想要被主角虐杀至死吗？"

我用看着死人的眼神看着冷酷炫："你完了！"

"什么鬼！"冷酷炫怒道，"我本来一点都没想到这块！不是你们说的吗？"

张发财一副被狗屎糊了一脸的表情。

"你误会了。"奶奶说，"我很讨厌这种桥段，这种桥段既狗血又雷，还不是普通的雷。"

"这么雷的桥段也用，"我看向冷酷炫，"人品低劣。"

熊大唾弃："呸！"

"够了！"冷酷炫站起来，指着我们骂道，"你们这群神经病，我遇到你们是倒了八辈子血霉！我告诉你们！敢和我冷酷家作对的人，可没有几个。"

我和奶奶、熊大都愣住了。

冷酷炫嘴角弯起一个邪魅的弧度："怎么样，怕了吗？"

熊大说："原来不是姓冷……"

我说："冷酷这姓比冷更中二。"

奶奶对我道："你看姓多重要，虽然冷酷是复姓，张发财的名字也不如冷酷炫酷炫，但是冷酷家和张家比起来，还是张家听起来比较霸气，言情小说中的姓名学，真是非常复杂，高深莫测。"

冷酷炫崩溃了："你们听人说话能不能听重点！"

"呵呵……"张发财缓缓道，"和冷酷家作对的人没几个？那就算我一个吧。"他冰冷的目光直视冷酷炫，"我会让你后悔你今天所做的事情。"

姐夫看起来有点帅啊！

冷酷炫对张发财冷笑："你现在是我的阶下之囚，还想和我作对！给我揍他！"

绑匪 A 一拳打在了张发财脸上，然后膝盖对着张发财的肚子撞了过去，张发财吃痛，跪在了地上！

"发财！"熊大上前一步，被绑匪 B 拦住。

冷酷炫说："我劝你冷静点，毕竟张发财还在我手上。"

熊大愤怒地盯着他。

绑匪 A 拉着张发财的领子看着我们，刚才那一拳打得不轻，张发财低头喘息。

冷酷炫从桌子上拿起一个相机，取出里面的 SD 卡："你们知道这是什么？"

张发财微微抬头，脸色一变，熊大问道："是什么？"

冷酷炫得意地道："这是刚才我们偷拍到的张发财穿着花裤衩的照片。"

房中的气压瞬间降低，我仿佛看见熊大身上燃起了熊熊怒火。

冷酷炫笑道："如果我把照片放在网上，你说点击量会不会上百万？毕竟张发财可是有名的冷酷总裁，如果让全世界的人都看到他穿着花裤衩的样子。哈哈哈，你会沦为别人的谈资和笑话。"

熊大和张发财异口同声："卑鄙！"

趴在地上的眼镜男说："我怎么觉得这个威胁有点怪怪的。"

"……"我无法形容自己现在的心情，又气愤，又雷，还带着一点囧。

冷酷炫冷笑："我本来就是个卑鄙的人，你们才知道？"挥手对绑匪A、B道："揍！"

张发财抬起头，和熊大对视了一眼。

绑匪B拦着熊大，绑匪A拎着张发财的领子，举拳就要揍。

电光火石之间，熊大和张发财同时暴起，熊大拉过绑匪B的肩膀过肩摔，紧接着一拳击中胸口，然后一脚踹在冷酷炫手上，那张SD卡飞了起来，落在张发财身侧。张发财则身体后撞，待绑匪A措手不及倒在地上，张发财上身在绑匪A身上狠狠撞击之后，就势一滚，与劫匪们拉开距离，而后警觉地单膝跪地。

这二人动作又迅猛又突然，两个绑匪瞬间被打倒，倒在地上不断呻吟，瞬间情势大变。

我愣了一下，才想到跑去给未来姐夫松绑。

熊大松开绑匪 B 的胳膊，拍拍手，怒视冷酷炫。

张发财拍了拍衣服，大拇指从刚才被绑匪打肿的嘴角擦过，慢慢站起，看着冷酷炫的眼眸如冰。

张发财伸出手，手中一张 SD 卡，他冷笑一声，掰断了那张卡。

冷酷炫表情渐变，后退着躲到办公桌后。

熊大与张发财一左一右缓步包抄，面沉似水，怒意如火，隐有龙虎之势。

我叹道："多行不义必自毙，看来冷酷炫的情节到头了。"

"不对！"奶奶忽然道，"大 BOSS 不可能这么容易被打倒！他肯定还有后招！"

奶奶提醒刚过，张发财与熊大的脚步就陡然停止！

冷酷炫从抽屉里掏出一支枪，乌黑黑的枪洞对着我们。

"这个可不是打火机。"冷酷炫冷笑。

这该死的电梯

总裁办公室内的气氛顿时凝结，冷酷炫单手持枪，冷笑道："怎么不说话了，你们刚才不是很会说吗？嗯？"

奶奶说："这种典型反派的话你还是……"

一声枪响堵住了奶奶的嘴，冷酷炫枪管微移，指向了奶奶："你要说什么，说啊？"

我们家人虽然病得不轻，但却不傻，奶奶扫了一眼墙上的枪眼，识时务地闭上了嘴。

冷酷炫冷笑："怎么不说了，你们不是很牛的吗？"

窗外传来了"乌拉乌拉"的警笛声。

冷酷炫后退几步，看了一眼窗外，脸色微变："你们报警了？"

熊大说："我给容雨薇打了电话，说如果我们一直没出来，就报警。"

奶奶小声感慨："真是青出于蓝而胜于蓝，熊大这套路玩得真是越来越顺了。"

"我只不过想搞你一个5000万的竞标，你们竟然想让我坐牢！你们真是……"冷酷炫咬牙切齿地看着我们，"卑鄙！"

"……"我们的心情实在是难以形容。

冷酷炫在房间内扫视了一圈，目光在被张发财打得面目全非的绑匪A身上停顿了一会儿，然后，指着熊大道："你，过来！"

熊大愣了一下，迟疑着向他走了几步，张发财怒道："你想干什么？"

冷酷炫冷笑着拽过熊大，用枪抵着熊大后背："你们敢乱动，她就死定了。"

我看明白了，他是觉得张发财武力值太高难以制服，所以想用熊大做人质威胁我们。

然而他却不知道张发财的武力值是在被熊大打了一次又一次的悲惨遭遇中慢慢升上来的。

我们看着冷酷炫，心情更加复杂。

"你们那是什么表情？"不明真相的冷酷炫眼中透着疯狂，"看不起我吗？啊？你们想让她死吗？"

说着，冷酷炫拉着熊大走出来，枪一直抵着她后心。

虽然我们知道熊大能打，但打再快也抵不过抵着她后背的枪。

"举起手，退出去！"冷酷炫喊道。

我们举起手，注视着冷酷炫，默默地退出了房间，中间响起了几声惨叫，然后身上全是脚印的眼镜男也痛苦地爬了出去。

冷酷炫一路挟持着熊大走到了电梯，手指在按钮上按了几下。

张发财瞪着冷酷炫，拳头紧握，额头爆出青筋。

"这女人似乎对你们很重要。"冷酷炫说，"我劝你们最好不要轻举妄动。"

"剧情还是发展到了这个阶段，你果然挟持了我，"熊大冷哼，"我就知道你心里还是在意我的。"

"闭嘴！"冷酷炫怒骂，枪移到熊大太阳穴，另一只手勒着熊大的脖子，"再多嘴我一枪崩了你！"说完，恶狠狠地挟持着熊大退到了电梯里。

张发财面色冰冷地盯着他们，直到电梯门在我们面前合上。

我奇道："他要去哪儿？"

我问奶奶："熊大怎么没反应，是不是真被吓住了？"

"这可是枪啊。"奶奶道，"熊大再怎么坚强，还是一个弱女子，打打架也就算了，现在被人拿枪胁迫，内心肯定是十分害怕。"

张发财马上转身，跑向了楼梯。

奶奶拉着我就跟了上去。

我一边跟着跑，一边问："我们这是要去哪儿！"

"地下车库！"奶奶说，"冷酷炫肯定想畏罪潜逃！"

"他能逃到哪儿？"我奇道，"他那独特的气质，奇葩的风格，在人群中是如此显眼，逃到哪儿不都一样吗？而且他应该也没想到事情会变成这样吧，本来他只是想把张发财关一上午，他现在逃，不要他的公司和资产了吗？"

"我们是在谈恋爱！"奶奶怒道，"不要在意细节！"

我喘了口气，三步两步跳下一层楼，累得腿软："那为什么我们不坐电梯？"

"坐电梯没有紧张感！"奶奶说，"就像日剧跑一样，蹿楼梯也是必不可少的，这种紧急情况只有奔跑才能体现出急迫感！"

我又问："我们虚弱的肉体真的能跑过电梯吗？"

奶奶斩钉截铁地回答："能！"

我想问为什么啊，但是累得已经有点上不来气。

张发财在我们前面，冲得飞快，已经不见了身影。

他体力充足，而我一早就在通风道爬了半天，现在腿越来越沉，年长的奶奶先一步认输，拉了拉我，道："我们还是坐电梯吧，反正男主已经下去了，作为配角，我们偷个懒也无所谓。"

于是我们拖着沉重的步伐走向 20 楼的电梯，电梯门正好开着，门口站着几个人，也不上电梯也不走开，就在那边，面对电梯呆站着。

我看着电梯马上就关了，拉着奶奶就往里冲："让让，让让，你们不上别挡在门口啊！"

然后我拉着奶奶挤进了电梯，然后马上转过身，在电梯门关上的时候扫了一眼楼层按钮，哎，巧了，这电梯只按了一个 B1层，直通地下车库。

我很高兴，对奶奶说："奶奶，我们运气不错，看来马上就可以追到那个拿枪的傻子了。"

奶奶在我身旁低着头默不作声，电梯里弥漫着一种奇怪的气氛。

然后有个熟悉的女声干咳了一声。

我心头莫名的有点发虚，转过头，往身后一看，就看见那个拿枪的傻子正站在我们身后，还保持着挟持着熊大，枪指在熊大太阳穴的动作，脸比墨还黑。

熊大又咳了一声，瞟了我一眼。

"呃……"我干巴巴地道，"哎哟，这么快又见面了，挺巧的啊。"

冷酷炫满脸怒意。

我说："你……你们电梯为什么这么慢？"

我刚说完，电梯在 18 楼停下了，电梯门慢慢打开。

电梯外站着一个人，正要进来，看到电梯里的情况又愣了，看看冷酷炫，又看看我们，脚都抬起了，却不知道该不该进来。

冷酷炫脸色铁青，他一手拿枪一手挟持熊大，没有多余的手按关门钮，也不敢乱动，看来是只能等着电梯门自己关上。

怪不得刚才奶奶斩钉截铁地认为我们能追上冷酷炫。

我终于明白他们为什么这么慢，也明白刚才那群人为什么在电梯门口不进来了。

同时还有点同情冷酷炫，也不知道到 20 楼之前冷酷炫被围观了多少次，脸都变形了。

我拉着奶奶往里面站了站，电梯外那人看我们让位，半空中的脚终于落了地，小心翼翼地进来了，还说了一句："不好意思，我赶时间。"

然后小心地按了一楼，站在一侧低着头不敢说话，额头冒汗，脸色惨白，显然是一上来就后悔了。

电梯继续下行，在 15 楼又停下了，这次门口站着两个人，看清电梯里的情况也愣了，之前 18 楼上来的那个小声说："上来吧，来来来，没事没事！"

很显然，他知道人多了可以壮胆。

那俩人犹豫了一下，也上来了。

然后电梯又在 14 楼、12 楼、11 楼、8 楼、7 楼、5 楼依次停下。电梯里的人越来越多，我们被挤到后面，冷酷炫面色通红，拿着枪的手指发抖。

这人一多了，之前那个 18 楼上来的不抖了，表情也恢复了正常。

我低着头，这也太尴尬了，我替冷酷炫尴尬，尴尬症都要犯了。

挤在前面的人还在小声说话："哎，你也去 1 楼吃早饭啊。"

"是啊，先打个卡然后去吃饭。"

"后面那个是咱们总裁冷酷炫吧，他干吗呢？"

"嘘，别看。有钱人都奇奇怪怪的。"

"这是情趣吧。"

"他抱着的那个是不是咱们未来老板娘？"

这么一说，所有人都偷偷转过脸看熊大。

熊大红着脸，面色羞涩，说的话却很义正辞严："我知道我讨人喜欢，但是你再胁迫我，我也不会当你老婆，我已经有喜欢的人了，你死心吧！"

电梯里其他人都露出了一副八卦脸，从他们的表情就能猜测出他们正在脑补的各种故事，像是《霸道总裁抢娇妻》《冷酷总裁的出逃妻》《总裁酷炫的追妻日常》之类的。

"对嘛。"奶奶小声道，"这才是男配出现时酝酿出的暧昧气氛。"

什么鬼！现在是暧昧的时候吗？这根本不对吧！

"闭嘴！"冷酷炫握紧手枪，喊道，"老子绑架呢！你们给我安静！"

电梯里说话的声音马上低下来，只是偶尔传来憋笑时从鼻孔出气的声音，和"有钱人真会玩"的低语。

冷酷炫再次怒吼："说话的扣奖金，全扣光！"

这次电梯彻底肃静了，直到 1 楼，闲杂人等全部离开。

冷酷炫保持着挟持熊大的姿势靠在电梯墙上，满头大汗，粗气连连，身心疲惫之下显得异常脆弱。他喘了几口气，对我和奶奶道："电梯开了，你们先下！"

电梯终于到达 B1，电梯门再次打开，面前是地下停车场，寂静无声，空无一人。

真想烧死这对神经病

在冷酷炫的威胁下，我拉着奶奶先走出了电梯，离开电梯不到 1 米，就有一人从右边扑上来，将我扑倒后，死死地压制住我。

我喊道："谁啊？谁？"

身后传来张发财的声音："怎么是你？"

张发财放开了我，我连忙从地上爬起来。

这时冷酷炫才带着熊大走出电梯。

冷酷炫笑道："呵呵，我就知道你会在这埋伏。"

容雨薇从车库深处走了过来，她身后跟着 FF 团的眼镜男，后者眼镜破裂，脚步踉跄，一身沧桑。

容雨薇说："放了熊大！"

冷酷炫挟持着熊大，慢慢移动："放不放由我说了算。"

"放了熊大。"张发财道，"如果你放了她，我就当今天的事没发生过。"

冷酷炫冷笑："你说我就信？"说完，挟持着熊大靠近了一辆车。

我们保持距离跟了上去。

冷酷炫看了一眼眼镜男："你来开车！"

眼镜男看了一眼那车，又看了一眼容雨薇，开始哆嗦："我我我我……我能不开吗？"

冷酷炫说："你要不要问问我手里的枪？"

容雨薇柔声道："去吧，你知道情况，知道该怎么做，保护好你自己。"

眼镜男愁眉苦脸，一步一回头地去了，那样子不像去开车，而像上刑场。

"冷酷炫，"张发财说，"上了车，你就放了熊大！"

冷酷炫说："放不放，由我决定。"然后拉着熊大上了车，让眼镜男发动车子。

容雨薇也变了脸色，精致的脸上带着紧张，对张发财道："那辆车，我们刚才做了点手脚。"

我们心中一惊，顿时变了脸色。我说："只是谈个恋爱，要不要玩这么大！"

大小姐你黑化得有点过。

容雨薇看向眼镜男："司机不想死，肯定会想办法，我们得抓紧机会。"

车里的眼镜男已经面白如纸，满头大汗，看了我们一眼，然后视死如归地咬住牙，一脚踩下油门，那车嗖地窜了出来！

车后座的冷酷炫没想到眼镜男开车这么激情，身体后仰，下意识地抓住了前座，手枪偏离熊大的那一刻，熊大就立即暴起，肘部击中冷酷炫胸口，夺过其手枪，打开车窗扔了出来，然后起身双手攀住车窗。

与此同时，张发财也跟在车后，追了上去。

冷酷炫还想挣扎，然而那车开得歪歪扭扭，他整个人因为惯性在车内左摇右摆。

张发财追在车旁，对着熊大喊："给我！把手给我！"

熊大便挣扎着从车窗内伸手，可惜那车开得不稳，总是差一点。

熊大从车窗探出半个身子，对着眼镜男怒骂："会不会开车！慢一点！"

车速放慢。

张发财索性纵身一跃，总算拉住熊大的胳膊，将其从车窗内拉出。

谁知那边冷酷炫也拽住了熊大的脚，不让她挣脱，张发财拉着她，被车拖着走，熊大怒极，转身踹冷酷炫，几脚下去，终于让冷酷炫松了手。

张发财终于抱着熊大，倒在了地上。

那边车子"砰"的一声撞在了柱子上，油流了满地，眼镜男哆哆嗦嗦地从驾驶座上下来，死命地跑，趴在窗上的冷酷炫见情形不对，马上开门下车。

然后那车"轰"的炸了。

眼镜男和冷酷炫犹如电影里一般，飞起，扑倒。

张发财也抱着熊大在地上滚了几滚，与爆炸拉开了距离。

我和奶奶抱头蹲下，等爆炸的灼热过去以后，才抬头看，安全通道那边传来密集的脚步声，然后就出现了不少警察叔叔。

警察叔叔们迅速包围了我们。

冷酷炫不甘心地跑去捡起了枪，指着警察，凶残地道："你们别过来！我有枪！"

他这一举动为本来不明真相的警察叔叔们指明了道路，警察叔叔们缩小包围圈子，只包围了他。

"有本事开枪啊，"容雨薇道，"开啊，你看能不能打死人！"说着，摊开了手，白嫩的掌间，放着几颗子弹。

冷酷炫僵硬了。

我问："你什么时候取出子弹的？"

容雨薇说："刚才。"

冷酷炫问："那你为什么不把枪也拿走？"

容雨薇说："留着逗你玩。"

看来他不懂，这位看上去天使一样的大小姐，切开以后是黑的。

冷酷炫石化了，警察叔叔顺利地压住了他，给他扣上了手铐："刑法第二百三十九条，以勒索财物为目的绑架他人的，或者绑架他人作为人质的，处十年以上有期徒刑或者无期徒刑，并处罚金或者没收财产；情节较轻的，处五年以上十年以下有期徒刑，并处罚金。"

冷酷炫的枪也被没收了。

警察叔叔继续普法："刑法第一百二十八条，违反枪支管理规定，非法持有、私藏枪支、弹药的，处三年以下有期徒刑、拘役或者管制；情节严重的，处三年以上七年以下有期徒刑。"普完法还叹了口气，"这么有钱，做什么不好，做个法盲。"

冷酷炫辩解："电视上反派都有枪，他们都活得好好的！"

警察叔叔说："电视上的人还能飞呢，你咋不上天呢。"

冷酷炫羞愧地低下了头。

在忙碌的人群中，我没有看到熊大和张发财，我拉着奶奶问道："熊大呢？张发财呢？"

奶奶往不远处的地上一指："喏。"

我一看，满脸黑线，他俩还保持着抱着的姿势在地上躺着。

熊大窝在张发财怀里，问："你刚才为什么救我？"

张发财说："因为你是我女朋友。"

熊大说："谁、谁是你女朋友？我是个正经的女孩子，你太急了，我们进展不能那么快的。"

张发财问："那你为什么来救我？"

熊大说："我当然得救你了，我还没来得及谈恋爱结婚生小孩，未来小孩的爹就被人绑了，能不救吗？"

你这规划比张发财还急！

张发财宠溺地一笑，抱紧了熊大："你说未来我们的小孩叫什么好？"

原来你也挺急。

熊大考虑了一下："熊发财……或者发财熊？"

够了！那是姓吗？

那边 FF 团的眼镜男已经被刺激得吐血了！围观群众已经没眼看了！

Part 16

所有的女性，都是言情小说的女主

＃听，完结的声音 ＃

　　冷酷炫绑架事件就在大反派冷酷炫被警察叔叔带走以后，愉快而平静地落幕了。

　　张发财在最后时刻赶到了竞标现场，中标也在所有人意料之中。

　　"给大家介绍一下。"张发财揽着熊大，在招标现场炫耀似的对所有人说，"这是我女朋友！"

　　他们无视其他人"她是谁女朋友关我们屁事我们只是来竞标的好吗"的表情，光明正大地秀恩爱，闪瞎了众人的眼。

　　据说当天加入 FF 团的成员是以往的三倍。

　　然后张发财和熊大开始谈恋爱。每天肉麻一阵就开打打完就腻腻完了又开始矫情，成了远近闻名的神经病情侣。按照奶奶的话说，他们谈恋爱的过程，可以写成上百万字的甜宠文——虽然我觉得拍成上百集的动作片也没有违和感。

　　至于我，则在这个过程中被奶奶按头看了不少言情小说，奶奶对我语重心长："熊大的事完了，咱家就剩你了。"

生在一个重女轻男的家庭，我看到奶奶对我们弱势男同胞的善意，十分感动："奶奶，我懂，你一定是希望我学习这些小说中的男主，尽快交到女朋友，我会好好学习的。"

"你想多了。"奶奶叹气，"就你的资质，交女朋友有点难。"

你是多瞧不起我！我问："那你让我看这么多言情小说干什么，总不是想让我找男朋友吧？"

奶奶说："这更难了。"

我指着那几堆山一样的言情小说，怒道："那这些是做什么用的？"

"给你解闷啊，"奶奶叹道，"我怕你未来几十年孑然一身，太过孤独，所以给你找点乐子，填补你的业余时间，让你不至于太过胡思乱想而抑郁堕落，最后误入歧途。"

"……谢谢你的关心。"我说，"您真是我亲奶奶。"

于是在我被言情小说摧残的漫长时光中，我熟知了言情小说的各种套路，与此同时，熊大与张发财的感情突飞猛进，终于结婚了。

身为冷酷总裁，张发财自然不会办普通的婚礼，他斥巨资打造草坪婚礼，邀请了曾经在他们爱情故事里出现过的所有角色，是以当其余客人到达现场，看见那一群群穿着FF团团服的精英时，都以为自己走错了地方。

奶奶很满意："这婚礼真是热火朝天！"

"什么热火朝天！"我指着蹲在地上搓打火机的眼镜男，"这群人就是在放火，他们想烧死今天的新郎新娘啊！"

容雨薇走到眼镜男身边，阻止他继续生火，有不太认识张发财和熊大的宾客，好奇这个奇怪的婚礼，也好奇这里为什么这里有这么多奇怪的人，从而更加好奇这婚礼的两位主人公——新郎和新娘到底是什么样的人。

"呵呵，你问新郎？"容雨薇的声音很阴沉，"他叫张发财，我已经记不清他长什么样了，但他会永远活在我心中。"

"唉，说起这个新娘啊，"眼镜男叹道，"好好一个姑娘，可惜是个变态。"

今天是人家结婚的日子，你们一定要用这种缅怀故人的语气说话吗？

又有群众指着空地处那辆小轿车，载着音响的皮卡，红色的拖拉机和老旧的自行车，问那是什么。

"那些啊，"奶奶叹道，"那些是牵起新郎和新娘缘分的桥梁。"

听到这话的人都一脸蒙圈，也是，正常人很难想象他们相遇的真实情况。

姨奶奶带着姑姑和姑父们快乐地迎客，嘴中神曲一会儿一变："每条大街小巷，每个人的嘴里，见面第一句话，就是祝你平安，祝你平安啊啊啊祝你平安，让那快乐围绕在你身边，祝你平安啊啊啊恭喜发财，我恭喜你发财我恭喜你精彩，最好的请过来不好的请走开，哦哦哦礼多人不怪……"

李铁锤在这悠扬的歌声中潸然泪下："我最爱的女人结婚了，新郎不是我。"

爷爷拍了拍他的肩膀，送给了他一个丑陋的面具："也许它能帮你。"

李铁锤抱着爷爷，失声痛哭。

容雨薇面色沮丧地坐在空桌上，附近马上坐满了春心萌动的男性。

容雨薇叹道："我早就该发现的，高中时候就该发现的，熊大她救了我那么多次，一直认为她是我的保护者，我们两个角色定位已经固定了，她不会喜欢我。"

这么说张发财可真牛，高中时期就开始布局，一边收拾当时的情敌一边收拾以后的情敌。

看着容雨薇大美女露出了脆弱动人的一面，引得周围无数男人心疼又心动。

姨奶奶唱道："好男人不会让心爱的女人受一点点伤。"

于是无数手帕餐巾纸都递到了容大小姐面前。

这些被美色蒙住了眼的单纯男人，根本不知道面前的容大小姐是一只披着羊皮的狼，一朵黑色的百合花。

艾莎芝挽着头上缠着绷带的于飞坐在我们旁边，二人脸上洋溢着幸福的笑容，用牙签叉着水果，你喂我一口，我喂你一口。

不知道谁喊了一声："新娘来啦！"

我们齐齐往红毯尽头看去。

风轻云淡，绿草如茵，穿着洁白婚纱的熊大站在红毯尽头，花桥拱门之下，眼眸弯弯脸颊粉嫩。

这是我见过的，熊大最美的样子。

同样白色西装的张发财从红毯的另一边缓步走来，身姿硬挺，万年冰山脸已被和煦的阳光融化了。

张发财单膝跪地，牵起熊大的手，然后挽着她的胳膊，走向礼台。

我忽然想起熊大在公园里大哭的样子，一边哭，一边说："我想要一份完美的爱情。"

现在，她梦想成真了。

我莫名有些伤感，我家那个总是欺负我却又护着我的老大，终于嫁给了她爱的男人。

回想起来，感情这事还真有点难以捉摸，之前张发财和熊大每天吵吵闹闹，明明对对方十分关注却不觉得异常，等某天一人开窍，忽然捅破了那层纸，二人就迅速地被拽到那名为爱情的漩涡里去了。

他们的爱情从花裤衩开始，而他送给她的定情信物是一辆烤鸡车。

世界之大，无奇不有。身为观众，我看到了如此奇葩的二人走到一起的全过程，一路围观他们的爱情，现在看着他们终成眷属，竟然觉得非常感动。

"我就知道……我就知道肯定是张发财，"奶奶擦着眼睛，"当初张发财亲熊大的时候，熊大没打死张发财，就说明张发财有戏。"

"奶奶，"我说，"你当初可不是这样说的，你当初说于飞是真正的男主。"

奶奶甩了我一个别拆台的眼神，慢慢道："打扮得花枝招展不想露出任何缺点努力迎合的，是偶像，所有少女心中都曾经有过那么一个男神，英俊潇洒十全十美，然而大家往往到最后才明白，能在他面前卸下所有伪装自由自在做自己的那位才是良人。"

"说什么呢，输了就是输了。"艾莎芝很不高兴，"我才是真正的言情小说女主。"她紧紧挽着于飞的手，"于飞是我的，我才是他的女主！"

"你有属于你的言情小说，熊大也有属于熊大的言情小说。"奶奶淡淡地笑，"你们在你们小说里头，自然是自己的女主。"

周围掌声雷动，张发财和熊大已经交换了戒指。

换完戒指，张发财满面笑容地盯着熊大。

熊大的脸早就红透了，外厉内荏地瞪他："你瞅啥？"

"瞅你好看。"张发财说完，抱住熊大就亲了下去。

掌声，口哨声，欢呼声，此起彼伏，简直震耳欲聋。

"现在，你领悟到了吗？"奶奶微笑道，"言情小说中，最大的套路。"

望着满脸幸福的张发财和熊大，我忽然悟了。

我们看过走过这么多套路，奶奶执着地认为自己是女主世家，然而熊大并不是世上唯一的女主。恐怕这世间所有的女性，都是言情小说的女主，只要找到你的真命天子，便能打造出一本只属于你的、独一无二的言情小说。

毕竟言情小说中，最大的套路，就是我爱你，而你恰巧也爱我。

Extra

套路外的新套路

破坏气氛、报复社会的酸爽彩蛋

言情小说中，最大的套路就是我爱你，而你恰巧也爱我。

这世间所有的女孩，都是言情小说的女主，只要找到你的真命天子，便能打造出一本只属于你的、独一无二的言情小说。

道理是这样没错……我吃着烤鸡，伤感地看着台上的熊大和张发财，又想明白了一件事。

这道理再对，又关我屁事！

我领悟到了有用吗？有用吗？我做不成言情小说女主，也当不了言情小说男主！

呵！呵！

我的心情十分抑郁！

这种心情就像是你明白了一个道理，只要在一线城市有四间房，你就可以当一个包租公 / 婆。

然而你在十八线小城市都没有房。

你还明白一个道理，只要全中国人民每人给你一毛钱，你就能变亿万富翁。

然而全中国人民并不可能每人都给你一毛钱。

你继续明白一个道理，只要有了内丹，你就可以加强功力，无所不能，应对整个世界。

然而鬼知道内丹在哪里！

……

当你有了武林秘籍，知道怎么成为武林高手，却依然无法变成一个武林高手。

这样的心情才是最要命的。

这种知道还不如不知道，鸡汤要少喝，毕竟无知是福。

否则鸡汤与现实的落差很容易让人燃起报复社会的冲动。

就在我心情抑郁万分的时候，手机上忽然来了一条短信。

我打开一看，是我很久没有联络的老同学发来的，短信上只有几个字——

二子，你了解玄幻小说吗？

我看着这条短信，心中有了一股奇异的预感。

似乎有什么新的故事，就要开始了。